T0274811

El cuaderno prohibido

Seix Barral Biblioteca Formentor

Alba de Céspedes
El cuaderno prohibido

Traducción del italiano por
Isabel González-Gallarza

Obra editada en colaboración con Editorial Planeta – España

Título original: *Quaderno proibito*

Alba de Céspedes

© 1952, Arnoldo Mondadori Editore SpA, Milán
© 2015, Mondadori Libri SpA, Milán
© 2022, Traducción: Isabel González-Gallarza

© 2022, Editorial Planeta S.A. – Barcelona, España

© 2023, Editorial Planeta Mexicana, S.A. de C.V.
Bajo el sello editorial SEIX BARRAL M.R.
Avenida Presidente Masarik núm. 111,
Piso 2, Polanco V Sección, Miguel Hidalgo
C.P. 11560, Ciudad de México
www.planetadelibros.com.mx

Primera edición impresa en España: septiembre de 2022
ISBN: 978-84-322-4097-3

Primera edición impresa en México: febrero de 2023
ISBN: 978-607-07-9699-9

Impreso en los talleres de Impregráfica Digital, S.A. de C.V.
Av. Coyoacán 100-D, Valle Norte, Benito Juárez
Ciudad De Mexico, C.P. 03103
Impreso y hecho en México – *Printed and made in Mexico*

SOBRE ALBA DE CÉSPEDES

«Quizá sea demasiado fácil estar sentada frente al escritorio», escribió en su diario Alba de Céspedes el 21 de agosto de 1952, después de años de cambio de residencia —de Roma a los Abruzos y de los Abruzos a Bari—, siempre vigilada con recelo por el fascismo. La pregunta, anotada aparentemente sin más en su diario, revela el compromiso de la autora con la escritura y con el momento histórico que vivió. Para De Céspedes escribir significaba mirar de forma crítica la realidad, narrar cuanto había acontecido, pero siempre yendo más allá de la experiencia personal. Escribir implicaba comprometerse, y ella lo hizo a través de sus novelas y sus artículos periodísticos, convirtiéndose en una de las voces más representativas de la Resistenza. Fue admirada y muy leída por sus lectores; fue una de las firmas de peso de la editorial Mondadori y, en su momento, sus novelas fueron verdaderos superventas. Sin embargo, el tiempo no le hizo justicia y la crítica literaria, que siempre la había tachado de ser una escritora para mujeres, pronto se olvidó de ella. Mientras que Natalia Ginzburg o Elsa Morante se convertían en nombres irrenunciables de la literatura italiana del siglo xx, Alba de Céspedes, fundadora de una revista en la que colaboraban las firmas más relevantes de su generación, entre las cuales estaban precisamente Ginzburg y Morante, pasaba al más injusto de los olvidos. Pero ¿por qué? ¿Quién era Alba de Céspedes?

UNA ROMANA CON ORÍGENES CUBANOS

Alba de Céspedes nació en Roma el 11 de marzo de 1911. Nieta de Carlos Manuel de Céspedes del Castillo, líder independentista cubano que se convertiría en mayor general del Ejército Libertador de Cuba y primer presidente de la República de Cuba en Armas y que fue asesinado en 1874 por los militares colonialistas, Alba crece entre libros junto a su madre, italiana, y su padre, embajador de Cuba en Italia. La historia familiar marcará la formación de la joven: desde muy pronto, Alba será consciente de lo que significan la libertad y la defensa de los propios ideales. Sus padres le inculcarán no solo la importancia de pensar por uno mismo y de forjarse un criterio propio, sino también y sobre todo el valor de los libros y de la literatura, entendida como herramienta crítica. Se cuenta que, cuando tenía cinco años, su padre encontró unos versos suyos. «¿Los has escrito tú?», le preguntó, y ella, temiendo un reproche, reconoció, disculpándose, ser la autora. «Quiero que sigas escribiendo», le contestó, ante su sorpresa, el padre. Y así hizo Alba, escribió y escribió, aunque en privado. No publicará hasta cumplir los veinticuatro años: separada de su marido, con quien se casó con tan solo quince años, y madre de un niño pequeño. Alba quiere ser una mujer independiente, una mujer capaz de valerse por sí misma. En este contexto publica, en 1935, su primer libro de relatos, *L'anima degli altri*, y apenas tres años después, en 1938, en plena dictadura fascista, Mondadori edita con gran revuelo su primera novela, *Nessuno torna indietro*. En esta novela de formación, la escritora nos presenta a ocho jóvenes universitarias que, entre los muros de la residencia religiosa en la que conviven, sueñan y se pelean por emanciparse y convertirse en mujeres autónomas, libres, que toman sus propias decisiones. El fascismo no tardó en censurarla, aludiendo que proponía un modelo libertino de mujer —lejos estaban sus protagonistas de ser esas mujeres complacientes y amas de casa que tanto gustaban en la Italia fascista—. Sin embargo, gracias al editor Arnoldo Mondadori, amigo de De Céspedes, la novela se salvó y en pocas semanas se convirtió en uno de los libros más vendidos. *Nessuno torna indietro* fue un auténtico *bestseller* que se tradujo a varios idiomas.

la Resistenza y el exilio

«Creéis que no podéis hacer nada, vosotras, encerradas en vuestra habitual vida, casa y trabajo. Lo creéis. Sin embargo, yo os digo que podéis precisamente vosotras, con vuestro mandilito negro, frente a vuestra máquina de escribir, sois fundamentales como un patriota o como un soldado. A vosotras os son dictadas determinadas cartas que tendrían un significado completamente distinto con un pequeño error taquigráfico, con una palabra saltada y una fecha alterada, pudiendo ser esto más útil que diez fusiles (...). Os pedimos un continuado y sordo sabotaje subterráneo. Recordad que para ser patriota es necesario odiar a los alemanes y a los fascistas, y vosotras los odiáis, lo sé.» Así se dirigía a sus oyentes Clorinda, el pseudónimo con el que Alba se dirigía a las mujeres, instándolas a resistir, a través de la sede de Radio Bari, un medio utilizado por los aliados para difundir sus mensajes. Fueron años difíciles, en los que Alba se convirtió en una voz de referencia dentro de la lucha antifascista, en los que asumió que, en tanto que escritora, su función no podía limitarse a sentarse frente a una hoja en blanco.

Levantó la voz públicamente e hizo de su literatura la expresión de una responsabilidad personal hacia su tiempo. Convencida como lo estaba desde que era muy joven de que la cultura es una de las herramientas de crítica y transformación más potentes, fundó en 1944 la revista *Mercurio*. La dirigió hasta 1948, y la convirtió en una tribuna de debate intelectual en la que era fácil encontrarse con Ginzburg, Morante, Moravia e, incluso, Ernest Hemingway. Su experiencia como directora de dicha revista le hizo tomar mayor conciencia si cabe de la responsabilidad del escritor-intelectual, una toma de conciencia que De Céspedes refleja en la protagonista de *Dalla parte di lei*, seguramente una de sus novelas más comprometidas, sobre todo por lo que se refiere a la causa feminista. «Nadie revelaba mis cualidades naturales, todavía algo salvajes (...). Pero luego he cambiado de forma radical», anota en 1952, subrayando que Alessandra, la protagonista de *Dalla parte di lei*, es la expresión de esta transformación.

UNA ESCRITORA COMPROMETIDA

Las mujeres siempre fueron sus primeras interlocutoras, desde que comenzó a escribir en periódicos como *Il Messaggero*, *Il Tempo* o *Il Giornale d'Italia*, y siempre fueron el sujeto de casi todos sus escritos. Alba escribía para las mujeres, pero no para complacerlas: no le interesaba esa mal llamada novela «femenina» y menos todavía le interesaba perpetuar determinados roles de forma acrítica. Todo lo contrario: «Yo estoy a favor de todos los oprimidos, y las mujeres lo han sido durante siglos. Para mí es una cuestión de raza: para mí las mujeres son una raza oprimida y, por esto mismo, estoy de su lado», escribía a finales de los años cuarenta en su diario, años aquellos en los que el fascismo borraba cualquier forma de esperanza y de libertad hacia las mujeres, a las que encerraba en casa, promoviendo así la figura de la buena y devota esposa y de la madre abnegada. Frente a este modelo están las jóvenes estudiantes de su primera novela y está Alessandra, la protagonista de *Dalla parte di lei*, novela publicada paradójicamente en 1949, el mismo año en el que Simone de Beauvoir daba un golpe sobre la mesa y ponía las bases del feminismo actual con *El segundo sexo*. La vigencia del ensayo de la filósofa francesa es también la vigencia de la obra de De Céspedes, de sus primeras dos novelas, pero también de su obra posterior, donde al compromiso feminista se suma un discurso crítico hacia la sociedad del consumo, hacia la pérdida de valores, la indiferencia o, como diría el posmodernismo, la muerte de las ideologías. Porque para De Céspedes el feminismo es solo una pieza dentro de un discurso mucho más totalizador. La crítica erró, y mucho, cuando se centró en sus «historias de mujeres», porque es precisamente a partir de esas aparentemente pequeñas y cotidianas historias que la escritora disecciona con mirada atenta, lúcida e irónica el mundo que la rodea y sus dinámicas. Un mundo y unas dinámicas que son las nuestras. «Todo aquello que hicimos ha sido inútil: el mundo no se parecía a nuestras esperanzas», afirma la protagonista de *Il rimorso*, donde se vislumbra la decepción de la escritora ante un mundo que, en realidad, no ha sido reconstruido. ¿En qué han quedado los ideales por los cuales luchó el antifascismo?, parece preguntarse repetidamente De Céspedes. En nada, se contesta en *La bambolona*, donde describe una Roma venida a menos, una ciudad tan perdida como los individuos que la habitan.

PARÍS Y UNA ESCRITURA QUE NO SE ACABA NUNCA

«Antes siempre me quejaba cuando los chicos salían; ahora, en cambio, quiero que lo hagan para quedarme sola y escribir. Antes nunca había caído en que son muy pocas las veces que tengo ocasión de estar sola, por lo pequeña que es nuestra casa y por mi horario de trabajo en la oficina», anota en su diario Valeria, la protagonista de *El cuaderno prohibido*. Valeria es una mujer de unos cuarenta años. Casada y con hijos, el diario, escrito a escondidas y en los pocos momentos de soledad que posee, se convierte en mucho más que un refugio: es el lugar donde se rompe el silencio, donde la escritura transgrede y dice lo que «no debe», donde Valeria se afirma y afirma esa voz usurpada, esa voz con la que solo habla a través de la escritura. *El cuaderno prohibido*, escrito en 1952, refleja perfectamente la concepción de la escritura de la autora. Instalada en París, desde 1962 comenzó a escribir en francés y se convirtió en una figura intelectual de relevancia a nivel internacional. Desde la capital francesa fue testigo de la evolución de Cuba, un país que siempre sintió suyo. Vivió el Mayo del 68 y de esa experiencia nació su poemario *Le ragazze di Maggio*. Durante ese periodo, cuenta la propia escritora, salía de casa para ir a la Sorbona y al Odéon, asistía a debates y reuniones, hablaba con jóvenes revolucionarios, «los interrogaba, los animaba a hablar». Las chicas, confiesa, «eran más locuaces», para ella eran «las protagonistas de una revolución que suponía el primer indicio espontáneo e inequívoco de la lucha que está cambiando nuestra sociedad». Vivió con esperanza la idea de la revolución, pero, como en el pasado, vio también cómo las esperanzas se quedaban en mitad del camino. Y París, en cierta manera, reflejaba esto: era la ciudad de las contradicciones, de esa modernidad y de esa libertad nunca alcanzadas por completo. De lo que jamás tuvo dudas es de que no se podía hablar de revolución sin las mujeres. Ellas debían ser las protagonistas. Y lo fueron para ella hasta el final, en cada una de sus novelas, de sus poemarios, de sus artículos e, incluso, del guion que escribió para la película *Las amigas* de Antonioni. Progresista, idealista, pero sin perder nunca de vista la realidad de los hechos, feminista y profundamente comprometida con la escritura, Alba de Céspedes se tomó muy en serio la literatura. Desde niña supo que no había herramienta de cambio más poderosa que la cultura y que los libros. Cada una de sus líneas nació de ese compromiso profundo e irrenunciable hacia la palabra escrita y sus posibilidades. Murió en París en 1997. La crítica no supo entenderla. Sus lectoras, sin embargo, encontraron en ella un faro. Ahora es el momento de reivindicarla.

Señor don Blas, ¿de qué libro
ha sacado *usté* ese texto?
Del teatro de la vida humana
que es donde leo.

RAMÓN DE LA CRUZ

26 de noviembre de 1950

Hice mal en comprar este cuaderno, hice muy mal, pero ya es demasiado tarde para lamentarlo, el daño está hecho. Ni siquiera sé qué me empujó a comprarlo, fue casualidad. Yo nunca había pensado en tener un diario, en parte porque un diario debe ser secreto, por lo que tendría que esconderlo de Michele y de los chicos. No me gusta tener nada escondido; además, en nuestra casa hay tan poco espacio que sería imposible. Ocurrió así: hace quince días, salí de casa un domingo por la mañana temprano. Iba a comprarle cigarrillos a Michele, quería que se los encontrara al despertar en la mesilla: los domingos se levanta siempre tarde. Hacía un día precioso y cálido, pese a que era ya bien entrado el otoño. Sentía una alegría infantil al caminar por la acera soleada y al ver los árboles aún verdes y a la gente contenta, como parece siempre los días de fiesta. Así es que decidí dar un corto paseo y acercarme al estanco de la plaza. Por el camino vi que muchos se paraban en el puesto de flores y me paré yo también a comprar un ramo de caléndulas.

—Los domingos está bien poner flores en la mesa —me dijo la florista—. Los hombres se fijan en estas cosas.

Yo asentí sonriendo, pero la verdad es que al comprar esas flores no pensaba en Michele ni en Riccardo, aunque a este le gustan mucho: las compraba para mí, para llevarlas en la mano mientras andaba. Esperando mi turno en el estanco con el dinero preparado, vi una pila de cuadernos en el escaparate. Eran unos cuadernos negros, brillantes y gruesos, de los que se utilizan en los colegios y en cuya primera página, antes de estrenarlos, escribía tan contenta mi nombre: Valeria.

—Deme también un cuaderno —dije buscando más dinero en el bolso.

Pero cuando levanté la mirada vi que el estanquero había adoptado una expresión severa para decirme:

—No se puede, está prohibido.

Me explicó que los domingos había un agente de guardia en la puerta para vigilar que solo se vendiera tabaco. Estaba sola en la tienda.

—Es que lo necesito —le dije—, cueste lo que cueste.

Hablaba en voz baja y agitada, estaba dispuesta a insistir, a suplicar. Entonces él miró alrededor y con un gesto rápido cogió un cuaderno y me lo ofreció por encima del mostrador, diciendo:

—Guárdeselo debajo del abrigo.

Lo llevé debajo del abrigo por toda la calle hasta casa. Tenía miedo de que se me resbalara, de que se cayera al suelo mientras la portera me hablaba de no sé qué de la columna de gas. Se me subieron los colores a la cara mientras abría la puerta con la llave. Iba directa al dormitorio cuando recordé que Michele seguía en la cama.

—Mamá... —me llamó entonces Mirella.

—¿Has comprado el periódico, mamá? —preguntó Riccardo.

Estaba nerviosa, confusa, me quité el abrigo sin saber si conseguiría quedarme un momento a solas.

«Lo guardaré en el armario —pensé—. No, Mirella suele abrirlo cuando quiere ponerse algo mío, unos guantes o una blusa. En la cómoda tampoco, porque Michele siempre la abre. El escritorio ya lo tiene ocupado Riccardo.»

Pensaba que no había en toda la casa un cajón, un rinconcito que fuera solo mío. Me propuse hacer valer mis derechos desde ese mismo día.

«En el armario de la ropa blanca», decidí, pero luego recordé que los domingos Mirella cogía un mantel limpio para poner la mesa. Al final lo metí en la bolsa de los trapos, en la cocina. Apenas había tenido tiempo de cerrarla cuando Mirella entró, diciendo:

—¿Qué te pasa, mamá? Estás muy colorada.

—Será por el abrigo —dije quitándomelo—, hoy hace calor en la calle.

Me parecía que iba a decirme: «No es verdad, es porque has escondido algo en esa bolsa». Inútilmente trataba de convencerme de que no había hecho nada malo. Volvía a oír la voz del estanquero, advirtiéndome: «Está prohibido».

10 de diciembre

Tuve que dejar el cuaderno escondido otras dos semanas sin poder escribir nada más. Desde el primer día me fue muy difícil cambiarlo de sitio todo el rato, encontrar escondites donde no fueran a descubrirlo enseguida. Si lo hubieran encontrado, Riccardo lo habría querido para tomar apuntes en la universidad, o Mirella se lo habría quedado para escribir un diario, como el que guarda bajo llave en su cajón. Yo podría haberme defendido, haber dicho que era mío, pero tendría que haber justificado para qué lo quería. Para las cuentas de la casa siempre uso unas agendas publicitarias que Michele me trae del banco a principios de año. Él mismo me habría sugerido amablemente que se lo cediera a Riccardo. En ese caso, yo habría renunciado enseguida al cuaderno y nunca más habría pensado en comprarme otro; por eso me defendía con ahínco de tal posibilidad. Aunque he de confesar que, desde que tengo este cuaderno, no he vuelto a disfrutar de un momento de paz. Antes siempre me quejaba cuando los chicos salían; ahora, en cambio, quiero que lo hagan para quedarme sola y escribir. Antes nunca había caído en que son muy pocas las veces que tengo ocasión de estar sola, por lo pequeña que es nuestra casa y por mi horario de trabajo en la oficina. Tuve que recurrir de hecho a una artimaña para poder estrenar este diario: compré tres entradas para el fútbol y dije que me las había regalado una compañera. Doble mentira, pues para ello tuve que sisar de la compra. Después de desayunar, ayudé a Michele y a los chicos a vestirse, le presté a Mirella mi abrigo grueso, me despedí cariñosamente y cerré la puerta con un escalofrío de satisfacción. Entonces, arrepentida, fui a la ventana como para retenerlos. Estaban ya lejos y me sentí como si corrieran hacia una trampa urdida por mí para hacerles daño y no a un inocuo partido de fútbol. Reían entre ellos, y esa risa me provocó una punzada de remordimiento. Cuando volví a casa, iba a ponerme enseguida a escribir, pero la cocina estaba sin recoger, Mirella no había podido ayudarme como hace siempre los domingos. Hasta Michele, tan ordenado por naturaleza, se había dejado el armario abierto y algunas corbatas desperdigadas aquí y allá, igual que hoy. He vuelto a comprar entradas para el fútbol, lo que me permite disfrutar de un poco de tranquilidad. Lo más extraño es que cuando por fin puedo sacar el cuaderno de su escondite, sentarme y empezar a escribir, no se me ocurre más que relatar la lucha cotidiana que mantengo para esconderlo. Ahora lo tengo en el viejo baúl en el que guardamos la ropa de invierno durante el verano. Pero anteayer tuve que disuadir a Mirella de abrirlo para coger unos gruesos pantalones de montaña que se pone para estar en casa desde que renunciamos a encender la calefacción. El cuaderno estaba ahí, lo habría visto nada más levantar la tapa del baúl. Por eso le dije:

—Aún no es tiempo, aún no es tiempo.

—Tengo frío —protestó ella.

Yo insistí tanto que hasta Michele se dio cuenta. Cuando nos quedamos solos, me dijo que no entendía por qué había contrariado a Mirella.

—Sé lo que hago —le contesté con dureza. Él me miraba, asombrado de mi insólito arrebato—. No me gusta que te metas en mis discusiones con los chicos —añadí—. Me quitas toda la autoridad.

Y mientras él objetaba que siempre me quejo de que no se ocupa lo suficiente de ellos, y se me acercaba, diciendo en tono de broma: «¿Qué te pasa hoy, mamá?», yo pensaba que tal vez estoy empezando a mostrarme nerviosa e irascible como hacen las mujeres cuando pasan de los cuarenta, o por lo menos eso dicen; y, sospechando que también Michele lo pensaba, me sentí profundamente humillada.

11 de diciembre

Al releer lo que escribí ayer, me pregunto si no empecé a cambiar de carácter el día en que a mi marido le dio por llamarme «mamá» en broma. En un primer momento me gustó mucho porque así me parecía que era la única adulta de la casa, la única que lo sabía todo de la vida. Ello acrecentaba ese sentido de la responsabilidad que he tenido siempre, ya desde niña. Me gustó también porque así podía justificar los arranques de ternura que me suscita cualquier cosa que haga Michele, que sigue siendo un hombre cándido e ingenuo, incluso ahora que tiene casi cincuenta años. Cuando me llama «mamá», yo le contesto con una expresión entre severa y tierna, la misma que empleaba con Riccardo cuando era pequeño. Pero ahora entiendo que ha sido un error: él era la única persona para la que yo era Valeria. Mis padres me llaman Bebe desde niña, y con ellos es difícil ser distinta a como era a la edad en que me pusieron ese diminutivo. De hecho, aunque ambos esperaban de mí lo que se espera de los adultos, no parecían reconocer que lo fuera de verdad. Sí, Michele era la única persona para quien yo era Valeria. Para algunas amigas soy todavía Pisani, la compañera de colegio; para otras soy la mujer de Michele, la madre de Riccardo y Mirella. Para él, en cambio, desde que nos conocimos yo era solo Valeria.

15 de diciembre

Cada vez que abro este cuaderno miro mi nombre, escrito en la primera página. Me gusta mi letra sobria, no muy alta e inclinada hacia un lado, aunque expresa claramente mi edad. Tengo cuarenta y tres años, pero no me hago a la idea. A los demás también les asombra cuando me ven con mis hijos, siempre me dedican algún cumplido que hace sonreír azorados a Riccardo y Mirella. El caso es que tengo cuarenta y tres años y me parece vergonzoso recurrir a pueriles artimañas para escribir en un cuaderno. Por eso es absolutamente necesario que les confiese a Michele y a los chicos la existencia de este diario y que afirme mi derecho a encerrarme en una habitación a escribir cuando me apetezca. He actuado de forma estúpida desde el principio y, si sigo así, agravaré la impresión que tengo de estar haciendo algo malo al escribir estas líneas inocentes. Es absurdo, ahora no estoy tranquila ni en la oficina. Si el director me entretiene más allá de mi horario, temo que Michele vuelva a casa antes que yo y, por un motivo imprevisible, rebusque entre los viejos papeles donde escondo el cuaderno. Por ello muchas veces pongo una excusa para no quedarme, renunciando así a cobrar esas horas extra. Vuelvo a casa muy nerviosa y si veo el abrigo de Michele colgado en la entrada me da un vuelco el corazón. Entro en el comedor con el temor de ver a Michele con el cuaderno de tapas negras y brillantes en la mano. Si lo encuentro conversando con los chicos, pienso que puede haberlo encontrado y que está esperando a quedarse a solas conmigo para hablarme de ello. Siempre tengo la impresión de que por la noche cierra la puerta de nuestro dormitorio con un cuidado especial, controlando el ruido del picaporte. «Ahora se vuelve y me lo dice.» Pero no dice nada, me he dado cuenta de que si cierra la puerta así es por una costumbre meticulosa que tiene.

Hace dos días, Michele me llamó a la oficina y yo enseguida temí que hubiera vuelto a casa por algún motivo y hubiera encontrado el cuaderno. Le respondí como petrificada.

—Tengo que decirte una cosa... —empezó.

Me quedé sin respiración. Por un instante me pregunté si debía reclamar mi derecho a tener los cuadernos que me dé la gana y a escribir en ellos lo que me parezca, o por el contrario suplicarle: «Michele, compréndeme, lo sé, he hecho mal...». Pero solo quería saber si Riccardo se había acordado de pagar la matrícula de la universidad, porque ese día terminaba el plazo para hacerlo.

21 de diciembre

Anoche, nada más cenar, le dije a Mirella que no me gusta que cierre con llave el cajón de su escritorio. Me contestó sorprendida que tenía esa costumbre desde hace años. Yo le repliqué que, en efecto, hace años que lo desapruebo. Mirella contestó airada que si estudia tanto es porque quiere ponerse a trabajar, ser independiente e irse de casa en cuanto sea mayor de edad: así podrá tener cerrados todos los cajones sin que nadie se moleste. Añadió que allí guardaba su diario, por eso cierra el cajón con llave, y que, por otro lado, también Riccardo hacía lo mismo, porque guarda en el suyo cartas de chicas. Le contesté que entonces también Michele y yo teníamos derecho a tener un cajón cerrado con llave.

—Y de hecho lo tenemos —dijo Michele—. Es el cajón donde guardamos el dinero.

Yo insistí en que quería uno para mí sola.

—¿Para qué? —me preguntó él sonriendo.

—Pues no sé, para guardar mis papeles personales, algunos recuerdos —contesté—. O quizá un diario, como Mirella.

Entonces todos, Michele incluido, se echaron a reír ante la idea de que yo pudiera tener un diario.

—¿Y qué querrías escribir en él, mamá? —decía Michele.

Olvidando su enfado, Mirella se reía también. Yo seguí hablando sin hacer caso de sus burlas. Entonces Riccardo se levantó y avanzó hacia mí.

—Mamá lleva razón —dijo muy serio—, ella también tiene derecho a escribir un diario como Mirella, un diario secreto, quizá un diario amoroso. Os diré que desde hace tiempo sospecho que tiene algún admirador oculto.

Arrugaba la frente en un gesto de seriedad fingida. Michele le siguió el juego, mostrándose pensativo y diciendo: «Sí, es verdad, mamá ya no parece la misma, hay que vigilarla». Y entonces todos volvieron a reír muy alto y, rodeándome, me abrazaron, también Mirella. Tomándome la barbilla con la mano, Riccardo me preguntó con ternura:

—¿Qué quieres tú escribir en ese diario? Dime...

De repente me eché a llorar; no entendía lo que me pasaba, solo que estaba muy cansada. Al verme llorar, Riccardo palideció y me abrazó diciendo:

—Era broma, mamaíta, ¿no ves que era broma? Perdóname...

Luego se volvió a su hermana y le reprochó que estas cosas siempre pasan por su culpa. Mirella salió del comedor dando un portazo.

Al poco rato también Riccardo se fue a dormir y nos quedamos a solas Michele y yo. Se puso a hablarme cariñosamente, me decía que entendía muy bien mi arrebato de celos maternos, pero que tengo que hacerme a la idea de que Mirella es ya una señorita, una mujer. Yo intentaba explicarle que no se trataba de eso en absoluto, pero él seguía:

—Ha cumplido diecinueve años, es normal que tenga una impresión o un sentimiento que no quiera compartir con la familia. Un secretito, vamos.

—¿Y nosotros? —repliqué yo—. ¿No tenemos derecho también nosotros a guardar algún secreto?

Michele me cogió la mano y me la acarició con dulzura.

—Ay, querida —dijo—, ¿qué secretos vamos a tener a nuestra edad?

Si hubiera dicho esas palabras en tono arrogante o de broma, habría protestado, pero el abatimiento de su voz me hizo palidecer. Miré alrededor para asegurarme de que los chicos ya estaban en la cama, quería que pensaran ellos también que ese instante de debilidad se debía a celos de madre.

—Estás pálida, mamá —dijo Michele—. Te fatigas mucho, trabajas demasiado, voy a darte un coñac.

Yo me negué con vehemencia. Él insistía.

—Gracias —le dije—. No quiero beber nada, ya se me ha pasado. Tienes razón, igual estaba un poco cansada, pero ahora me encuentro perfectamente.

Lo abracé sonriendo para que se quedara tranquilo.

—Se te pasa enseguida, como siempre —comentó con ternura—. Nada de coñac entonces.

Yo apartaba la mirada, incómoda. Había escondido el cuaderno en la despensa, en una caja de galletas junto a la botella de coñac.

27 de diciembre

Hace dos días fue Navidad. En Nochebuena, Riccardo y Mirella estaban invitados a un baile en casa de unos viejos amigos nuestros, los Caprelli, con ocasión de la puesta de largo de su hija. Los chicos habían recibido la invitación con alegría porque los Caprelli son una familia muy acomodada que siempre trata a sus invitados con generosidad y buen gusto. Yo también me alegraba porque así podría cenar a solas con Michele, como cuando éramos recién casados. Mirella estaba feliz de volver a lucir su primer traje de noche, que había estrenado en carnaval, y Michele le iba a prestar a Riccardo su esmoquin, como el año pasado. Para esta fiesta le había comprado a Mirella un chal de tul con motitas doradas, y a Riccardo una camisa de vestir, de esas modernas con el cuello sin almidonar. Fue una tarde muy alegre porque los cuatro nos prometíamos una bonita velada. Mirella estaba elegantísima con su vestido: la expectativa de la diversión había borrado de su rostro esa expresión suya un poco ceñuda y obstinada. Cuando entró en el comedor y dio una vuelta para que admirásemos el vuelo de su vestido, ocultando el rostro tras el chal con un gesto poco habitual de timidez, su padre y su hermano exclamaron de admiración, casi sorprendidos de reconocer a su hija y hermana en esa chica tan atractiva. Yo también sonreía, me sentía hasta orgullosa. Estuve a punto de decirle que me gustaría verla siempre así, alegre y elegante, como debería ser una chica a los veinte años, pero luego pensé que quizá sea así para los demás, totalmente distinta a la que nosotros conocemos. Me pregunté inquieta si uno de estos aspectos era fingido, una máscara, pero entendí que no es que ella fuera distinta, sino que son distintos los papeles que interpreta dentro y fuera de casa. A nosotros nos corresponde el más ingrato.

Al ver a su hermana, Riccardo se animó a ir a vestirse también. Unos minutos después, oí que me llamaba desde su habitación. Por su tono de voz enseguida intuí lo que ocurría. Tengo que confesar que me lo temía desde hacía días, pero hasta ese momento, hasta ese «mamá», no me atreví a reconocer mi temor. El esmoquin de Michele le estaba pequeño; las mangas, cortas. De pie en medio de su dormitorio, me confiaba todo el abatimiento de su decepción. El esmoquin ya le quedaba ajustado el año anterior; habíamos bromeado al respecto, diciéndole que no iba a poder abrazar a ninguna chica si no quería que se le rasgara la chaqueta en la espalda y se le descosieran las mangas. Pero Riccardo está más robusto desde entonces, puede incluso que haya crecido. Me miraba con la esperanza de que al aparecer yo se lo arreglara todo milagrosamente, como cuando era niño. También yo lo habría querido. Por un momento pensé en decirle: «Te queda perfecto», y que él me creyera.

—No está bien —le dije, sin embargo.

Me acerqué a él y le palpé las mangas y el pecho, imaginando rapidísimos retoques que no podría hacerle. Riccardo seguía mis manos con la mirada, nervioso, esperando un diagnóstico favorable.

—No se puede hacer nada —declaré desalentada.

Volvimos juntos al comedor. Riccardo tenía las orejas coloradas y el rostro pálido.

—No vamos al baile —anunció rabioso.

Miraba a su hermana con ganas de arrancarle el vestido, era como si la mordiera con los ojos. Esta, temerosa de que ni protestando pudiera evitar la desgracia, preguntó insegura:

—¿Por qué?

Él le mostró que no podía abrocharse la chaqueta y que por las mangas asomaban ridículamente los puños de la camisa nueva.

—Papá es estrecho de hombros —dijo con malos modos.

Nos apresuramos a pasar revista a parientes y amigos que pudieran prestarnos un esmoquin. Comprendí entonces que eso era algo que yo ya había hecho dos días antes, sin darme cuenta, para concluir que no conocíamos a casi nadie que conservara uno. Aferrándonos a un hilo de esperanza, llamamos a un primo, pero lo necesitaba él mismo esa noche. Calibramos mentalmente la talla de algunos amigos, negando con la cabeza. Al preguntarle por teléfono, otro pariente contestó casi asombrado:

—¿Un esmoquin? No, no tengo, ¿para qué iba a querer yo un esmoquin?

Al colgar el teléfono, Riccardo soltó una risita nerviosa y dijo:

—Solo conocemos a gente pobre.

—Gente como nosotros —replicó Michele.

Entonces, fingiendo bromear, Riccardo sugirió:

—Podríamos alquilar uno, ¿no?, como hacen los figurantes.

—No nos faltaba más que eso —le contestó Michele.

Comprendí que estaba pensando en su frac y en el chaqué que llevaba el día de nuestra boda: estaban los dos colgados en el armario, cubiertos por una sábana blanca. Imaginé que pensaba en los uniformes azules y negros de su padre.

—No nos faltaba más que eso —repitió severo.

Entendía muy bien por qué le contestaba así: yo también recordaba muchas cosas del pasado que cuesta dejar atrás, y sin embargo pensaba que habría estado bien decir que Riccardo había tenido una idea excelente, se podía alquilar un esmoquin. Me pareció que mi hijo esperaba que lo dijera, era una ayuda que me habría gustado brindarle, pero, embargada por una inseguridad indefinible, guardé silencio. Mientras tanto, Mirella me miraba fijamente, y declaré con firmeza:

—Irá Mirella sola.

Michele quiso replicar, pero yo proseguí sin mirar a nadie:

—Hay que empezar a aceptar situaciones nuevas, como la de no tener esmoquin y la de mandar a una chica sola a un baile, que es algo que yo no podría haber hecho en mi época. Todo tiene sus ventajas. Tú la acompañas, Michele, y luego te vuelves. Lo pasaremos bien los tres de todos modos. Riccardo, tómatelo con calma.

Este no decía nada. Mirella me abrazó un instante y, dudando si despedirse de su hermano, salió con un paso que quería ser discreto pero que, por el frufrú de la tela del traje, adquirió un matiz arrogante. Yo esperaba que, antes de oír cerrarse la puerta de casa, ocurriera de verdad un milagro y pudiera acercarme riendo a Riccardo, como si hasta entonces hubiera estado interpretando un papel en una comedia. Me veía sacando del armario un esmoquin nuevo, con sus brillantes solapas de raso. Cuando la puerta se cerró, Riccardo frunció un poco el ceño y yo repetí:

—Tómatelo con calma.

Lo decía con un tono humilde, como si tuviera algo que hacerme perdonar, y era eso precisamente contra lo que me rebelaba en mi interior. Me hubiera gustado prometerle a Riccardo que le compraría un esmoquin a plazos, como habíamos hecho con el traje de noche de Mirella; pero un traje de hombre siempre es más caro, y además ellos no tienen que encontrar marido. Por eso no podía imponerle a nuestro presupuesto ese gasto superfluo. Recordaba cuando, de niños, Mirella y Riccardo pedían juguetes demasiado caros y yo contestaba que el banco no tenía más dinero; ellos se lo creían y se rendían a esa dificultad insuperable. Pero ya no puedo recurrir a tales artimañas.

Cuando volvió Michele y nos sentamos a la mesa, me pareció que Riccardo miraba a su padre de una manera distinta, casi como si lo calibrara. Era una cena mejor de lo habitual, y sin embargo comíamos sin ganas. Había comprado orejones, que tanto le gustan a Michele, pero ni siquiera se dio cuenta cuando los puse en la mesa. Oscuros, arrugados, difundían una sensación de tristeza y de miseria.

Después de cenar, nos sentamos junto a la radio. No me atrevía a hacer alusión a la botella de espumoso que pensaba descorchar a medianoche, el silencio obstinado de Riccardo y su mirada dura me lo impedían. De un tiempo a esta parte, más de una vez he sorprendido en sus ojos esa expresión hostil: una expresión que me disgusta en él, tan dulce y amable. La pone cuando tiene que quedarse en casa porque se le ha acabado el dinero que Michele le da los sábados para sus gastos. Taciturno, se sienta junto a la radio a escuchar canciones de baile o a hojear una revista. Por primera vez esa Nochebuena entendí que su malhumor es una acusación contra su padre y contra mí. Alguna vez ha dicho que aunque Michele haya trabajado tantos años en un banco, no es un hombre de negocios; lo que insinúa con eso es que no ha sabido enriquecerse. Lo dice con una sonrisa afectuosa, como si ese defecto suyo no fuese más que una excentricidad o una señal de esnobismo. Pero en su tono algo protector siempre me parece notar cierta condescendencia, como si lo perdonara por haberlo hecho víctima de esa incapacidad suya. En el fondo, para Riccardo esta broma es una manera de compadecerse de sí mismo a la vez que parece absolver a su padre.

Me acerqué entonces a Michele, me senté a su lado, le tomé la mano y se la estreché con fuerza, quería que mi mano y la suya fueran una. Riccardo escuchaba la radio sin mirarnos, con la cabeza apoyada en el respaldo del sillón. Recordé cuando había dicho: «Papá es estrecho de hombros». Y, al volver a evocar esas palabras —Dios mío, apenas me atrevo a confesarlo, creo que escribo en un momento de exasperación, luego borraré estas líneas—, tengo que reconocer que sentí que me volvía malvada. Me habría gustado levantarme, plantarme delante de Riccardo, soltar una risita sarcástica y decirle: «Muy bien, veremos dentro de veinte años adónde has llegado tú en la vida». Conozco vagamente a la chica con la que habla horas en voz baja por teléfono, una chica rubia y delgada que se llama Marina. Comprendía que estaba pensando en ella en ese momento, que la cogía del brazo y se alejaban juntos. Imaginé que me plantaba también delante de ella y, riendo, le decía: «Veremos, veremos». Recordaba el día en que le dije a Michele que podíamos prescindir de la niñera y él contestó que sí sin mirarme, dijo que los niños ya eran mayores: tenían cinco y tres años. Recordaba cuando, más adelante, le dije que era mejor despedir también a la doncella y, al verlo dudoso, aludí al riesgo de que pudiera ir contando por ahí que comprábamos en el mercado negro. Y por último aquel día en que, al volver a casa, abracé a Michele contenta y le anuncié que había encontrado trabajo; total, ahora que los niños iban al colegio, no estaba tan ocupada con la casa y tenía mucho tiempo libre. «Veremos, veremos», le decía riendo a Marina mientras estrechaba con fuerza y cariño la mano de Michele.

Más tarde

Son las dos de la madrugada, me he levantado a escribir porque no consigo dormir. La culpa la tiene este cuaderno una vez más. Antes no tardaba en olvidar lo que pasaba en casa; ahora, en cambio, desde que empecé a tomar nota de los acontecimientos cotidianos, los retengo en la memoria y trato de entender sus causas. Si bien es verdad que la presencia oculta de este cuaderno da un sabor nuevo a mi vida, debo reconocer que no sirve para hacerla más feliz. En familia habría que fingir no darse cuenta nunca de lo que ocurre o, al menos, no preguntarse lo que significa. Si no tuviera este cuaderno ya no recordaría la actitud de Riccardo en Nochebuena. Pero ya no puedo por menos de darme cuenta de que ocurrió algo nuevo entre padre e hijo esa noche, aunque en apariencia no hubiera cambiado nada y al día siguiente ambos estuvieran cariñosos el uno con el otro, como siempre. Michele no ha vuelto a hablar de ello; sin embargo, pese a entender la actitud de Riccardo, intuyo que no puede evitar considerarlo un ingrato. Así lo juzgué también yo en un principio, pero luego tuve que reconocer que se trata de otra cosa.

El hecho es que nuestros hijos ya no pueden creer en nosotros como creíamos nosotros en nuestros padres. Quería explicárselo a Michele en Nochebuena, pero no era capaz de expresar con palabras mis confusos pensamientos. Riccardo se había ido a la cama y nosotros esperábamos a que Mirella volviera del baile.

—Oye, Michele —le dije—, ¿recuerdas cuando durante la guerra les decíamos a los niños que no contaran en el colegio que habíamos comprado zapatos sin la cartilla?

Él me contestó distraído, preguntándome por qué recordaba ahora esas cosas. Yo no sabía decirle la razón precisa, pero insistí:

—¿Y cuando les pedía que no dijeran que escuchábamos la radio extranjera?

Me habría gustado explicarle que una vez, en esa época, me había costado castigar a Mirella por contar no sé qué mentira. Era ya casi tan alta como yo y me miraba fijamente a los ojos. Mientras le hablaba, pensaba que nunca había sorprendido a mi madre mintiendo. Eso quizá la volvía menos humana, pero no podía decir que hubiera sido nunca su cómplice. Cuando mi padre volvía del despacho y lo veía quitarse el bombín y dejar su maletín de abogado, nunca se me ocurría pensar que si no éramos ricos era porque no había sabido sacar partido de su vida. Me parecía que poseía bienes mucho más valiosos que la riqueza, bienes que no se podían comparar con esta. Pero ahora hay veces en que ya no percibo tan nítido, estable y definido el modelo de vida que nuestros padres nos enseñaron con su ejemplo y en el que parece natural que nos inspiremos. Resumiendo, dudo de que todo cuanto tenemos y tenían nuestros padres antes que nosotros —tradiciones, familia, reglas de honor— siga siendo tan válido, en cualquier circunstancia, como el dinero. No obstante, y pese a mis dudas, en el fondo no puedo evitar seguir siendo fiel a mis creencias de antaño. Pero me habría gustado hacerle entender a Michele que puede que sean estas dudas el motivo de que Riccardo y Mirella ya no compartan esas creencias.

1 de enero de 1951

Michele duerme, es como si estuviera sola en casa. Pero desde que tengo el diario siempre temo que se haga el dormido para sorprenderme. Escribo en la mesa de la cocina y he puesto al lado el libro de los gastos de la casa para ocultar el cuaderno, por si Michele entrara de repente. Aunque si descubriera el engaño sería aún peor: supondría el fin de la confiada armonía que ha sido siempre la esencia de nuestra relación en estos veintidós años de matrimonio. En realidad, mejor haría en confesarle a Michele la existencia de este cuaderno y en rogarle quizá que no me pida nunca que le enseñe lo que escribo. Pero si me sorprendiera, siempre quedaría entre nosotros la duda de si tengo o he tenido otros secretos más con él. Lo absurdo por mi parte es que reconozco con franqueza que me sentiría ofendida si Michele tuviera un diario sin yo saberlo.

Hay otra cosa que me retiene de confesarle que tengo este cuaderno, y es el remordimiento que me produce perder tanto tiempo escribiendo. Muchas veces me quejo de que tengo demasiado que hacer, que soy esclava de la familia y de la casa, que no puedo leer nunca un libro, por ejemplo. Todo eso es verdad, pero en cierto sentido esa esclavitud se ha convertido también en mi fuerza, en la aureola de mi martirio. Por eso, cuando alguna vez me quedo dormida media hora antes de que Michele y los chicos vuelvan a cenar, o doy un breve paseo mirando escaparates al volver del trabajo, nunca lo confieso. Temo que si reconozco que he gozado de un descanso, por breve que sea, de una distracción, perdería la fama que tengo de dedicar cada instante de mi tiempo a la familia. En efecto, si lo reconociera, los que me rodean no recordarían las innumerables horas que paso en el trabajo o en la cocina, haciendo la compra o cosiendo, sino tan solo los breves momentos dedicados a la lectura de un libro o a un paseo. Es cierto que Michele siempre me anima a concederme un poco de descanso, y Riccardo dice que en cuanto gane algo de dinero me regalará unas vacaciones en Capri o en la Riviera. Reconocer mi cansancio los libera de toda responsabilidad; por eso muchas veces me repiten con severidad: «Deberías descansar», como si el no hacerlo fuera un capricho mío. Pero luego, en cuanto me ven sentada con ellos leyendo un periódico, no tardan en decirme cosas como: «Mamá, ya que no tienes nada que hacer, ¿podrías coserme el forro de la chaqueta? ¿Podrías plancharme los calzoncillos?».

Al final me he convencido yo también. Cuando en el trabajo nos dan un día libre, yo me apresuro a anunciar que lo dedicaré a varias cosas que tengo pendientes y para las que tenía reservado ese día desde hace tiempo. Vamos, que aseguro que no descansaré, pues, si lo hiciera, ese breve día sería para quienes me rodean como un mes entero de vacaciones. Hace años me invitó una amiga a pasar una semana en su casa de campo en la Toscana. Cuando me fui estaba cansadísima porque lo había organizado todo para que a Michele y a los niños no les faltara nada durante mi ausencia; y a mi regreso encontré numerosas tareas que se habían acumulado durante mi breve asueto. Con todo, bien entrado el invierno, si decía que me sentía cansada, los tres me recordaban que ese verano había estado de vacaciones y que tenía que notárseme en la forma física. Nadie parecía entender que una semana de descanso en agosto no podía impedir que me sintiera cansada en octubre. Si digo alguna vez «no me encuentro muy bien», Michele y los chicos acogen estas palabras con un breve silencio, respetuoso y tímido. Y cuando me levanto y sigo con mis quehaceres nadie mueve un dedo para ayudarme, pero Michele grita:

—Siempre igual, dices que no te encuentras bien, pero no estás un momento quieta.

Al poco vuelven a hablar de sus cosas y, antes de irse, los chicos me dicen:

—Descansa, ¿eh?

Riccardo me hace un pequeño gesto amenazador con el dedo, como intimándome a no salir a divertirme. En la familia solo la fiebre, la fiebre alta, nos convence de que de verdad estamos enfermos. Entonces Michele se preocupa, los chicos me traen zumo de naranja. Yo rara vez tengo fiebre, por no decir nunca, pero siempre estoy cansada y nadie lo cree. Sin embargo, mi paz viene precisamente del cansancio que siento cuando me tumbo en la cama por la noche; me procura una felicidad que me sosiega y me da sueño. Tengo que reconocer que quizá la determinación con la que me defiendo de cualquier oportunidad de descansar no es sino miedo a perder esta única fuente de felicidad que es el cansancio.

3 de enero

Ayer estuve en casa de Giuliana. Todos los años declaro que no quiero ir al té al que, con ocasión de su cumpleaños, invita a las antiguas compañeras de internado con las que guarda amistad. Digo que estoy demasiado ocupada para ausentarme del trabajo, sostengo que, si pudiese hacerlo, lo aprovecharía para cosas más importantes. Cada año, Michele y los chicos insisten, se empeñan en convencerme de que no debo renunciar al placer de volver a ver a mis antiguas amistades, sobre todo ahora que apenas tengo ocasión de hacerlo, debido a la vida tan distinta que llevamos ellas y yo. Yo me opongo, negando con la cabeza, y luego, todos los años, acabo yendo.

Ayer, durante el desayuno, me resistía con más vehemencia de lo habitual, cuando Mirella dijo:

—Vamos, sabes perfectamente que al final irás: has llevado el sombrero negro a la modista.

Nos miramos con hostilidad pero no me atreví a replicar, quizá porque Mirella tiene razón. Es cierto que todos los años, aunque no quiera reconocerlo, al llegar diciembre me pruebo alguno de mis viejos sombreros que ya apenas uso y me convenzo de que necesita un aire nuevo. Luego me sorprendo parada delante de los quioscos que exhiben revistas de moda, probándome en mi imaginación el caprichoso sombrerito moderno que sale en una de las portadas. Si se me acerca alguien, aparto la mirada hacia el diario más cercano y finjo leer los titulares políticos. Pero en cuanto me quedo sola otra vez, me enfrasco gustosa en las revistas de moda. Vuelvo a casa con ese sombrero nuevo en la cabeza, con esa pluma que me cae a un lado del cuello, con la expresión fatua y esquiva de las modelos. Me sorprende que nadie en la familia se dé cuenta, ni siquiera Michele, que me saluda con su «buenas tardes, mamá» de siempre. Durante días sigo andando por la calle con ese sombrero en la cabeza, me veo sentada así en el salón de Giuliana. Hasta que por fin me decido, llamo a una modista que conozco que se da muy buena maña con los retoques y le susurro misteriosamente que pasaré a verla al día siguiente. Pero cuando el sombrero ya está en el armario y alguien menciona el té de Giuliana, yo vuelvo a insistir: «No voy a ir, no voy a ir». Casi me da miedo ponérmelo, me siento como si no fuera capaz de superar una prueba.

La prueba, tal vez, sea la mirada de Mirella. Michele dice siempre que estoy guapísima, y luego se lamenta de que sus ingresos ya no me permitan ir a esa modista de la via Veneto donde me compraba los sombreros de recién casada.

—¿Por qué lo dices? —le pregunto—. ¿Es que este me queda mal?

Él se apresura a contestar que no y hasta me hace un cumplido, asegurando que estoy muy elegante con cualquier cosa que me ponga.

Salgo de casa tranquila y contenta, pero una

vez en el salón de Giuliana comprendo perfectamente lo que quería decir Michele. De repente, mi elegante sombrero de fieltro negro desaparece ante los de raso de colores que llevan mis amigas. Somos solo seis o siete, es una reunión íntima, pero todas van vestidas como para una ceremonia: lucen joyas y se ve que llevan sus mejores vestidos, los más vistosos. En esos vestidos y en su voluble modo de hablar en voz alta y aguda reconozco su afán por demostrarse unas a otras que son felices, ricas y afortunadas; en resumen, que han triunfado en la vida. Igual no lo creen de verdad, es como cuando, en el colegio, nos enseñábamos los juguetes que nos habían regalado y cada una decía: «El mío es más bonito». Pienso que han conservado esa puerilidad cruel. A veces, por juego, nos ponemos a hablar en francés como hacíamos en el internado; nos encantaba hablar en francés cuando íbamos a pasear por el Pincio, todas en fila, con nuestros uniformes azul oscuro: la gente nos tomaba por extranjeras, y nos estremecíamos de vanidad. Todas estábamos orgullosas de ir al internado con más renombre de la ciudad, en el que gran parte de las alumnas provenía de la aristocracia: estas porque sentían que ello rubricaba el prestigio de sus familias, y las demás, como yo, porque al hablar de ellas podíamos pronunciar con familiaridad apellidos de familias que habían dado papas a la Iglesia y su nombre a palacios, aunque por lo general ya no les pertenecieran.

Recuerdo muy bien que, cuando hablaba de estas compañeras, mi padre, que venía de una familia de juristas burgueses, se sentía halagado. En cambio, mi madre, que pertenecía a una familia de la nobleza véneta, por desgracia venida a menos, fingía no darle ninguna importancia; es más, contaba anécdotas de dichas familias, cuya genealogía sabía reconstruir perfectamente, citando nacimientos, bodas y muertes prematuras. Mi padre la miraba con respeto, y ella en esas ocasiones lo humillaba sin querer asegurando que había mantenido hasta su matrimonio una estrecha amistad con las familias de las alumnas del internado en el que —a costa de grandes sacrificios económicos— había querido que yo me educara. Por ello al principio yo creía que me bastaría con mencionar el apellido de soltera de mi madre para que mis compañeras aristócratas me trataran como a una de los suyos. Pero era como si no lo hubieran oído nunca, ni recordaban tampoco sus madres haber conocido a la mía, que sin embargo conservaba de ellas un recuerdo preciso.

También ayer, en casa de Giuliana, me sentí como si nos moviéramos en mundos distintos, como si no habláramos el mismo idioma. Las miraba con divertida curiosidad, como quien asiste a un espectáculo. No sé definir bien esta sensación, era como si ellas se hubieran quedado en la época del internado y solo yo me hubiera convertido en adulta. Trataba de imitarlas, deseosa de rejuvenecer; me esforzaba por pensar que tenemos edades similares, muchos recuerdos comunes, que somos todas esposas y madres, por lo que nuestros problemas deberían ser los mismos. Hasta que empecé a trabajar, nos veíamos algunas tardes para jugar a las cartas. Con Luisa y Giacinta ni siquiera nos separa una situación económica distinta, pues sus maridos no ganan más de lo que ganamos Michele y yo juntos. No sabía, pues, a qué atribuir nuestra diversidad, que percibo cada año más profunda. Reconozco que me esforcé por entender sus conversaciones, como cuando, recién llegada al internado, trataba de seguir ese francés suyo tan fluido. Camilla contaba con mucha gracia los regalos que le había hecho su marido por Navidad, regalos caros que había obtenido gracias a astutas y elaboradas artimañas. Llevaba un sombrerito adornado con una pluma gris de ave del paraíso que me fascinaba. También Giuliana explicaba cómo había conseguido de su marido que le comprara una joya; eran francamente divertidas, me parecía asistir a un juego de manos. Tanto ella como Camilla hablaban de sus maridos como lo hacían de las monjas en el internado, explicando con qué malas artes los engañaban, aunque fuera por motivos inocentes como la compra de un vestido o la elección de un destino para las vacaciones. Giacinta aseguraba que conseguía de su marido que pagara mensualmente la factura de la luz cuando en realidad el pago era bimensual, mientras que Luisa sostenía que era mejor sisar de los gastos de los hijos:

—Es el único método seguro —afirmó riendo, y al hacerlo le temblaba el ramillete de violetas fijado al raso blanco del sombrero—. En vacaciones, cada vez que pierdo en el juego, los niños sufren unas anginas o un resfriado.

Giacinta se apresuró a interrumpirla:

—Claro, es que los tuyos todavía son pequeños, pero los míos ya hablan y dirían que estaban perfectamente.

A mí también me habría gustado contar algo que las divirtiera, pero no se me ocurría nada y me sentía humillada. Mis amigas parecían muy felices y alegres: en el entusiasmo de la conversación, Giuliana me cogía del brazo y eso me conmovía. Comían golosinas y sacaban del bolso polveras o encendedores nuevos muy especiales. Margherita tenía la misma expresión que cuando, en el internado, hacía circular de pupitre en pupitre la caricatura de la monja que nos daba la lección. Si su marido hubiera entrado de repente, se habría ruborizado como el día en que, al descubrirla, la hermana la había expulsado de clase. De tanto en tanto, consultaba la hora en un valioso relojito, y pronto empezó a dar muestras de nerviosismo, diciendo que Luigi estaba a punto de volver a casa. Ya no parecía segura de sí misma como hacía un momento. También Giacinta dijo que Federico quiere que ella siempre esté en casa cuando llega él. Intrigada por tan extraña pretensión, le pregunté el motivo, y ella, encogiéndose ligeramente de hombros, me dijo con un suspiro que no lo había, que los hombres son así. Yo le dije que Michele no se fija nunca en quién de los dos vuelve antes a casa.

—¡Pues qué suerte! —me contestó.

Mientras tanto, Margherita había ido a llamar por teléfono y había vuelto anunciando que Luigi la recogería en el portal; también Camilla dijo que Paolo ya había salido de la oficina y que pasaba a buscarla.

—Parece que hablarais del autobús que recogía a las alumnas externas, ¿os acordáis? —comenté yo.

Siempre es bonito recordar los tiempos del internado, y todas nos despedimos con un abrazo. Camilla, Margherita y Giuliana se citaron para jugar a las cartas el viernes siguiente: todas descartaban el domingo porque los maridos no van a la oficina, o el jueves porque es cuando libra la niñera, como dijo Margherita con un suspiro.

—Ven tú también —me propusieron cariñosamente.

Yo les dije que trabajo hasta las siete y que para librar esa tarde había tenido que pedir un permiso.

Enseguida sentí formarse a mi alrededor un silencio entre incómodo e incrédulo, y advertí que todas me miraban el vestido. Luego preguntaron qué clase de trabajo era el mío, la misma pregunta del año pasado. Repetí que era un empleo agradable, un puesto de responsabilidad bastante bien retribuido y que me gusta trabajar. Pero notaba que no me creían.

—Pobrecita —me dijo Luisa poniéndome una mano en el brazo como si hubiera perdido a un familiar.

—¿Y no podrías poner una excusa? —sugirió Camilla.

Le contesté que sí, claro, pero que no disfrutaría, pensando en las tareas urgentes que estaba descuidando; y, por otra parte, librar una vez no sirve de nada.

—¡Anda, ven, olvídate del trabajo! —concluyó Margherita con ligereza.

De repente, antes de que tuviera tiempo de contestarle, se dio cuenta de que iba a llegar tarde.

—¡Ay, Dios mío, Luigi! —exclamó y, despidiéndose de las amigas con un beso en las mejillas, salió rápidamente.

Estábamos en la puerta. Durante esas dos horas había sido como si interpretáramos una comedia y yo fuera la única que no se sabía el papel, como si hubiera olvidado las réplicas. Callaba, y poco a poco iba comprendiendo que la distancia insalvable que se había creado entre nosotras en estos últimos años se debe al hecho de que yo trabajo y ellas no. O, más exactamente, al hecho de que yo soy capaz de subvenir a las necesidades materiales de mi vida y ellas no.

Este descubrimiento me tranquilizó, me dio

más seguridad en mí misma, me hizo sentirme casi orgullosa y entendí por qué tenía la impresión de ser mayor que ellas pese a tener la misma edad. Comprendí también que los sentimientos que me unen a Michele son de una índole distinta de los que las unen a ellas a sus maridos. Eso me llenó de alegría, me daban ganas de correr a casa a decírselo, aunque sé que, por culpa de este carácter mío tan cerrado, cuando estoy con él no sé expresarme bien. Al final me siento con él y con los chicos, y me pongo a hablar de cosas sin importancia. Pero entendí también que, por el hecho de ser independiente, ya no podré congeniar con Giuliana y con las demás, y ello me sumió en una profunda melancolía similar a la que se siente al abandonar un lugar que hemos amado.

Mientras yo andaba perdida en estas reflexiones, Giuliana charlaba con Camilla, ensalzando el nuevo abrigo de piel de Margherita, de un astracán muy poco común que calculaban que costaría más de un millón de liras. Camilla decía que el marido de Margherita es un abogado de renombre, y Giuliana lo confirmaba, hablando de él con respeto. Me di cuenta de que valoraban el abrigo de ella como habrían valorado la fuerza física de él: las joyas que le regalaba a su mujer, la ropa cara eran otras tantas señales de virilidad. Al marido de Giacinta, en cambio, que solo había podido comprarle un abrigo de piel de ardilla, no parecían tenerlo en tanta consideración.

Se me ocurrió preguntarme si soy una buena esposa, pues, al pagar con mis ingresos las facturas de la modista o la peluquería, no dejo que sea Michele quien se mida en estas pruebas. Pensaba en cuando había sisado de la compra para mandarlo a él y a los chicos al fútbol y así poder escribir tranquila, y no era capaz de enorgullecerme de mi habilidad, como habría hecho Luisa, e incluso me arrepentía de haberme aprovechado no solo de su buena fe, sino también del dinero que él ganaba duramente, como sé yo que se gana el dinero en una oficina, hora a hora. Aún hoy, cuando recuerdo lo que hice, no siento satisfacción alguna, solo una intensa vergüenza que me da ganas de llorar. Pienso que yo no miro nunca el reloj diciendo: «¡Oh, Dios mío, Michele!», para luego escapar muerta de miedo. Mi madre suele decirme: «Haces mal en no delegar en tu marido toda la responsabilidad económica de la casa y las necesidades de vuestros hijos. Es él quien debe subvenir a ellas. El dinero que tú ganas deberías ponerlo en una cartilla». Quizá mi madre tenga razón; quizá también, en el fondo, Michele estaría más contento. Pero el caso es que cuando ella me describe la vida de su familia, de mi abuela, que tenía una casa solariega en las colinas Euganeas donde tejía por las noches junto a la chimenea mientras mi abuelo jugaba al ajedrez con sus vecinos, cuando me cuenta todo esto y yo pienso en la vida de Michele, en la vida de nuestros hijos y en la mía propia, miro a mi madre como a una imagen sagrada, una vieja estampa, y siento que estoy sola con este cuaderno, apartada de todos, incluso de ella.

5 de enero

Mañana es la Epifanía. Por suerte ya han pasado los días festivos. No sé por qué, todos los años los aguardo con ansiedad, con un íntimo sentimiento de dicha, pero luego siempre me provocan una gran melancolía. Esto es así sobre todo desde que Riccardo y Mirella crecieron, justo desde que dejaron de creer en la Befana. Antes me gustaba mucho colocar los regalos, con la ayuda de Michele, mientras ellos dormían. Hasta me había comprado un libro alemán que enseñaba a preparar con mimo los regalos de Navidad. Cada año inventaba sorpresas distintas. Recorría las tiendas durante días, sin saber qué elegir, en parte porque nunca hemos tenido mucho dinero, aunque entonces íbamos más desahogados que ahora. Llegaba exhausta a la noche de la vigilia, pero todavía sacaba fuerzas para colocar emocionada los regalos junto a la chimenea, sin hacer ruido, pues esa noche los niños tenían el sueño muy ligero. Michele me miraba con ternura: «¿Por qué tanto empeño? —me preguntaba—. ¿Tú crees que ellos son conscientes de lo que te ha costado preparar todo esto?». Yo le decía que sí y que, en cualquier caso, lo importante para mí era imaginarme su alegría. «¿No es una forma de egoísmo, entonces?», me preguntaba él con una sonrisita. «¿Egoísmo?», repetía yo, ofendida. «Sí, una prueba de orgullo, al menos: una manera de demostrar, una vez más, de lo que eres capaz. Quieres ser también la madre que prepara los regalos perfectos.» Estábamos solos en mitad de la noche, hablábamos bajito, como si nos estuviéramos confesando. Michele me abrazaba y yo murmuraba: «Quizá tengas razón». Con la cabeza apoyada en su hombro, me habría gustado decirle que era mi manera de retener un poco a nuestros hijos en la edad en la que aún cabe esperar algo extraordinario, algo milagroso. Pero se me da mal hablar, expresarme, Michele siempre ha tenido un carácter más expansivo que yo. Fue Mirella la primera que dejó de creer en la Befana. «Lo sé todo», me dijo la noche de la vigilia; tenía poco más de seis años, mientras que Riccardo, que es mayor que su hermana, todavía creía en ella. Él también estaba presente y nos miraba, interrogándonos con los ojos. Mirella añadió: «Este no entiende nada». Al borde del llanto, Riccardo seguía mirándome sin entender, justo como decía su hermana. Entonces hice algo reprobable —es muy raro que yo no sea capaz de domeñar los nervios—: le di una bofetada a Mirella. Riccardo se echó a llorar, Michele acudió y, tragándose los reproches contra mí, les dijo a los niños que era mucho más bonito así, era más bonito que la Befana fuera la madre. «No», contestó Mirella.

También esta noche me he quedado levantada para prepararles unos regalos a los chicos. Michele quería hacerme compañía, y le he dicho: «No, gracias, vete a dormir». Pero era porque después tenía intención de escribir. Ahora, detrás de todo lo que hago y digo, está el cuaderno. Nunca pensé que valiera la pena apuntar cuanto me ocurre durante el día. Mi vida siempre me ha parecido bastante insignificante, sin nada reseñable más que mi boda y el nacimiento de mis hijos. Pero desde que he empezado a escribir un diario, casi por casualidad, me parece descubrir que una palabra o un matiz pueden ser tanto o más importantes que los hechos que solemos considerar como tales. Aprender a entender las cosas mínimas de todos los días quizá sea aprender a comprender de verdad el significado más oculto de la vida. Pero no sé si eso es bueno, me inclino a creer que no.

Mientras preparaba estos paquetes con regalos prácticos —unos guantes para Michele, calcetines para Riccardo, una polvera para Mirella—, pensaba que pronto empezaría a hacerlo para los nietos. Michele me dijo una vez, sonriendo: «¿Renunciarás al menos al papel de la abuela que prepara los regalos perfectos? Te cansas demasiado con estas cosas, te consumes». Pronunció esta frase en presencia de los chicos, que me miraron con estupor. Es terrible pensar que lo he sacrificado todo para dar lo mejor de mí en tareas que ellos juzgan obvias, naturales.

7 de enero

Ayer Michele me regaló una elegante agenda de teléfonos, la que teníamos estaba muy estropeada. Los chicos han adquirido la mala costumbre de apuntar los números a lápiz y de cualquier manera, sin orden. Por la tarde nos quedamos solos en casa; Michele leía el periódico y yo copiaba los números de una agenda a otra. No han pasado más de seis o siete años desde que los anoté la última vez, pero me di cuenta de que muchos de los primeros nombres que escribimos en la vieja agenda no hacía falta pasarlos a la nueva; su lugar lo ocupan ahora otros que hemos apuntado a lápiz a continuación, deprisa y corriendo. Le pregunté a Michele si nos creía volubles en nuestras amistades, y me contestó que siempre había pensado lo contrario. Yo le enseñé la vieja agenda, diciendo:

—Pues ya ves...

Nos pusimos a hablar, como siempre hacemos al principio de un nuevo año, recordando nuestra vida. Fue una tarde preciosa, hacía mucho tiempo que no teníamos una así. Por suerte, Mirella había salido con su amiga Giovanna, de otro modo no habría ocultado su irritación, le aburre quedarse en casa con nosotros. Lo dice siempre con dureza, sin pensar que quizá a mí también me aburra quedarme en casa con ellos por las noches o los días de fiesta, pero yo ni siquiera tengo derecho a quejarme, al contrario que ella. Porque, si bien los hijos pueden siempre confesar abiertamente que se aburren con los padres, una madre nunca puede confesar que se aburre con los hijos sin parecer una mala madre.

Le hice esta observación a Michele mientras copiaba los números en la agenda. Sonriendo, él replicó que nosotros habíamos hecho lo mismo con nuestros padres. Yo le dije que no me lo parecía; que a mí, por ejemplo, estudiar me había costado un sacrificio porque no tenía vocación para ello, y eso que yo no lo hacía solo para conseguir lo antes posible el derecho a irme de casa, como es el caso de Mirella. Sobre todo, no recordaba que hubiera considerado nunca la diversión como un derecho; para mí era una suerte inesperada. De hecho, estoy segura de no haber contestado nunca a mi madre como suele responderme a mí Mirella cuando le pido que vaya a un recado o que me ayude con las tareas domésticas: «No puedo, no me apetece». Michele dice que la culpa la tiene la última guerra y la que teme que pueda estallar de un momento a otro: todos, y en especial los jóvenes, tienen miedo de que no les dé tiempo a divertirse, por eso quieren aprovechar el presente, pasarlo bien todo el día. Quizá por eso mismo no lo consigan en absoluto.

Mientras copiaba los nombres, despacio y con

esmero, como si estuviera haciendo un ejercicio de caligrafía, observaba que, a juzgar por esa agenda, nuestras amistades cambiaron precisamente después de la guerra. Quizá porque entonces cambió la situación económica general y familias como la nuestra, que vieron disminuir sus ingresos mientras crecían los hijos, han tenido que adaptarse a la fuerza a una posición social distinta. O, pensándolo bien, creo intuir que el motivo es que, durante la guerra, algunos entendieron muchas cosas importantes y otros no.

En cualquier caso, tal vez sea difícil conservar una amistad toda la vida. Llega un momento en el que cada cual cambia, se vuelve distinto; algunos avanzan, otros se quedan parados, o se camina en direcciones opuestas, por lo que ya no hay encuentro, ya no se tiene nada en común. Al copiar el nombre de Clara Poletti, pensé que me habría gustado llamarla, al menos para felicitarle las Pascuas, pero no tengo tiempo, cada vez tengo menos tiempo. Me parecía inútil incluso pasar su nombre a la nueva agenda, ya casi no nos hemos visto desde que se separó de su marido. En los últimos meses de su matrimonio yo traté de estar lo más cerca posible de ella para apoyarla. Me decía siempre que no la comprendía y que escuchar mis consejos era como leer un libro. Después de la separación, Clara empezó a escribir guiones de cine y ahora frecuenta a gente que no conocemos. Se ha hecho bastante famosa, muchas veces cuando vamos al cine leemos su nombre al principio de la película. Cuando iba a visitarla estaba ocupadísima, me hablaba deprisa entre llamada y llamada, y siempre me anunciaba que estaba enamorada. Solía preguntarme si alguna vez había engañado a Michele. Esa pregunta no se la habría tolerado a otra persona, a alguien que no me conociera bien. Pero a ella le contestaba, riendo: «¡Qué tontería!». Pese a todo, me cae simpática. Igual se habría alegrado de que la llamara por Navidad. «¿Sigues con Michele?», me habría preguntado. Y yo le habría dicho: «Basta, Clara, recuerda la edad que tenemos. Ven a casa un día, ¡si vieras lo que han crecido los chicos!». Mientras terminaba de copiar los nombres, pensé que por suerte Michele y yo no hemos cambiado nada en estos años o, al menos, lo hemos hecho de la misma manera.

9 de enero

Estoy de malhumor y preocupada. Mirella se ha acostumbrado a volver a casa a la hora que le parece. Anoche apareció nada menos que a las diez. En cuanto entró le dije que la próxima vez que llegara tarde no le guardaría la cena.

—Empecemos hoy mismo —me contestó con arrogante amabilidad—. Ni falta que me hace que me la guardes. Buenas noches.

Tuve la sospecha de que había cenado fuera,

con un hombre. Me habría gustado que Michele la riñera, pero él dijo que ya lo había hecho yo y que con eso era suficiente. En realidad, quería escuchar tranquilamente el concierto en la radio. Estos últimos días se queda a menudo oyendo música hasta la hora de acostarse. Le gusta sobre todo Wagner. Yo esa música la encuentro fea y violenta, me da miedo; pero no quiero contrariar a Michele, que tiene pocas ocasiones de distraerse después de las largas horas de oficina. Así que por las noches me siento a su lado a coser hasta que me entra sueño. Igual no es casualidad que Michele prefiera a Wagner. Anoche dejaba a ratos mi labor y me lo quedaba mirando sin que él se diera cuenta. Estaba distraído, soñador, como siempre cuando escucha esa música. Miraba su perfil todavía nítido, su cabello oscuro con apenas algunas canas en las sienes, sus manos, tan bonitas... Cuando éramos novios, mi madre decía siempre que Michele tiene una cabeza bonita, una cabeza de poeta y de héroe. Quizá cuando escucha esa música se imagina siendo el héroe de épicas aventuras, quizá sueña con una vida muy distinta, aunque la nuestra siempre haya sido feliz. Por eso no quería distraerse de sus pensamientos, ni siquiera cuando le dije que si nuestra hija empieza a comportarse así puede acabar descarriándose. Lo miré con estupor, pues yo en su lugar no me habría quedado indiferente ante este problema. Pero al mirarlo comprendí que Michele busca consuelo en esa música.

Conmovida, me acerqué a él y le dije:

—Vámonos, Michele.

Enseguida me arrepentí de haber pronunciado estas palabras. Temía que se volviera y me dijera: «¿Adónde, mamá?», sin sospechar que yo le había sorprendido en su ensoñación. Estaba dispuesta a mentir para ayudarlo, a aclarar lo que había dicho:

—Quería decir que nos vayamos a la cama, es tarde.

Pero él no contestó, solo me estrechó la mano. Entonces me asusté. Creo intuir que, si Michele se entrega a estas ensoñaciones, es porque ya no tiene esperanza, porque está derrotado. Pero quizá no sea cierto todo aquello que creo ver a mi alrededor de un tiempo a esta parte. Quizá sea culpa de este cuaderno. Debería destruirlo, y sin duda lo haré: está decidido. Lo haría ahora mismo si no temiera que alguien pudiera encontrarlo en la basura. Si le prendiera fuego, Michele y los chicos notarían el olor a quemado. Podrían incluso sorprenderme in fraganti y no sabría qué decirles. Lo destruiré en cuanto pueda: el domingo.

10 de enero

La actitud de Mirella ha llegado a tal extremo que tengo que escribir al respecto por última vez para desahogarme. Michele y Riccardo ya duermen. Lo que ha ocurrido no les quita el sueño.

Estoy nerviosa y me he encerrado en el cuarto de baño a escribir a pesar del frío. Esta noche Mirella nos ha pedido las llaves de casa, diciendo que se iba al cine con su amiga Giovanna y su hermano. A la una aún no había vuelto. Preocupada, he llamado a casa de Giovanna y he despertado a todo el mundo. Su madre me ha dicho que Giovanna estaba durmiendo, que esta noche no ha salido. Mientras tanto, despertada por el timbre del teléfono, Giovanna ha corrido a quitarle el auricular a su madre. La he oído hablarle en voz baja y agitada. Su madre me ha dicho entonces:

—Giovanna está aquí. Dice que habían quedado hoy, sí, pero al final el plan no ha cuajado y Mirella ha salido con otra gente. Pero no lo crea, señora, no será verdad.

Le he dado las gracias y, mientras colgaba el teléfono, he sentido que palidecía. He corrido a la ventana: nada. Entonces he ido a despertar a Riccardo y a Michele. Nos hemos asomado los tres a la ventana, soplaba un viento frío. Poco después se ha detenido un vehículo delante del portal, un gran coche gris. He visto salir a Mirella y volverse hacia el automóvil para despedirse con un gesto afectuoso. Me hubiera gustado ver quién la acompañaba, habría bajado al portal si no hubiera estado en bata, así que le he rogado a Riccardo:

—Baja tú.

Pero él me ha contestado enseguida:

—Es el Alfa de Cantoni.

En eso se ha alejado el coche. Le he preguntado quién era Cantoni.

—Uno de treinta y cuatro años —me ha respondido.

Mirella ha abierto la puerta de casa con cuidado. Al vernos a los tres levantados y en bata a la entrada del comedor se ha quedado un momento desconcertada, como a punto de echar a correr, y luego ha avanzado hacia nosotros sonriendo, un poco pálida, tratando de parecer natural.

—Buenas noches —ha dicho—, se me ha hecho tarde, no tendríais que haberme esperado levantados...

Se ha acercado a nosotros para saludar a su padre con un beso, como hace siempre, pero no apartaba los ojos de mí.

—Mirella —le he dicho seria, esforzándome por mantener la calma—, hemos llamado a Giovanna, así que no mientas. ¿Dónde has estado?

Con un gesto de desprecio, ha tirado las llaves sobre la mesa del comedor y nos ha soltado:

—La culpa es vuestra, que me obligáis a mentir.

Michele ha replicado irónico:

—¿Nosotros? Esta sí que es buena.

Pero ella insistía:

—Sí, vosotros. No puedo salir nunca sola de noche; a mi edad, tengo que ir acompañada de mi hermano. Es ridículo, soy ridícula. Riccardo sabe bien que muchas otras chicas...

Su hermano la ha interrumpido bruscamente,

diciendo que nunca le permitiría a su hermana hacer lo que hacen otras chicas.

—¿Que no me lo permitirías? ¿Qué pintas tú aquí? Como mucho, tendría que obedecer a mi padre. En cuanto a ti...

Michele estaba a punto de intervenir, pero conozco el carácter de Mirella y he temido que la cosa empeorase si lo hacía. Les he pedido que nos dejaran a solas.

La he invitado a sentarse, como si fuera una visita, y me he puesto a su lado. Estaba enfurruñada, con esa expresión que ponía de niña. En el fondo es una buena chica, pensaba, esto es algo puntual, se le pasará. Ella entretanto había sacado del bolso una cajetilla de cigarrillos americanos que no tenía al salir de casa. Hasta ese momento, rara vez la había visto fumar, pero ahora me ha parecido que abría la cajetilla con un gesto natural. No he querido decir nada al respecto. Le he preguntado con dulzura dónde había estado y con quién. Me ha contestado que había ido al cine y luego a bailar con Sandro Cantoni, un abogado al que había conocido en Nochebuena en casa de los Caprelli. Le he preguntado con cariño si estaba enamorada de él, tratando de tomarle la mano, pero ella me la ha retirado.

—No creo, no lo sé: yo diría que no —ha contestado.

La he mirado a los ojos con la esperanza de que estuviera mintiendo, pero me ha parecido que decía la verdad. Le he preguntado que por qué salía a solas con él entonces, poniendo en peligro su reputación. Se ha echado a reír.

—¡Mamá, tú te has quedado en el siglo pasado!

Quería replicarle que hemos nacido en el mismo siglo, pero he seguido intentando hacerme entender y comprenderla yo a ella.

—Dice Riccardo que es alguien mucho mayor que tú. Mira, distinto sería que hubieras salido con un compañero de la universidad, sería comprensible que se os hiciera tarde charlando. Pero esto, con un hombre maduro... —Estaba a punto de hablarle de los cigarrillos, aunque me he contenido—. No sé, hay algo que no me gusta en esta nueva amistad tuya. Ya van dos veces que vuelves tarde, demasiado tarde; además, te noto nerviosa, por la noche nunca llegas puntual a cenar. Ayer sospeché incluso que habías cenado fuera...

La interrogaba con la mirada, deseando que lo desmintiera. Me ha confirmado que había cenado fuera, en efecto. Y, acomodándose mejor en la silla, se ha puesto a hablarme con frialdad:

—Mira, mamá, vamos a hablar claro. Estoy harta de salir con los amigos de Riccardo. No tienen un céntimo, con ellos hay que estar horas y horas andando, y dicen muchas tonterías. Si por fin te invitan a sentarte en algún sitio, es en un merendero donde al poco se te quedan las manos y los pies helados. Mira, mamá, yo no quiero llevar la vida que habéis llevado papá y tú. Papá es un hombre extraordinario, fuera de lo común, lo sé y lo adoro, pero antes me mato que tener que llevar la vida que él te ha impuesto. Mi única salida posible es el matrimonio. Y pronto, porque tampoco puedo aspirar a mucho, a mi favor solo juega mi juventud. No tengo un nombre, o qué sé yo, un padre con una buena posición política o social, ni siquiera dispongo de ropa que ponerme. Por tanto, si hay que salir, lo haré, y vais a tener que acostumbraros. Además, salir me divierte. Debes hacérselo entender a papá. Si insistís en vuestra actitud, me iré de casa en cuanto sea mayor de edad, pero pensad que eso sería peor. Lo digo por vosotros y también por mí: tenéis que acostumbraros. No te asustes, mamá —ha añadido casi con cariño—, no hago nada de lo que tú llamas malo.

Sonreía y a la vez me miraba con frialdad, como cuando con seis años me dijo aquello de «lo sé todo» para anunciarme que ya no creía en la Befana. Aún me pregunto si quien me hablaba así era Mirella o una chica a la que no conozco en absoluto. He recordado cuando fui a comprarle el chal de gasa para el baile, dudé porque era muy caro, me salí incluso de la tienda y luego volví a entrar y me decidí.

—Pero ¿y los sentimientos, no los consideras siquiera?

Me ha interrumpido diciendo que no la entendía. Yo le he contestado que la entendía perfectamente. Le he preguntado si tampoco el amor contaba para ella.

—¿Y eso qué tiene que ver? —ha objetado—. ¿Te parece que esto vuestro es amor? Estas estrecheces, este consumiros, este renunciar a todo, este correr del trabajo al mercado... ¿No ves el aspecto que tienes, a tu edad? Mamá, por favor, no quieres entender nada de la vida, pero siempre he pensado que eres una mujer inteligente, muy inteligente incluso. Razona: ¿qué vida lleváis papá y tú? ¿No ves que papá es un fracasado y te ha arrastrado con él? Si me quieres, ¿cómo puedes desear que tenga una vida como la tuya?

Me he levantado corriendo y he ido a cerrar la puerta para que no la oyera Michele. Este gesto me ha hecho ruborizarme, me ha recordado lo que había escrito el día anterior en este cuaderno sobre Michele y Wagner. Le he dicho a Mirella que yo siempre he sido muy feliz y que de verdad esperaba que ella también lo fuera. He añadido que esta es la vida que toda mujer debe tener, que no le iba a consentir actuar como se proponía: mientras siguiera en mi casa, no pensaba permitírselo.

—Sé que este momento pasará. Reflexionarás, te haré reflexionar yo, te casarás cuando estés enamorada, cuando quieras a un hombre, y así amarás a tu familia, a tus hijos, como he hecho yo. Si es rico, tanto mejor; y si no, trabajarás como lo hago yo...

Mirella me ha mirado con dureza y ha dicho:

—Estás celosa.

Es domingo otra vez. Se han ido todos nada más desayunar. Michele, a ver a su padre; quería que me fuera con él, pero le he dicho que tenía mucho que hacer y que después quería descansar. Él me ha cogido de la barbilla y me ha preguntado:

—¿Qué te pasa, mamá? A veces parece que prefieres quedarte sola. Tiene razón Riccardo cuando dice que te ve cambiada desde hace un tiempo.

Le he contestado que sí, que en parte es verdad, pero que es por los chicos: siempre estoy preocupada por ellos, porque ya no parecen los mismos, ya no se contentan con lo que antes los hacía felices. He aprovechado para contarle que ayer Mirella insistió en que necesitaba un abrigo nuevo; sostenía que podíamos comprárselo si queríamos porque tanto su padre como yo habíamos cobrado la paga extra de Navidad. En vano intenté que entendiera que ese dinero ya estaba destinado a otras compras; igual se cree que queremos quedárnoslo nosotros, para guardarlo celosamente en el cajón. Michele ha mencionado que si quisiéramos quedárnoslo tendríamos todo el derecho, a fin de cuentas.

—Ese dinero es nuestro, lo hemos ganado nosotros. Tú también podrías querer un abrigo nuevo, ¿no te parece, mamá?

Le he dicho que eso mismo le había replicado a Mirella y que me había contestado que, a los cuarenta y tres años, un abrigo nuevo no sirve de mucho. Yo esperaba que Michele dijera que no es así, pero ha sonreído y se ha limitado a concluir:

—Pues quizá tenga razón.

Me ha dado un tierno abrazo y se ha marchado.

Aún no me he decidido a contarle lo que ocurrió entre Mirella y yo aquella noche en que volvió tarde. Además, a la mañana siguiente le dije que me había prometido que no lo haría más. Querría ahorrarle la inquietud continua que siento desde esa noche. Por otra parte, no me atrevía a compartir con él la pérfida frase que Mirella me soltó antes de ir a encerrarse en su cuarto: «Estás celosa». Temo que, como con lo del abrigo, pueda comentar riendo: «Quizá tenga razón».

Más tarde

He dejado de escribir hace un rato porque he oído un ruido en la puerta, como si alguien hubiera metido la llave en la cerradura. Me ha pillado desprevenida y no sabía dónde guardar el cuaderno; he mirado a mi alrededor, pero todos los muebles me parecían de cristal, transparentes, pensaba que dondequiera que lo escondiera quedaría a la vista. Iba de un lado a otro con el cuaderno en la mano, hasta que he comprendido que el ruido venía del apartamento de al lado. Más tranquila ya, me he burlado de mis temores. Antes de sentarme de nuevo a escribir he ido a echar la cadena de la puerta, pensando que siempre podría decir que había sido sin darme cuenta. Pero ese gesto automático me ha hecho sentir mal, pues yo, a pesar de que siempre me he considerado una persona franca y leal, he visto hasta qué punto he aceptado ya que puedo mentir y hasta prepararme una coartada. He pensado en Mirella, que unos días antes nos había engañado hábilmente diciendo que había quedado con Giovanna, y quién sabe cuántas otras veces habrá mentido antes de entonces, y en Riccardo, que para conseguir más dinero de su padre dijo que había comprado un libro cuando en realidad no era así. Me he preguntado de qué manera mentirá también Michele, como lo hago yo para escribir en este diario. Al irme perdiendo poco a poco en esos pensamientos, me he echado a llorar. Estaba sola en la casa vacía, en el silencio dominical, y me parecía haber perdido para siempre a quienes quiero si en realidad son distintos a como siempre los había imaginado, si sobre todo yo misma soy distinta a como ellos me imaginan.

Hasta ahora siempre había pensado que nosotros cuatro —Michele, Mirella, Riccardo y yo— éramos una familia unida y tranquila. Seguimos viviendo en la casa en la que nos instalamos Michele y yo nada más casarnos. Se nos ha quedado tan pequeña que, para que Mirella tuviera su propia habitación, no quedó más remedio que renunciar al salón; los cuartos son muy pequeños, pero quizá por eso me parecía que nos abrazábamos mejor, que nos recogíamos en un único caparazón. Asimismo, siempre había pensado que, en muchos aspectos —los más importantes—, nuestra familia era más afortunada que las demás: Michele y yo nunca hemos discutido seriamente en estos años, él siempre ha trabajado, yo he encontrado empleo cuando así lo he querido y los chicos están sanos. Quizá lo que quería contar en este cuaderno es la tranquila historia de nuestra familia, quizá fuera ese el motivo que me impulsó a comprarlo. Me habría gustado releerlo una vez casados los chicos, cuando nos hubiéramos quedado solos Michele y yo. Habría podido enseñarle entonces el cuaderno con orgullo, como si, sin él saberlo, hubiera reunido un patrimonio para nuestra vejez. Habría sido muy hermoso. Sin embargo, desde que empecé a escribir ya no me parece que sea bonito recordar todo lo que ocurre en nuestra casa. Puede que haya empezado demasiado tarde a llevar un diario, debería haber escrito sobre Riccardo y Mirella cuando eran niños. Ahora ya son adultos, aunque me cueste considerarlos como tales; tienen todas las debilidades de los adultos y puede que también todos sus vicios. A veces pienso que hago mal en tomar nota de lo que ocurre; puesto por escrito, parece malo también aquello que en sustancia no lo es. Hice mal en escribir sobre la larga conversación que tuve con Mirella el día que volvió tarde y sobre que a su término nos separamos no como madre e hija, sino como enemigas. Si no lo hubiera escrito, ya lo habría olvidado. Siempre tendemos a olvidar las palabras y los actos del pasado, en parte para eludir la difícil obligación de serles fieles. Creo que, si no lo hiciéramos, nos descubriríamos llenos de errores y sobre todo de contradicciones entre lo que nos hemos propuesto hacer y lo que hemos conseguido, entre lo que habríamos deseado ser y la realidad con la que nos hemos contentado. Quizá por eso aquella noche puse más cuidado que de costumbre en ocultar el cuaderno: me subí a una silla y lo dejé sobre el armario de la ropa blanca. Me parecía que, escondiéndolo, podría superar más fácilmente una duda que se había apoderado de mí: haber vivido casi veinte años con mi hija, haberla alimentado y educado, haber estudiado su carácter con amorosa premura, para luego tener que admitir que en realidad no la conozco en absoluto.

15 de enero

Ayer paré de escribir y, descuidando mis obligaciones domésticas, me fui a ver a mi madre. Vive cerca de aquí, en un apartamento pequeño pero soleado. Los viejos le dan mucha importancia al sol: cuando vivía con ellos ni siquiera era consciente de que la casa está orientada al sur, mi madre, en cambio, siempre presume de ello. Se pone muy contenta cuando la visito en domingo, le parece que le quito horas a Michele para dárselas a ella, lo cual la halaga y la complace.

Los domingos en que hace bueno mi madre está malhumorada porque mi padre sale él solo a dar un largo paseo. Primero van juntos a misa de diez y luego él la acompaña a casa paso a paso, cogiéndola cariñosamente del brazo. Pero en cuanto llegan al portal se despide de ella y se aleja; parada en la acera, mi madre lo sigue con la mirada, enfurruñada. Él camina deprisa, sin volverse a saludarla, como si con esos andares quisiera demostrarle que es mucho más joven que ella, aunque los dos tienen setenta y dos años. Se apoya apenas en el bastón de pomo de marfil que levanta con un gesto ágil, como estaba de moda en sus tiempos. Va hasta Villa Borghese, al jardín del lago, y cuando vuelve le habla del aire libre y de los árboles, respirando hondo con un gesto juvenil como para fastidiarla. Cosa que, de hecho, consigue: mi madre se encierra todo el día en un silencio desdeñoso. Ocurría igual cuando yo era niña y mi padre se iba los domingos a hacer esgrima o a navegar por el río.

Nada ha cambiado en casa de mi madre: la vieja asistenta sigue llamándome señorita, mi madre insiste en llamarme Bebe, por más que yo le diga que es ridículo, pues ya peino canas. Cuando entro en la casa voy directa a la que era mi habitación de niña, mi madre me sigue y nos encerramos a charlar allí. El cuarto sigue igual, y yo tengo siempre un leve remordimiento, como si irme a vivir con Michele hubiera sido un acto de rebeldía, una locura. Cuando estoy en esa habitación con mi madre y conversamos sobre él y los chicos, aunque les tiene mucho cariño, ella parece escucharme como si le hablara de extraños que se hubieran entrometido entre nosotros de manera subrepticia.

También ayer me senté en la cama como de costumbre y mi madre se puso a coser. Me habría gustado explicarle lo que había ocurrido con Mirella, pero me parecía que habría sido como contarle cosas que podríamos habernos dicho nosotras cuando yo tenía la edad de Mirella y que ambas habíamos preferido ignorar. En casa de mi madre, tengo siempre una labor a medias, un jersey de punto para Michele o para los chicos, así que también me puse a trabajar al cabo de un rato, mientras le decía:

—Estoy cansada. Esta mañana he ordenado toda la casa y he hecho la compra. En el mercado no había manera de encontrar verdura comestible, estaba toda congelada. Las judías verdes son buenas, pero cuestan trescientas veinte liras el kilo.

Mi madre asentía sin mirarme:

—Ya. Papá volvió ayer a casa y me preguntó por qué nunca compro alcachofas. Le dije que cuestan setenta y cinco liras cada una.

—Todavía no es tiempo de alcachofas, hace frío —contesté.

—Pues fíjate que papá esta mañana ha salido sin bufanda y se ha ido así hasta el Pincio. Se cree aún un jovenzuelo, va a coger un buen resfriado.

—Pues está la cosa como para ponerse uno malo —dije.

—Así no podemos seguir —concluyó.

Entonces levanté los ojos para mirarla. Mi madre es una señora mayor, alta, de piel muy blanca. Su peinado —un poco cardado, a la moda de principios de siglo— transmite aún cierta coquetería. Es una anciana como quedan pocas; yo siempre me digo que a su edad no seré como ella: la mía es una generación que no se avergüenza de mostrar el cansancio. Ella, en cambio, parece no concederse nunca un segundo de abandono: ya desde por la mañana se arregla como si fuera a salir, con la piel tersa y lustrosa, blanca de talco, el delgado cuello ceñido con un ancho lazo de otomán. La miraba ayer mientras yo tejía inclinada, casi encorvada sobre la cama. Ella se sentaba erguida en una silla, siempre dice que no le gustan los sillones porque invitan a la inactividad, a la melancolía incluso. Zurcía unos viejos calcetines de mi padre que estaban ya para tirar, pero ella los zurcía con un gesto elegante, como cuando de joven hacía encaje de estilo Renacimiento. Al sentirse observada levantó los ojos y se encontró con los míos: se me quedó mirando un momento, con la aguja en el aire y el hilo tirante, y tras concentrarse de nuevo en la tarea, me dijo:

—Creo que deberías tener una chica que te ayude con la casa.

—Sí, tienes razón —murmuré—. Si en febrero Michele recibe el aumento que le corresponde, me decidiré.

Mi madre y yo nunca hablamos más que de cosas materiales, cosas que poco tienen que ver con lo que de verdad nos importa. Ella siempre se ha mostrado fría conmigo; incluso cuando era niña, solo me abrazaba de tarde en tarde y de una manera que me intimidaba. No tardó en mandarme al internado. Yo siempre he creído que su actitud se debía a una reserva propia de la familia aristocrática de la que provenía. Ella siempre trataba de usted a su madre. Yo me propuse educar a mi hija de una manera muy distinta, ser su amiga, su más íntima confidente. No lo he conseguido. Me pregunto si eso es algo que se pueda conseguir. Ayer, sin embargo, hablando con mi madre de cosas materiales como la compra y las tareas, caí en la cuenta de que, a través de ese lenguaje convencional, siempre nos hemos contado lo que nos ocurría en lo más íntimo, sin reconocerlo abiertamente, pero con ese entendimiento que solo se da entre madre e hija. Ayer, por ejemplo, intuí que aludíamos a algo distinto cuando hablábamos del precio de las alcachofas. Y ella percibía en mí una fatiga, una debilidad peligrosa cuando me aconsejaba que contratara a alguien para ayudarme con la casa. Me parece que si ahora entiendo esto es porque tengo yo también una hija a la que no alcanzo a comprender. A quien sí voy entendiendo es a mi madre y, mientras escribo sobre ella, siento ganas de esconder la cabeza en su hombro como nunca me atrevería a hacer en su presencia. Al principio de mi matrimonio, cuando me costaba acostumbrarme al carácter de Michele y a la vida de casada en general, iba a visitarla con frecuencia. Nos sentábamos como ahora en mi habitación y yo le decía: «Me duele la cabeza, dame una pastilla». Ella no me preguntaba nunca por qué me dolía. «Es el tiempo —decía dándome una aspirina—. Descansa un poco antes de volver a casa.» No decía más, cosía, y yo también callaba, tumbada en mi cama de cuando era pequeña. Miraba entrar el sol por los cristales que tenían forma de rombo, verdes y violeta, con esos destellos que me gustaban tanto de niña. «¿Se te pasa?», me preguntaba mi madre, levantando apenas los ojos de la labor. «Creo que ya me encuentro un poco mejor», decía yo al cabo del rato. Mientras me acompañaba a la puerta, me preguntaba qué iba a hacer de cena. «*Risotto* y filetes», le contestaba yo, por ejemplo. A la mañana siguiente me llamaba por teléfono para preguntarme si a Michele le había gustado el *risotto*, si se lo había comido con apetito. Cuando le contestaba que sí, que todo había salido bien, la oía suspirar aliviada.

Tal vez sea necesario envejecer un poco y tener hijos ya crecidos, como yo, para comprender a nuestros padres y, al reflejarnos en ellos, entendernos mejor a nosotros mismos. Ahora, de repente, creo comprender en qué abismo de soledad caería si ya no pudiera llamar a mi madre y decirle que Michele y los chicos están bien y que han comido con apetito. Hasta ahora pensaba que, por nuestra manera de conversar, nunca nos habíamos entendido. Yo jamás me habría atrevido a decirle tal cual a mi madre que ya no creía en la Befana, como me soltó a mí Mirella, a los diez u once años yo fingía seguir creyendo. Fue mi madre quien me preguntó un día: «¿Qué quieres que te regale por Navidad?». Recuerdo que me quedé paralizada y me ruboricé. Le dije que quería un par de zapatillas forradas de piel, y las tuve. Solo ese día me reconocí a mí misma que me las había regalado ella y no la Befana. Cuando me enamoré de Michele no me atrevía a contárselo, le decía «no tengo hambre» para ocultar mi estado de ánimo, mi feliz nerviosismo.

17 de enero

Anoche Mirella volvió a pedirme las llaves del portal. Le dije que no y ella replicó que entonces se quedaría a dormir en casa de una amiga. Traté de razonar con ella y al final cedí; pero le dije que era la última vez y que si seguía así me vería obligada a informar a su padre y a tomar alguna medida seria. La oí volver a casa a las dos: yo estaba en la cama, pensando en ella y sin poder dormir. Esta mañana, al abrir por casualidad su armario, he visto un bolso nuevo, de piel de jabalí, que valdrá por lo menos diez mil liras. No he sabido qué hacer, me habría gustado decírselo a Michele, pero ya se había marchado; además pienso que si lo hablo con él o con Riccardo, esta actitud de Mirella, que quizá sea pasajera, se volverá inamovible una vez que estén ellos al tanto. He pensado que lo mejor era fingir que no he visto el bolsito mientras pienso qué medidas serias tomar. Al cerrar el armario con cuidado me parecía hacer los mismos gestos que cuando guardo este cuaderno. Entonces he sentido miedo y he corrido a llamar a mi madre. Pero cuando la he oído responder con su voz tranquila de siempre no me he atrevido a confesarle que mi hija acepta regalos de un hombre. Le he dicho que estaba preocupada porque Mirella había insistido en pedirme un abrigo nuevo y un bolso de piel de jabalí; que se mostraba caprichosa y testaruda, que quería salir todas las noches. Mi madre ha dicho que tenemos el mismo carácter, que yo hacía lo mismo a su edad.

—¿Yo? —he exclamado sorprendida antes de echarme a reír—. Pero si yo estaba siempre en casa, no pedía nada.

Mi madre ha dicho que me quedaba en casa sumida en un silencio rencoroso y la miraba con ojos reprobadores cada vez que se compraba un sombrero nuevo.

—Se acaba pasando —ha añadido—. Yo siempre estaba muy preocupada por ti, por tu futuro. Cuando te casaste, creí que lo hacías solo por salir de casa, por ser libre. Pensaba que serías una mala esposa porque no parecías en absoluto enamorada de Michele. Se acaba pasando —ha repetido.

Yo quería replicar, asegurarle que nunca había querido irme de casa y dejarlos, decirle que siempre había estado enamorada de Michele. Pero me he limitado a soltar otra risita.

—Se acaba pasando, lo sé.

He colgado el teléfono y me he ido a la oficina.

18 de enero

Hoy hemos tenido la noticia de que Michele recibirá un pequeño aumento de sueldo, casi dieciocho mil liras al mes. A mediodía, nada más volver del banco, me ha dicho, intentando parecer natural:

—Mamá, ven conmigo un momento.

Los chicos ya estaban en casa. Por un instante he temido que hubiera descubierto el cuaderno, pero me he acordado de que lo dejé sobre el armario de la ropa blanca y me he quedado tranquila. Ahora sería muy grave que lo encontrara porque he escrito que ese tal Cantoni le ha regalado a Mirella un bolso de piel de jabalí y que he fingido no darme cuenta. Cuando me he reunido con Michele en el dormitorio, ha cerrado la puerta, me ha tomado de las manos con entusiasmo y me ha dicho:

—Mamá, somos ricos.

Al enterarme de que había hablado personalmente con el director y que este lo había tratado con cordialidad, concediéndole todos los reconocimientos que él esperaba desde hace años, he sentido tanta alegría que me han entrado ganas de llorar. Michele entonces me ha abrazado; por encima de su hombro, veía nuestra imagen reflejada en el gran espejo del armario, parecíamos más jóvenes. Además, me ha anunciado que no percibirá este nuevo sueldo solo desde febrero —como esperábamos en el mejor de los casos—, sino también los atrasos desde noviembre. Cogiendo papel y lápiz, ha calculado que se trata de unas sesenta mil liras y me ha dicho que puedo disponer de esa cantidad como mejor me parezca. Yo le he contestado que me gustaría contratar una asistenta a media jornada pero, tras pensarlo un momento, he concluido que era más urgente comprarle algo a Mirella. Él me ha preguntado el qué y le he contestado que aún no lo sabía exactamente, quizá el abrigo rojo que tantas veces ha pedido, unos zapatos y otras menudencias que necesita una chica de su edad. Michele me ha mirado sorprendido. Yo entonces he añadido que Mirella está pasando un momento difícil, de esos en los que las familias ricas mandan a las hijas a hacer un bonito viaje al extranjero. Michele ha fruncido el ceño, quería hablar enseguida con ella. Al contrario que yo, juzgaba que, en los momentos difíciles sobre todo, no se debe tratar de ocultarle la realidad a una muchacha, agasajándola, ilusionándola incluso con la compra de ropa, adornos y demás fruslerías por el estilo. Le he rogado que no hablara con ella por ahora, que yo misma le sugeriría el momento oportuno. Le he recordado que en febrero tiene varios exámenes y que tal vez sean los estudios, el temor de no aprobar, lo que la tenga un poco nerviosa: hay que compadecerla. Le he dicho también que como el 28 es su cumpleaños tenía pensado invitar a almorzar a algunos de sus amigos para distraerla. Aunque sé bien que, comparada con el coste de la vida, la cantidad que vamos a recibir no es tan grande a fin de cuentas, le he hecho observar a Michele que es la señal de que las cosas mejoran también para nosotros. Todo empezó cuando al viejo director de la sucursal —que no le tenía mucha simpatía a Michele— lo trasladaron a Milán y lo sustituyó este, quien, por el contrario, lo aprecia mucho. Michele ha dicho que era cierto, que las mujeres tenemos mucha intuición, y me ha vuelto a abrazar.

Me he ruborizado porque me parecía que era otro hombre y no Michele el que me abrazaba. Había un vigor nuevo en sus brazos que me recordaba la manera en que solía abrazarme de recién casados. Hacía mucho que no me estrechaba así. Pensaba que era porque apenas tenemos ya ocasión de estar a solas y siempre llegamos a la noche muy cansados. Si Michele me da un beso o me hace algún cumplido delante de los chicos, me siento incómoda y lo aparto con un gesto arisco, aunque en el fondo me halaga. Riccardo nos mira con ternura; Mirella, en cambio, vuelve la vista para otro lado dando a entender que a nuestra edad esos comportamientos son ridículos. He de confesar que al principio me disgustaba mucho la relación fraterna que se ha establecido entre mi marido y yo, y en mi fuero interno sentía cierto rencor por Michele. Pero no decía nada por miedo a parecer ridícula, precisamente: me convencía de que ya era una mujer mayor y que Mirella tenía razón. Diré incluso que su crueldad despiadada —aunque seguro que involuntaria— contribuía a hacerme aceptar mejor una realidad innegable. Pensaba así sobre todo a los treinta y cinco o treinta y ocho años. Por absurdo que pueda parecer, de un tiempo a esta parte es cuando más dificultad, más reticencia tengo en admitir la idea de ser vieja y de tener que renunciar a todo. Pero nunca me atrevería a confesarlo porque nada me parece más triste en una mujer que el no querer convencerse de que la juventud ha quedado atrás y de que debe aprender a vivir de otra manera y a descubrir nuevos intereses.

Esta mañana, en cambio, me ha dado por pensar que si no hubiéramos tenido que luchar tanto en la vida, o si al menos hubiéramos tenido más victorias, Michele me habría abrazado más veces como lo ha hecho esta mañana. Ha vuelto a mostrarse alegre y decidido, como cuando aún no estábamos casados y hacía muchos planes para nuestro futuro. Entonces Michele insistía en que no sería empleado de banca mucho tiempo, en que no era su vocación; le habría gustado sacarse la habilitación y enseñar, o tal vez escribir. Añadía incluso que de no haber sido por amor a mí, de no haber tenido que ganar dinero para poder casarnos pronto, ya habría dejado el banco y habría probado suerte. Los primeros años de matrimonio yo temía que se acordara de esos propósitos y quisiera llevarlos a cabo de verdad: ya había nacido Riccardo y Mirella estaba en camino. No sé cómo lo habríamos hecho, pues en esa época no pensábamos siquiera en la posibilidad de que yo trabajara; aparte de que, teniendo hijos pequeños, no habría podido hacerlo. Michele solía decirnos a nuestros amigos y a mí que este conformarse era momentáneo, que no le gustaba hacer carrera tan despacio ni cobrar un sueldo tan bajo por seguro que fuera. Decía que pronto le saldría una oportunidad muy buena, que estaba esperando a que madurasen unas iniciativas importantes de unos amigos suyos. Yo no le preguntaba nada porque esas palabras me angustiaban. Poco a poco fue dejando de hablar del tema, solo lo comentaba cuando estábamos con otra gente. Al cabo del tiempo debió de perder el contacto con esas personas, pues dejó incluso de nombrarlas; la oportunidad nunca se presentó, y él parecía no pensar ya en ello. Hoy, sin embargo, por su manera de abrazarme, he comprendido que nunca ha apartado ese pensamiento de su mente. Debería alegrarme por que no haya vuelto a hablar de ello, pues es una prueba más de la generosidad y de la delicadeza de su carácter, pero en lugar de eso me disgusta. Siento que en su silencio hay como un reproche, casi una acusación, por haber tenido que renunciar, por mí y por los chicos, a todo lo que le hubiera gustado. Pero hoy al abrazarme manifestaba una esperanza que sigue viva en él, una esperanza semejante a la que yo oculto y de la que nunca me atrevería a hablarle. Este descubrimiento me ha parecido la fuente de un nuevo entendimiento entre nosotros, de un nuevo amor. Estaba alegre, como si todo fuera a tener un nuevo comienzo. He tomado a Michele del brazo y hemos recorrido juntos el pasillo como cuando éramos jóvenes y queríamos llegar quién sabe adónde. Les he anunciado a los chicos que su padre había tenido un aumento y, sobre todo, una satisfacción moral que le habían negado injustamente mucho tiempo. Mirella ha abrazado a su padre, pero ha dicho que dieciocho mil liras más al mes tampoco es que vayan a cambiar gran cosa. Yo le he replicado que no es cierto, que si actuamos con cabeza, en un presupuesto limitado como el nuestro esa cantidad significaría un auténtico desahogo. Parecían incrédulos. Entonces he añadido que pronto a mí también me concederían un aumento, lo habían dicho en el periódico, y que a Mirella le podríamos comprar enseguida el abrigo rojo y a Riccardo algunas cosas que necesita. En resumen, que tendríamos una vida mejor, como antes de la guerra. Michele ha objetado que, en lugar de tantas compras superfluas, volveríamos a contratar a una asistenta para aliviarme a mí de la carga de la casa, que llevaba soportando sin queja desde hacía mucho. Los chicos no han dicho nada, pero yo me he opuesto enseguida, diciendo que hasta ahora nos las habíamos apañado perfectamente así y que no hay razón para cambiar: soy una mujer fuerte, gozo de buena salud, gracias a Dios, y aún soy joven, he añadido con firmeza. Miraba a Michele, me acercaba a él con ternura y volvía a ver nuestras siluetas abrazadas, como antes en el espejo: el porte elegante de Michele, mi cuerpo todavía esbelto, no tengo ni una arruga. Mirella puede reírse todo lo que quiera, yo pienso que aún somos jóvenes.

Estoy tan feliz que me gustaría escribir largo rato, me gustaría anotar algunos de mis proyectos de futuro, los preparativos que tengo pensados para el cumpleaños de Mirella, para que, como yo, recuerde siempre con dulce añoranza el día de sus veinte años. Pero no puedo: Riccardo está estudiando en su cuarto y podría entrar de repente, Mirella y Michele volverán a casa de un momento a otro. Debo dejarlo ya, qué lástima.

19 de enero

Hoy me ha ocurrido algo insólito, una tontería que me daría vergüenza escribir aquí si no estuviera segura de que nadie leerá jamás este cuaderno. Al entrar esta tarde en el portal de la oficina he visto a un hombre alto y elegante que debía de estar preguntándole algo al portero, pues hojeaban juntos una guía telefónica. Yo entraba con prisa, pues llegaba un poco tarde. El portero ha levantado los ojos y me ha saludado con amabilidad como siempre; es un buen hombre y me conoce desde hace tiempo. Yo le he sonreído con más efusividad que de costumbre porque estaba de buen humor, casi quería hacerlo cómplice de mi retraso. Él ha vuelto a concentrarse en la guía, pero el otro hombre, en cambio, no apartaba los ojos de mí: me miraba con deleite, como si hubiera visto una aparición agradable. Era joven, tendría unos treinta y cinco años. Al pasar por su lado, ha susurrado algo que no he entendido en un primer momento; luego ya sí, resonaba en mi cabeza, era una palabra verdaderamente tonta. Me parece ridículo repetirla aquí, quizá él no se imaginaba que tengo dos hijos crecidos; me entra la risa al recordarlo, el caso es que ha dicho: «Fascinante». He tenido que pararme un momento al fondo del portal, en la escalera, porque el ascensor estaba en la segunda planta: notaba perfectamente que el hombre seguía mirándome, plantado allí, pese a que el portero ya le había dado la información que necesitaba. El corazón me latía con fuerza, sentía como un vértigo, un temor, quería huir, pero el ascensor no llegaba nunca. Me he cuidado mucho de darme la vuelta: el hombre podía creer que me volvía a mirarlo. Pero al entrar en la cabina no he tenido más remedio que girarme para cerrar la portezuela, y entonces he visto que seguía ahí parado, mirándome embobado, y movía los labios murmurando algo que no he alcanzado a oír, quizá la misma palabra de antes. He entrado en la oficina como si me persiguieran. Me he pasado la tarde espiando la puerta de mi despacho, temiendo que ese hombre tuviera el atrevimiento de subir hasta allí con cualquier pretexto. No sabía quién era, pero se lo podía haber preguntado al portero. Sospechaba que me había visto pasar otras veces, que me había seguido incluso y que hoy se había servido de un pretexto para conocerme. Continuaba con el miedo de ver entrar al conserje anunciando que alguien preguntaba por mí, me sobresaltaba cada vez que abrían la puerta, tanto que una compañera ha querido saber qué me pasaba. Le he contestado que esperaba una visita, pues si el hombre se aventuraba a subir, no podría confesarle que me había seguido y venía a preguntar por mí sin conocerme siquiera. Ella me habría juzgado mal, me habría considerado poco formal. Había decidido fingir naturalidad si venía, recibirlo en la sala de espera e instarlo a marcharse de inmediato y a no volver a aparecer nunca por allí, decirle que estaba muy equivocado si me había tomado por una de esas mujeres que se dejan abordar por desconocidos. Por suerte, no ha venido nadie. Al marcharme he mirado alrededor con cautela, me he vuelto incluso varias veces para asegurarme de que no estuviera allí, de que no me siguiera. Sin embargo, ahora puedo confesar que este episodio me ha dado una alegría que no sentía desde joven.

20 de enero

Hay algo en mi carácter que no consigo descifrar. Hasta ahora siempre había creído ser una persona clara, sencilla e incapaz de ocultar nada, ni a mí ni a los demás. Pero de un tiempo a esta parte ya no estoy tan segura, si bien no sabría decir a qué se debe esta impresión. Para volver a ser como siempre he creído ser, tengo que evitar quedarme a solas: con Michele y los chicos recupero el equilibrio del que antes gozaba. La calle, en cambio, me aturde, me sume en una extraña inquietud. No sé cómo explicarlo, el caso es que fuera de casa ya no soy yo misma. En cuanto salgo del portal, siento que lo natural sería empezar a vivir una vida distinta a la habitual, me entran ganas de tomar caminos que se salen de mi itinerario cotidiano, conocer a personas nuevas con las que poder sentirme alegre y reír. Tengo muchas ganas de reír.

Quizá todo esto solo signifique que estoy cansada y que debería tomar un reconstituyente.

O quizá sea porque, gracias a los atrasos que ha cobrado Michele, este mes ya no espero ansiosamente que pasen las semanas y llegue el día de cobro. Es un acontecimiento nuevo que ha hecho que los días me parezcan libres de preocupaciones e interesantes, y no grises y ominosos desde por la mañana. Hace ya muchos años que Michele y yo solo nos sentimos seguros un día del mes: el 27. Cuando pasa, vuelta otra vez a esperar que llegue. Ahora, en cambio, vivo como lo hacen quienes no sufren el agobio de la escasez de dinero; comprendo que puedan parecerles posibles todos los acontecimientos felices y extraordinarios. De hecho, ahora, si oigo el timbre de la puerta, pienso siempre que se trata de una alegre sorpresa. Esta mañana al volver a casa me he encontrado en el portal con el repartidor de la floristería, que llevaba un gran ramo con unas espléndidas rosas envueltas en celofán. Me he sobresaltado y he pensado algo absurdo: que eran para mí. Tan absurdo que he mirado a un lado y a otro antes de preguntarle en voz baja: «¿Valeria Cossati?». El chico me ha mirado sorprendido y ha negado con la cabeza: eran para una joven actriz que vive en el segundo y que todas las tardes a última hora manda a la doncella a abrirle el portal a un señor con gafas. La portera dice que siempre le envían flores y paquetes de las tiendas más conocidas. Cuando coincido con ella, me la imagino abriendo alegre esos paquetes entre un frufrú de papel de seda.

Esta tarde me he comprado una combinación azul clarito. Me queda bien, un poco ceñida. Michele estaba ya en la cama mientras me la probaba.

—¿Te gusta? —le he preguntado de repente.

Él ha dejado un momento el periódico y ha dicho:

—¿El qué?

—Esta combinación: es nueva.

Avanzaba hacia él sonriente, tocándome los hombros desnudos con un gesto tímido y complacido a la vez.

—Es bonita —ha dicho él—, ¿no tenías ya otra parecida?

—No, esta es distinta: tiene encaje, ¿ves? —le he explicado inclinándome hacia él y señalándole el escote.

—Es bonita —ha repetido él—. ¿Cuánto te ha costado?

—No la he pagado —he contestado para no confesarle que es más cara que las otras—. La he traído de la mercería de la esquina, puedo pagarla cuando quiera.

—Has hecho mal.

—La necesitaba —he protestado ruborizándome.

—No, mujer, no me refiero a eso; has hecho muy bien en comprártela si la necesitas, pero es mejor no dejar cuentas pendientes.

No sé por qué lo he hecho: yo soy siempre la primera en decir que las deudas te llevan a la ruina. No sé explicarlo: quizá sea porque, en el fondo, espero que todo cambie de ahora en adelante, que Michele tenga un nuevo puesto en el banco, que gane mucho dinero y que cada día sea como el 27. Me he quitado la combinación y he vuelto a doblarla.

—La devolveré, diré que no me queda bien.

—¿Por qué? —me ha preguntado Michele con cariño—. Si te gusta...

—Sí, pero en el fondo era un capricho, no sé para qué me la he traído —he contestado, seria.

Me preguntaba cómo se me ha ocurrido hacer esta compra superflua, con lo agobiada que me tiene Mirella. Tal vez porque hoy es sábado, estaba libre y me he entretenido por la calle. Ni siquiera ahora que estoy a solas con el cuaderno consigo explicármelo. Con sus páginas blancas, este cuaderno me atrae y al mismo tiempo me espanta, como la calle.

24 de enero

Otra vez tengo que escribir de noche, de día no tengo ni un momento de tranquilidad. Por otra parte, me he fijado en que nadie se asombra ni se opone a que me quede levantada por la noche cuando digo que tengo tareas pendientes. El hecho de que solo a estas horas consiga estar sola para escribir me hace ver que es la primera vez, en veintitrés años de matrimonio, que me concedo un poco de tiempo para mí. Escribo en una mesita en el cuarto de baño, como cuando de jovencita redactaba, a escondidas de mi madre, unas notitas que la criada accedía de mala gana a entregarle a un compañero mío de escuela. Recuerdo que escrutaba el sobre con desconfianza, y a mí me disgustaba ver esa misiva de amor entre sus manos irrespetuosas. Ahora tengo la misma sensación ante la idea de que alguien pueda tocar este cuaderno.

Estoy pasando por una crisis de desánimo, tal vez sea una reacción a estos días pasados. El domingo quiero confesarme, hace mucho que no voy. Hoy he pedido un permiso porque quería acercarme al centro a hacer unas compras para Mirella. Me demoraba delante de los escaparates, preguntándome qué podría gustarle más: las vitrinas estaban llenas de cosas deseables, y las que yo podía permitirme me parecían insuficientes para satisfacer su afán de vestir bien, de parecer rica y feliz. En efecto, mi presupuesto limitaba mucho mi elección, excluía lo más atractivo, mientras dos días antes, con esa cantidad inesperada de dinero, había creído poder cambiar hasta la vida y las intenciones de Mirella, poder darle no solo algo, sino todo. Frente a los hechos, debía reconocer que solo me llegaba para el abrigo rojo, una faldita escocesa y un frasco de perfume. Tengo que admitir también que, aparte del sabio propósito de comprarle a Mirella lo que necesitaba, me tentaban los escaparates que exhibían bolsos. Sentía el impulso de rivalizar con el de piel de jabalí, que sigo fingiendo no ver, y que le ha regalado ese tal Cantoni con el que habla todos los días brevemente por teléfono, contestando con monosílabos. Comparado con algunos de los bolsos que veía expuestos, el que le ha regalado él me ha parecido muy modesto; reconocía tal cosa con maldad, casi regodeándome al acusarlo de no ser tan rico como cree Mirella o, peor, de ser un rácano. Me habría gustado regalarle un bolso mucho más bonito para que el otro pasara a un segundo plano. Me quedé largo rato delante de un escaparate, tratando de adivinar el precio de un bolso rojo de cocodrilo; me sentía como una mujer recién llegada del campo, aturdida e inexperta ante la vida en la ciudad. Al fin me decidí a entrar en la tienda y salí poco después, diciendo con desenvoltura:

—Gracias, ya volveré.

Nunca podré comprar un bolso como esos. El de Cantoni vale mucho más de lo que había imaginado. He dado unos pasos, absorta en mis pensamientos; la gente me golpeaba al pasar, yo decía: «Disculpe». Tenía el dinero en la cartera, pero era ese dinero la razón de que me sintiera tan débil, porque me había obligado a calcular nuestra pobreza. Mi debilidad me daba una idea de la que sentía Mirella, y mi incapacidad de defenderme debía de ser también similar a la suya. He comprendido que es muy difícil hacer algo para salvarla, quizá ni ella misma pueda. Me preguntaba además con cinismo si la salvaría de verdad o si, por el contrario, le impediría tener una vida mejor que la mía; quizá solo quiera imponerle mi ejemplo como un castigo. O quizá sea cierto que estoy celosa, pensaba con un estremecimiento. Pero de repente entré en razón, quería correr a casa y hacerle entender que nadie puede comprar cosas tan caras, sería una inmoralidad, una locura; un bolso no puede costar lo que gana un hombre con el trabajo de un mes, nadie debería tener la osadía de llevar un bolso así. Pero me parecía oír reír a Mirella al contestarme que las tiendas estaban llenas de gente que no solo miraba como hago yo, sino que elegía y compraba fácilmente. He pensado entonces que sería bonito vivir un momento de rebeldía y ceder a todas las tentaciones, a todas las locuras; decir: «Basta, se acabó», entrar en las tiendas, comprar todos los bolsos y que me mirasen los hombres como me había mirado el del portal de la oficina. Al otro lado de un escaparate había un empleado colocando unas piedras preciosas sobre una góndola de terciopelo marrón. Me preguntaba cuánto costarían esas piedras, cantidades que ni siquiera podía imaginar, sentía que cada una de ellas valía años de trabajo mío y de Michele. Me parecía que toda mi vida podía caber en una de esas piedras, quien tuviera dinero podía comprarla, comprarme a mí, comprar a Mirella. Me sentía débil, temía desmayarme. Al otro lado del escaparate, el hombre me miraba fijamente. De pronto he pensado que podía ser él el abogado Sandro Cantoni. Era alto y rubio, tenía los ojos claros y los labios finos.

—Al menos, cásese con ella —he murmurado—, sea bueno, cásese con ella.

Él me miraba con estupor: tal vez pensaba que era una loca que hablaba sola. De hecho estaba aturdida, casi nunca voy por las calles del centro porque están llenas de luces, de gente y de ruido, no tienen la acogedora sencillez de nuestro barrio. Al llegar a la plaza de España, pensé: «Voy a comprar unas flores», pero los tenderetes estaban tan llenos, tan repletos, tan rebosantes, que también allí he pensado que no podría comprar nada. Pasaban muchos automóviles, Riccardo había dicho que el de Cantoni era un Alfa Romeo. Entonces he hecho algo que no había hecho en mucho tiempo: he cogido un taxi hasta casa y he dejado una propina generosa, quizá excesiva.

—Tenga —le he dicho al conductor—, quédese el cambio.

Estaba muy satisfecha de haber derrochado quinientas liras.

25 de enero

Hace unos días le dije a Mirella que quería hacer algo para celebrar sus veinte años, le propuse que invitara a sus amigos a tomar el té. Ella me dio las gracias sin entusiasmo. Añadí que hasta podrían bailar: quitaría la mesa del comedor y la puerta para que la sala formara un único espacio con el vestíbulo. Un amigo de Riccardo había prometido traer unos discos norteamericanos nuevos. Ella dijo que haría las invitaciones.

Pero hoy me ha dicho que prefiere renunciar porque la mayoría de sus amigos no están libres esa noche. Y ha añadido con dificultad que hace tiempo que tiene una invitación para cenar justo ese día.

—Lo siento —me ha dicho.

—Y yo —le he contestado.

Y, pronunciando con renuencia el nombre de Sandro Cantoni, le he preguntado si la había invitado él. Me ha dicho que sí, él y otras personas, pero yo he comprendido que no es verdad o, si lo es, no son ellas las que le importan. Le he preguntado por qué no invitaba a esos amigos a casa. Me ha dicho que eso es imposible, que es gente acostumbrada a recibir en su casa, o sea, que viven de una manera distinta a la nuestra, una manera que yo no conozco. He objetado con ironía que hasta ahora yo he sabido vivir y recibir invitados perfectamente; le he hablado de mi familia, de mi educación, precisando que ni ella ni sus amigos tenían nada que enseñarme. Mirella se ha disculpado, ha dicho que no era su intención ofenderme pero que nosotros no invitábamos a nadie desde hace años y que ahora todo ha cambiado: ya nadie toma el té, la gente bebe cócteles, y a ella no le gustan nada las fiestecitas familiares. Al verme disgustada, ha añadido que si tan importante era para mí estaba dispuesta a renunciar a salir a cenar esa noche, se quedaría en casa, pero solo con nosotros, y que ya saldría la noche siguiente. Igual debería haber aceptado, al menos para que viera que no es libre de hacer lo que le dé la gana, pero me ha podido una especie de orgullo y le he respondido:

—No hace falta que te sacrifiques, gracias.

No sabía qué debía decirle a Michele, ahora que ya le había anunciado esta pequeña recepción; encontrar una excusa se me hacía muy difícil, aunque sabía que habría valido una cualquiera, pues Michele estaría tan feliz de no tener gente en casa, de poder pasar el domingo como le gusta, que es oyendo la radio tranquilo, que cualquier explicación le habría parecido bien. Entretanto observaba a Mirella: inclinada sobre el escritorio, estaba ocupada en pintarse las uñas de rojo. Tenía la mano —larga, fina y preciosa— apoyada sobre un grueso libro de economía política. Mirella estudia Derecho como su hermano. No es verdad que esté preocupada por los exámenes, eso se lo dije a Michele para justificar su estado de ánimo y mi aprensión. Estudia poco pero con una voluntad firme y precisa, sus notas siempre son mejores que las de Riccardo aunque yo creo que es menos inteligente. Ayer dijo que se presentaría a todos los exámenes en junio. Temo que esta decisión oculte algo; quería hablarlo con ella pero en lugar de abordar esa cuestión le he preguntado casi sin pensar:

—¿Tiene intenciones serias?

—¿Quién?

Me arrepentía ya de haber sacado el tema, pero he contestado:

—Cantoni.

La he visto ruborizarse, pugnaba por no perder la calma. Ha dicho que no había sido buena idea hablarme de esas cosas, que solo lo había hecho porque no le gusta mentir y porque me creía una persona inteligente y comprensiva. Luego, ruborizándose otra vez, ha añadido que no tiene intención de casarse por ahora, que quiere ver otros horizontes, disfrutar de la vida, que es lo que yo siempre le he aconsejado, animándola a seguir estudiando y a matricularse en la universidad para trabajar y ser independiente el día de mañana.

—Siempre decías que así no me vería obligada a casarme con el primero que pasara solo para que me mantuviera. ¿Acaso no me lo dijiste tú misma?

He tenido que admitir que sí.

Seguía mirándola y me preguntaba si ya había estado con algún hombre. Es bastante guapa: alta, esbelta, deseable. Me lo pregunto de nuevo ahora mientras escribo y casi siento vergüenza, porque es terrible para una madre preguntarse esto de su propia hija, una chica de veinte años. No puedo hablarlo con nadie: Riccardo y Michele reaccionarían con violencia. Los hombres siempre dicen: «Ay de mi hija si, ay de mi hermana si...», «no lo permito». Qué fácil es decir «no lo permito». Pero estas cosas pasan, y las chicas que las hacen tienen padres que les habrán dedicado las mismas amenazas. En cuanto Mirella llegó a la adolescencia, le hablé sin tapujos de lo que ocurre en el matrimonio, entre un hombre y una mujer, en la vida. Recuerdo incluso que me pregunté si no lo sabía ya, porque mis palabras no parecieron sorprenderla, solo molestarla. Michele me dio su aprobación, dijo que es la manera de que una chica pueda defenderse. Pero no nos preguntábamos si ella quería defenderse: nos parecía algo obvio, indiscutible. Ahora no estoy tan segura. Pienso que a la edad de Mirella yo ya estaba casada y esperaba a Riccardo. Este tema no me había preocupado hasta ahora, pensaba que seguía siendo una niña y que tales problemas, aun concerniéndole, eran solo teóricos. Pero están aquí y hay que afrontarlos. Yo le he hablado muchas veces de la moral y de la religión, pero ya no pienso que las palabras sean las armas adecuadas para combatir los sentimientos y, digámoslo a las claras, los instintos. Igual debería haberla tratado con dureza, amenazarla, pero he optado por decirle:

—Mira, Mirella, te he comprado el abrigo rojo. Quería dártelo el día de tu cumpleaños. Está en el armario, en un paquete. —Ella me miraba fijamente, ni siquiera parecía contenta. He añadido—: Espero que te guste. Es muy caro.

He hecho ademán de levantarme para ir a buscarlo, y ella ha creído que con eso quería poner fin a la conversación: ha apoyado la frente en las manos, con los dedos levantados porque el esmalte de uñas estaba aún fresco, y se ha echado a llorar. He sentido un repentino escalofrío, ojalá nunca hubiéramos sacado ese tema. Quería salir de la habitación, me sentía cobarde, pero me he acercado y la he abrazado, mientras ella apartaba las manos para no mancharme de esmalte.

—¿Qué ha pasado? —le he preguntado en voz baja—. ¿Es muy grave? Puedes contarme lo que sea, lo comprenderé todo, te lo suplico, Mirella, confía en mí.

Ella me ha mirado a los ojos y ha entendido mis sospechas.

—No —ha dicho—, no ha sucedido nada de lo que piensas. Es lo único en lo que pensáis siempre, solo eso os parece temible, cuando en realidad tampoco es tan importante.

Yo estaba confusa, me preguntaba qué otra cosa podía ser tan temible para una mujer.

—¿Entonces qué? —he insistido.

Ella ya se había serenado, ha dicho:

—Entonces nada, mamá, no sé, he tenido un momento de desánimo. Es todo tan difícil...

Aliviada, le he contestado que la entendía perfectamente, que yo también había tenido veinte años; pero ella negaba con la cabeza sonriendo, como si no se lo creyera. Y el caso es que yo misma tenía la impresión de estar engañándola. Para empezar, no recuerdo bien cómo eran de verdad mis veinte años, y si he de ser sincera, me parecen muy distintos de los suyos. Yo no recuerdo haber sido dueña de elegir entre lo que era bueno y malo para mí, como lo es ella hoy, y no porque hayan cambiado las costumbres, sino por mi propia manera de ser. A mis veinte años ya estaban Michele y los niños, antes aún de conocerlo y de que ellos nacieran; estaban en mi destino, más que en mi vocación. Yo solo podía plegarme y obedecer. Pensándolo bien, creo que de ahí viene la inquietud de Mirella: ella tiene la posibilidad de no someterse. Eso es lo que lo ha cambiado todo en la relación entre padres e hijos, entre hombres y mujeres.

Quería hablarle a Mirella de todo esto, comentarle algunas ideas confusas que se me ocurrían, pero ella entonces me preguntó:

—¿Dónde está el abrigo rojo, mamá?

Sonreía. Fuimos juntas a mi dormitorio. Pensé que ya nos habíamos dicho todo lo que de momento había que decir.

27 de enero

Llevo unos días muy cansada. Cuando vuelvo a casa por la noche no tengo ganas ni de cenar. Siento que ha llegado un punto en que necesito hacer balance de mi vida, algo así como poner orden en un cajón en el que todo se ha ido guardando de cualquier manera desde hace tiempo. Quizá sea la edad de mis hijos lo que me suscite estos pensamientos. Desde que tenía veinte años hasta ahora, solo los he cuidado a ellos, y creía cuidarme a mí misma también. Hasta ahora ha sido fácil: bastaba con ocuparse de su salud, su educación y sus notas en el colegio: intereses y problemas de una edad distinta a la mía y que no me afectaban personalmente. Pero hoy, al verlos enfrentarse a los problemas de la vida, inseguros sobre qué camino tomar, me pregunto si yo acerté al elegir el mío. Al tiempo que les ofrezco mi experiencia, trato de comprender muchas cosas que han ocurrido en mi vida y que he aceptado sin interrogarme sobre sus causas.

A veces necesito estar sola; nunca me atrevería a confesárselo a Michele por miedo a disgustarlo, pero sueño con tener una habitación propia. Por mucho que trabajen todo el día sin parar, los sirvientes terminan su jornada con un «buenas noches» y tienen derecho a encerrarse en una habitación, aunque sea un trastero. Yo me conformaría con un trastero. Pero no hay manera, nunca consigo estar a solas, y solo renunciando al sueño puedo sacar algo de tiempo para escribir en este cuaderno. Si interrumpo la tarea que esté haciendo en casa, o si por la noche en la cama aparto el libro y dejo vagar la mirada, siempre hay alguien que se apresura a preguntarme en qué estoy pensando. Aunque no sea verdad digo que pienso en cosas del trabajo o que estoy haciendo alguna cuenta; vamos, que tengo que fingirme ocupada en asuntos prácticos, y ese fingimiento me agota. Si dijera que estoy pensando en una cuestión moral, religiosa o política, se echarían a reír, burlándose de mí con cariño como hicieron aquella tarde que manifesté mi derecho a tener un diario. Pero ¿cómo puede uno regirse por ciertas normas si nunca se para a pensar en ellas? Michele vuelve a casa de la oficina y se pone a leer el periódico o a escuchar música sentado en el sillón, y puede pensar y reflexionar si quiere. Pero yo cuando vuelvo a casa de la oficina tengo que meterme enseguida en la cocina. A veces, al verme pasar ajetreada, me pregunta: «¿Está lista la cena? ¿Quieres que te ayude?». Yo me apresuro a rechazar su propuesta, dándole las gracias. La verdad es que me avergonzaría que me ayudara en tareas femeninas como por ejemplo cocinar; aunque a él no le avergüenza en absoluto que lo ayuden en las que se consideran tareas masculinas, como aportar el dinero necesario para comprar los alimentos que yo luego cocino. Hace unos

días fuimos al cine, ponían una película norteamericana; en un momento se veía al marido ayudar a la mujer a lavar los platos. En la sala todo el
mundo se reía, y confieso que yo también sentí
ganas de reír. Luego se veía a la mujer trabajando
en una oficina, seria, con gafas, dando órdenes a
los empleados, y de eso nadie se burlaba. Yo dije
que era obvio que a las mujeres se nos supone
capaces de hacer más cosas que los hombres, y
Michele se enfadó.

Esto es lo que pienso, no sin cierto rencor,
cuando estoy cansada. Las mujeres tal vez tardan
menos en acostumbrarse a las situaciones nuevas,
en general piensan menos, y por eso las aceptan
sin buscarles justificación. Michele tiene cuarenta
y nueve años, nació en una época en la que todo
era distinto, siempre dice que su padre nunca habría consentido que lo vieran cargando con la
compra por la calle. A Riccardo, en cambio, eso no
le avergüenza en absoluto; a veces se presta a ayudarme sin que se lo pida o me hace compañía en la
cocina y charlamos. Entre madre e hijo siempre se
establece una mayor confianza que entre madre e
hija, aunque lo contrario pudiera parecer natural.
Quizá por el hecho de ser de sexo distinto no se
alcanza nunca una familiaridad absoluta, es como
si se fuera menos parientes, y por eso se puede ser
más sincero. Entre mujeres nos conocemos demasiado bien. Por ejemplo, a mí el estado de ánimo
de Mirella me inquieta profundamente, mientras

que a su padre no lo preocupa en absoluto. Riccardo me ha dicho que suele frecuentar gente mayor que ella, que van al bar de un hotel y beben. Se lo he contado a Michele, pero él siempre tiene reacciones extremas, según su humor: unas veces dice que las madres exageramos, que hay que entender a la juventud; y otras, que va a encerrar a Mirella en casa. Por ello no me atrevo a hablarle con franqueza, pero me pesa asumir yo sola esta responsabilidad, pues temo equivocarme. Anoche recurrí a una astucia para hablar de Mirella; le conté de la actitud de la hija de una compañera de trabajo, cuando en realidad le estaba describiendo la de Mirella. Le pregunté qué haríamos nosotros en un caso parecido, y me contestó que a nosotros no pueden pasarnos esas cosas porque todo depende de cómo se eduque a los hijos, de los ejemplos que hayan recibido; que al ser mi amiga viuda su hija se ha visto privada de consejo paterno y que esas son las dolorosas consecuencias. No me atreví a confesarle que esas cosas sí nos pasan a nosotros; tenía una sensación de irrealidad. Por eso apenas protesté y, ocultándome detrás de una sonrisa, le dije:

—Tienes razón, pero aun así consideremos esta hipótesis: imagínate que Mirella adoptara una actitud demasiado libre, que no parara en casa y que al volver tuviera una expresión que no me gustara...

Él me interrumpió, molesto:

—No quiero oírlo ni en broma.

—Está bien —proseguí yo con el mismo tono—, pero pon que volviera a casa con regalos caros de un hombre y que los justificara con una mentira, como esa noche que dijo que había quedado con Giovanna y en realidad se había ido a bailar, ¿te acuerdas? Imagina que dijera que quiere llevar una vida fácil, a toda costa y como sea...

Michele replicó que no le permitiría jamás hablar así en su casa. Yo objeté que había pasado el tiempo en que el padre podía decir «no te lo permito» y la hija debía acatarlo porque el padre le proporcionaba alimento, vestido y techo. Ahora, no sé si para bien o para mal, una chica como Mirella puede decir: «Me voy de casa y me pongo a trabajar». Entonces Michele contestó que no quería perder el tiempo escuchando cosas absurdas, que era obvio que yo no tenía otra cosa que hacer más que imaginar hipótesis, pero que él tenía un periódico que leer, que yo no me interesaba nunca por la situación internacional, que no me daba cuenta de lo que ocurría en el mundo. Le dije que me daba perfecta cuenta y que esos problemas estaban relacionados.

—¿Qué tendrá que ver una cosa con otra? —me dijo.

Yo no supe contestarle pero sentía que era así.

28 de enero

Hoy es el cumpleaños de Mirella. Hemos pasado un día tranquilo; han venido a comer mis padres y el padre de Michele, que es muy mayor y dice cada vez que es la última celebración familiar en la que participa. No sabe uno qué decir a esto porque podría ser verdad, al ser más joven uno casi se avergüenza de sobrevivir, parece una falta de respeto. Estábamos todos de buen humor; mi suegro animaba a Riccardo a casarse pronto para que le diera tiempo a conocer a su primer bisnieto.

—Un chico, acuérdate —le ha dicho—, tiene que ser un chico.

Mi suegro es un coronel retirado, no aprecia a las mujeres ni su compañía; si habla de ellas, es con avidez y desdén a la vez, algo que me hacía ruborizarme cuando era joven. También mi padre, siempre tan discreto, y el propio Michele animaban a Riccardo a casarse por el mismo motivo. Igual porque la comida y la bebida habían sido abundantes, reinaba ese ambiente como de banquete de bodas que puede llegar a ser un poco indecoroso. De hecho, Riccardo se sentía incómodo. Se defendía diciendo que no puede casarse porque es pobre y las chicas de hoy no tienen la paciencia de esperar a que el novio encuentre empleo y se abra camino. «No son como tú a su edad», suele decirme con un tono afectuoso que no se parece en nada al de Mirella, creo que me imagina de una manera distinta a como lo hace ella. También Michele me decía hoy en la mesa, alabándome:

—Ay, mamá, qué distinta eres a las demás. —Y me sonreía como a una niña. Le he rogado que no me llamara mamá, sino Valeria—. Está bien, *Valeria* —se ha apresurado a corregirse con exagerada solicitud.

Pronunciado por él después de tanto tiempo, mi nombre me sonaba tan raro que he añadido riendo:

—Lo decía de broma...

Y, sin embargo, parecía natural que me llamara así de novios y en los primeros años de casados, así como en las cartas que me enviaba desde África durante la guerra. «Valeria mía», escribía siempre. En efecto, siempre les he pertenecido, a él y a los chicos, aunque ahora a veces me siento ligada a todos pero sin pertenecer a nadie. Siento que una mujer debe siempre pertenecer a alguien para ser feliz.

Se lo decía a Mirella esta tarde mientras la ayudaba a vestirse. Ha mostrado todo el día una alegría infantil, estaba tan contenta con sus regalos que me parece que las cosas se han serenado. Hoy la he visto feliz con nosotros, estábamos todos unidos, seguro que ella sentía que es hermoso formar parte de una familia. Una familia expresa fuerza, una fuerza tremenda, ineluctable, que puede resultar opresiva cuando se es aún muy joven. Por eso he querido que saliera tranquila, con mi consentimiento. Puede que si dejo de contrariarla pierda el gusto por la polémica y, con ello, esa rebeldía que tiene. Ha prometido volver a las once; son ya las once y cuarto, pero estoy segura de que no tardará. Estaba tan elegante con su abrigo rojo, al marcharse me ha abrazado y todo. Más vale que deje de escribir o no me dará tiempo a esconder el cuaderno. Ahora lo guardo en el cajón donde conservo mis recuerdos de infancia y las cartas de Michele, un cajón que nadie abre nunca.

29 de enero

Anoche Mirella volvió a las dos de la madrugada: yo me había dormido vestida. Me ha enseñado un reloj de oro que le ha regalado Cantoni por su cumpleaños. La he instado a devolvérselo enseguida porque no está bien aceptar regalos así de un hombre que no es su novio. Ella se ha negado y ha añadido que otra vez había hecho mal en ser sincera conmigo. Le he dicho que ya no voy a dejarla salir más por la noche, y me ha contestado que, si es eso lo que me da miedo, también se puede tener un amante de día. Acto seguido me ha anunciado que empieza a trabajar desde primero de mes.

30 de enero

Es terrible, ya no sé qué hacer, estoy horrorizada. Esta noche Riccardo ha vuelto a casa furioso y me ha preguntado nada más entrar:

—¿Dónde está Mirella? —Le he preguntado para qué la quería, y él ha repetido con dureza—: ¿Dónde está?

Había salido. Riccardo me ha dicho que había discutido con Marina porque esta sostiene que Mirella es la amante de Cantoni.

—¡No es verdad! —he exclamado yo.

Le he asegurado que se trata de comadreos, de maldades que cuenta la gente. Riccardo ha dicho que la habían visto salir de su portal el domingo por la noche: llevaba un abrigo rojo.

2 de febrero

Estoy viviendo días muy difíciles. Desde que Riccardo me contó que había oído decir que Mirella es la amante de Cantoni me parece que el mundo entero ha cambiado. No creo lo que Marina le ha contado, no lo he creído en ningún momento desde que él me lo dijo, con el semblante demudado por una palidez enfermiza. Además, Mirella lo negó cuando se lo pregunté esa misma noche: me aseguró que había ido a su casa junto con otros amigos, que por eso la habían visto salir del portal.

Me dio explicaciones convincentes, aunque también pudo haberme mentido.

Tras la conversación con Riccardo y Mirella, antes de contarle nada a Michele decidí tomarme dos o tres días para reflexionar si cabe dar crédito a estas habladurías. Pero por la noche no conseguía conciliar el sueño, temía que él se volviera y me reprendiese, aunque yo no hubiera hecho nada malo. Por la mañana me desperté temprano y tuve por un instante la esperanza de que todo fuera una pesadilla. Quizá despertaran así después de un bombardeo quienes se habían acostumbrado a dormir en un refugio o en casa ajena porque la que ellos habían amado, donde habían vivido años y de la que conocían cada rincón y cada recoveco no era ya más que un montón de escombros. Aunque mis gestos eran los mismos que el día anterior y que siempre, ahora me parecían distintos; y hasta el tranvía, el viejo tranvía de nuestro barrio que tomo cada mañana a la misma hora desde hace años, me parecía uno de esos que tomamos cuando, al despuntar el día, llegamos cansados a una ciudad desconocida, sin saber si nos llevarán a donde queremos ir. Nada más entrar en la oficina, hojeé el periódico con avidez. Creo que temía encontrar en él nuestro apellido a causa de Mirella. Las páginas de sucesos hablaban de un chico que había matado a su padre porque se había negado a darle dinero, de una chica de diecisiete años que había disparado a su novio y de una joven que se había suicidado. He leído casos similares muchas veces, pero antes nunca me paraba a pensar que estos jóvenes y estas chicas tuvieran padres, ni trataba de imaginar lo que sienten cuando los informan de hechos tan terribles. En una obtusa falta de clemencia por mi parte, puede que hasta los juzgara culpables de haber educado mal a sus hijos, de no haberse ocupado de ellos lo suficiente. Pero yo a los míos les he dedicado mi vida entera.

Además, he de confesar que temo más a mi futuro que al de Mirella. Quizá porque aún no alcanzo a imaginar cómo será su vida, y la mía, en cambio, me parece interrumpida de golpe en su plácido curso. Siempre pensé que Mirella se casaría pronto porque es una chica atractiva aunque no sea rica, y que no tardaría en tener hijos, de los que ya preveía ocuparme. Ahora pienso que igual no era tanto su boda lo que yo deseaba sino el nacimiento de esos hijos. Me gustan mucho los niños pequeños, abrazarlos, acariciarlos, imaginar sus pensamientos. Cuando crecen y aprenden a expresarse con palabras ya no es lo mismo. De un tiempo a esta parte, aun con lo atareada y cansada que estaba, pensaba a menudo que me gustaría tener otro niño. Diré incluso que cuanto más cansada o nerviosa me sentía, más deseaba uno; pero a mi edad eso sería ridículo, naturalmente. No está bien querer un bebé cuando se tienen hijos ya crecidos que podrían ser padres a su vez. Me consolaba pensando que pronto tendría a los hijos de Mirella.

Esta es una de las primeras cosas que quería escribir cuando empecé este diario, pero luego siempre se me olvidaba. Por eso, ahora que sé que Mirella desea trabajar y que se casará solo cuando lo juzgue oportuno, me siento como si me hubiera hecho algo malo a mí y no tanto a sí misma: como si me hubiera defraudado, vamos. A los cuarenta y tres años es demasiado difícil volver a empezar de cero si nos falla todo cuanto tenemos.

Pero hay momentos en que esa posibilidad me resulta de lo más atractiva. Me veo saliendo de casa libre y feliz, como cuando compré este cuaderno aquella mañana de noviembre que parecía verano. Pienso que al final todo saldrá bien: Mirella tendrá un trabajo interesante como mi amiga Clara, cuyo nombre aparece siempre entre los de quienes escriben para el cine; después se casará con el abogado Cantoni o con otro hombre igual de rico; Riccardo terminará sus estudios el próximo año, encontrará un empleo y se casará con Marina. No piensa más que en esa chica, quiere ganar dinero para ella. A veces dice que querría regalarme todo cuanto necesito: habla de abrigos de pieles, de viajes, de casitas en el campo, cosas fabulosas que nunca podrá comprarme. Pero el año pasado, cuando ganó algo de dinero dando clase a dos niños de primaria, se lo gastó todo en Marina, en obsequios y en llevarla al cine. Pienso que, en el fondo, cuando los chicos se vayan de casa Michele y yo sentiremos algo parecido al alivio. Michele ahora gana bastante, está muy contento: cuando me llama del banco para decirme que está muy ocupado habla deprisa y su voz suena más joven, casi parece que vaya a emplear las expresiones que estaban de moda entonces. Si estuviéramos solos hasta podríamos hacer un viajecito, hace mucho que nos apetece, él dice que le gustaría ir a Milán para ver lo que han reconstruido después de la guerra; yo, en cambio, querría ir a Venecia, como en nuestra luna de miel.

Es absurdo, justo estos días que estoy tan angustiada no se me va de la cabeza Venecia; me veo en una góndola o entre las palomas de la plaza San Marcos, bañada por una radiante luz amarilla y gris, como aquel mes de octubre. No he vuelto allí desde entonces. Dije muchas veces que quería llevar a nuestros hijos, pero Michele objetaba que no vale la pena ir a Venecia con niños. Ellos casi se ofendían y yo le lanzaba a Michele una mirada reprobadora; ahora pienso que tenía razón. Me veo asomada a la ventana de nuestra habitación con vistas al Gran Canal: había luna, pero aun así el canal parecía negro como la tinta. Pienso en estas cosas cuando estoy en la calle o en la oficina: allí me siento más libre, casi alegre. Ayer incluso recorté del periódico un artículo en el que daban consejos para un tratamiento de belleza. Estos días no tengo muchas ganas de volver a casa. Solo me consuela la idea de este cuaderno.

3 de febrero

He decidido hablar mañana con Michele. Si lo he postergado hasta ahora es porque Riccardo estaba demasiado alterado y temía que su estado de ánimo pudiera influir en el de su padre. En efecto, lo más difícil ha sido convencerlo de callar. He tenido que arreglármelas para evitar que se encontrara a solas con su hermana; ya desde la primera noche lo disuadí de hablar con ella, lo convencí de que es tarea mía.

—Si te dijera que sí, que es cierto que es su amante, ¿qué harías? —le preguntaba. Él contestaba una y otra vez que la agarraría del brazo y la pondría en la calle—. De acuerdo, te entiendo; pero ¿y después? Analicemos las consecuencias prácticas de esta reacción.

Él no contestaba y repetía esa frase amenazadora. Yo sentía que hablaba así por Marina: en realidad quería ofrecerle una prueba de su fuerza y, haciendo gala de un carácter intransigente, conseguir no solo su respeto, sino también su admiración. Hay que tener mi edad para comprender que muchas veces aguantar requiere una mayor fuerza de voluntad. Una vez le dije que valía más que tratara de averiguar quién es ese tal abogado Cantoni. Me contestó de mala gana que es alguien bien considerado por todo el mundo. Respiré aliviada, pero Riccardo sostenía con vehemencia que Michele debía citarse con él, plantarle cara y hablarle a las claras; que, si no, lo hará él mismo, pero que no sería la mejor decisión porque es demasiado violento. Le gusta establecer esta distinción entre su padre y él.

—Mirella es menor de edad —decía—: podemos obligarlo a casarse con ella.

Temo que también Michele piense igual; en ese caso, sería señal de que la que se equivoca soy yo. Entonces le dejaría hacer a él, que como hombre sabe mejor que yo cómo actuar en estas cosas. Tal vez podría enviarle una nota a Cantoni para que venga aquí; nosotros nos iríamos todos de casa para dejarlos hablar a solas. Pero si Cantoni se negara a venir, no me imagino a Michele yendo a verlo a su despacho. Cantoni podría no recibirlo u obligarlo a esperar largo rato, como hace el director de mi oficina con los latosos que vienen a pedirle algo que no está dispuesto a dar. Me imagino a Michele sentado en el vestíbulo entre los que van a cobrar alguna factura, esperando con paciencia su turno; luego lo veo ante un desconocido mucho más joven que él, pidiéndole que salde la deuda contraída con nuestra hija, amenazándolo incluso con emprender acciones legales tal vez, sosteniendo que ha engañado a Mirella. Dada su edad, desde luego que podríamos decir eso. Pero no sería honrado: estoy convencida de que si Mirella ha hecho algo así, sabía perfectamente a lo que se arriesgaba. Me pregunto incluso si lo hubiera hecho con un hombre pobre, con uno de sus compañeros de clase. Tal vez la única persona que podría hablar con Cantoni sea yo, prefiero ser yo quien mienta y quien suplique antes que Michele. He expresado por fin una sospecha que hasta ahora no me había atrevido a confesarle a nadie. Es necesario que Riccardo se convenza, que Michele lo entienda enseguida: ninguno de nosotros debe ir a hablar con Cantoni precisamente porque es rico, si se viera obligado a casarse con nuestra hija para nosotros sería una suerte inesperada.

5 de febrero

Ayer hablé con Michele. Igual era la noche menos apropiada, pues su equipo de fútbol había perdido. Pero visto que, desde que escribo este cuaderno, me he dado cuenta de que suelo enmascarar mi malhumor con causas puntuales, me preguntaba qué le pasaba en realidad. No tardé en encontrar varias razones para su irritación: la comida no estaba lista y no era de su gusto, luego fue a buscar una vieja chaqueta de estar por casa y la encontró apolillada; dijo que últimamente está todo muy desordenado. Tiene razón: para escribir el diario descuido mis tareas. Pienso que yo misma me he inventado muchas obligaciones para estar atada a ellas. Pero me sentía culpable a causa del cuaderno, por lo que me hice la ofendida con Michele: le contesté que tenía razón, pero que para que estuviera mejor atendido hacía falta una persona dedicada solo a cuidar de él. Se enfadó, dijo que yo le reprochaba no ganar lo suficiente. Caímos en un resentimiento tonto: una de las fuerzas de la familia es la de mantener a sus miembros en una continua rivalidad entre sí; de esta manera, cada cual trata siempre de superarse a sí mismo, aunque solo sea para asombrar a quienes la familiaridad predispone a la desconfianza. Para zanjar el asunto le sonreí, reconocí que estaba nerviosa y cansada; mientras decía esto me veía en Venecia, asomada al Gran Canal. Añadí que estoy muy ocupada, el director está ausente y yo debo sustituirlo, pues nadie conoce como yo el funcionamiento de la oficina. Michele apenas me escucha cuando hablo de mi trabajo, creo que no sabe siquiera en qué consiste exactamente, y eso que le he repetido hasta la saciedad que ya no soy una simple empleada; pero cuando hablo de estas cosas todos me prestan tan poca atención que me callo enseguida, casi avergonzada. Nadie tiene en consideración lo que hago ni mis responsabilidades; es como si yo saliera cada día con un horario fijo por capricho, y cada vez que traigo el sueldo a casa a final de mes es como si lo hubiera ganado en la lotería. La diferencia entre Mirella y yo radica en que ella elige trabajar, mientras que yo he tenido que hacerlo por necesidad.

Estábamos ya en la cama cuando le conté a Michele las intenciones de Mirella, el empleo que dice haber encontrado por medio de una amiga en un despacho de abogados, cuando es obvio que se lo ha conseguido Cantoni. Finalmente me decidí a ponerlo al tanto de las habladurías que Riccardo ha oído sobre ella y que dañan nuestro honor, aunque ella afirme que carecen de fundamento.

—No le molesta que hablen así de ella, ¿te das cuenta? Se encoge de hombros y se ríe. Es una vergüenza. ¿Qué vamos a hacer, Michele?

Me puse a llorar y él me consoló.

—No te pongas así, mamá.

Oír que me llamaba así me hizo llorar más todavía, pues hace años que para él yo encarno solo esa figura que ahora zozobra y me arrastra consigo. Entonces, movida por un desesperado instinto de defensa, añadí que debíamos hacer algo. Empleaba las duras palabras que él mismo había pronunciado unas noches antes, y también las de Riccardo, pese a que las había desaprobado. Le dije que Mirella aún era menor de edad.

—Deberías ir tú a hablar con Cantoni —concluí. Le dije incluso que podíamos obligarlo a casarse con ella.

Michele negaba con la cabeza, protestando que confiaba en Mirella porque la conoce mejor que nadie, que es una chica seria y razonable. Como mi madre, también él sostenía que tiene mi carácter y, contradiciéndose como yo, afirmaba que todo es debido a la situación económica en general.

—Yo no gano lo suficiente para mantener a mi

hija como mi abuelo mantuvo a mi madre y tu padre te mantuvo a ti, aunque no fueran ricos. Por ello debo aceptar que tú trabajes, que ella también trabaje. Nosotros mismos le aconsejamos que estudiara Derecho. ¿Con qué fin, si no?

Yo me negaba a admitir que el fin fuera solo económico.

—Y sin embargo así es —insistía él—, así es de verdad...

Añadió que llevaba tiempo reflexionando sobre estos problemas aunque no me lo hubiera dicho, y que se había convencido de que es natural que Mirella trabaje y, por consiguiente, al frecuentar hombres es natural también que surjan estas habladurías.

—Hay que confiar en ella —decía—: contigo pasó lo mismo...

—¿Conmigo? —exclamé estupefacta.

—Pues claro —añadió él, sonriendo—, deberías entenderlo. Hablo de hace muchos años, naturalmente, cuando empezaste a trabajar. Sabía que te pasabas todo el día con el director, en la misma habitación. Tú entonces eras joven, tendrías unos treinta años...

—Treinta y cinco —lo corregí—, pero...

—Y él también era joven —me interrumpió—, ¿qué edad tenía?

—No lo sé —contesté distraída, pero sonrojada—: unos cuarenta.

—Eso es, y a veces te acompañaba a casa...

Sonrojada aún, le replicaba:

—Pero solo porque trabajábamos hasta tarde. Era durante la guerra, no había medios de transporte y él tenía permiso para disponer de un automóvil.

—Sí, sí, claro, lo sé, pero a veces me preguntaba qué diría la gente, qué sé yo, el portero, por ejemplo...

—Ah, ya, era por el portero, entiendo —dije más tranquila aunque un poco decepcionada.

—Naturalmente —prosiguió Michele—. Así que la actitud de Mirella, su deseo de libertad, de independencia, la hemos tenido nosotros también.

—¿Nosotros?

—Pues claro —me dijo sonriendo, deseando no tener que dar explicaciones—. Pero se acaba pasando.

Le pregunté por qué, y él no supo o no quiso contestar. Me dijo que hace tiempo que me nota muy nerviosa, que debería ir al médico. Al ratito yo me hice la dormida. Pensé que, como ocurre con mi madre, hace años que entre Michele y yo se ha establecido una especie de lenguaje convencional. Mientras decía que estoy nerviosa, que debería ir al médico, me observaba con el ceño fruncido. Él sabe tan bien como yo que estoy perfectamente: me miraba como lo miro yo a él cuando escucha la música de Wagner. Tal vez ambos nos negamos a aceptar que ese algo indefinible que empuja a la rebeldía a nuestros hijos sea agua pasada para nosotros.

6 de febrero

Estoy profundamente turbada porque acabo de releer algunas cartas que le escribí a Michele cuando éramos novios. Me cuesta creer que las haya escrito yo. Ni siquiera reconozco la letra: alta, puntiaguda, artificiosa. Me han asombrado sobre todo porque no parecen escritas por la muchacha que siempre he creído que fui. Pero el descubrimiento más importante es otro: he comprendido que Michele no me conoce en absoluto si considera libre y rebelde mi actitud de entonces. Yo soy hoy mucho más libre, mucho más rebelde. Él sigue dirigiéndose a mí a través de una imagen que ya no es mi reflejo. Todo cuanto ha sucedido en estos años no ha hecho mella en esa imagen: quizá porque no hemos vuelto a hablar nunca como lo hacíamos de novios, solo de nosotros, de lo que sentíamos en nuestro fuero interno. Si me plantara delante de él y tratara de resumirle estos cambios que he ido experimentando, y me describiera sinceramente tal y como soy hoy, no me creería; pensaría que, como todas las mujeres, me invento distinta de como soy. En parte para evitar tener que hacer frente a todos los problemas, él preferiría atenerse a ese modelo de mí que se ha quedado fijado en su mente. Quizá a mí me suceda lo mismo con respecto a él y a los chicos. Quiero descubrirlo. Si no somos sinceros con las personas a las que queremos y con las que vivimos día tras día en familia, ¿con quién vamos a serlo?, ¿cuándo somos verdaderamente nosotros mismos? Quizá yo lo sea solo cuando

7 de febrero

Anoche tuve que dejar de escribir de repente porque Michele se despertó y, al no verme a su lado, vino a buscarme. Yo estaba en el comedor: oí encenderse un interruptor y pasos en el pasillo, y apenas tuve tiempo de meter el cuaderno en el cajón del aparador antes de que entrara Michele.

—¿Qué haces? —me preguntó.

—Nada —contesté—, acabo de ordenar un poco y justo me iba a acostar.

Debía de estar pálida, sentía que me temblaban las manos. Seguí la mirada de Michele y vi la pluma aún destapada sobre la mesa.

—¿Estabas escribiendo? —me preguntó. Yo lo negué tontamente y luego rectifiqué diciendo que había hecho las cuentas de la compra. Vi que buscaba con los ojos la libreta de los gastos domésticos, sin encontrarla—. ¿A quién escribías? —me preguntó con desconfianza.

Yo solté una risa que sonó falsa, ensayada.

—Pero ¿en qué estás pensando, Michele? —le dije.

Entonces él se disculpó:

—Ni yo mismo lo sé —murmuró.

Me miraba interrogándome, perdido en un

azoramiento que quería que yo disipara, para que él no tuviera que hacer preguntas concretas. Pero yo lo obligué a hablar:

—Dime..., dime...

Él se pasó una mano por la cara.

—Pensaba que estabas escribiendo... En el fondo, esta historia de Mirella me pone nervioso, temía que estuvieras escribiendo a... —Me miró otra vez antes de decir—: ¿Cómo se llama? Cantoni.

Volvió al dormitorio; cuando me reuní con él, al cabo de pocos instantes, ya estaba en la cama y había apagado la luz.

Puede que en realidad no temiera que estuviera escribiendo a Cantoni sino a un hombre. Quería quitarle esa sospecha, tranquilizarlo: pero para ello habría tenido que decirle la verdad y, por lo tanto, hablarle del cuaderno. No puedo hacerlo de ninguna manera, es posible que quiera saber qué hay en él, y no me atrevería jamás a dejarle leer lo que he escrito. Sin embargo, daría cualquier cosa por liberarlo de esa duda. Sobre todo me asombra el hecho de que, si bien a mí jamás se me ocurriría escribir a un hombre a mi edad, él en cambio piense que aún pueda hacerlo.

10 de febrero

Desde que Michele casi me descubre escribiendo hace unas noches, he cambiado de sitio el cuaderno tres o cuatro veces, sin quedarme nunca contenta con el nuevo escondite. Hay momentos en que me parece que Michele me mira con recelo o que, fingiendo indiferencia, me espía cuando estoy al teléfono, como hago yo con Mirella para saber con quién habla y qué dice. Temo siempre que él me diga: «Júrame que esa noche no estabas escribiendo». No quisiera verme obligada a jurar en falso. Sin embargo, a veces yo misma deseo que él vuelva a sacar el tema para librarme de esta incertidumbre. El deseo de escribir y el temor de que descubran este cuaderno me llevan a actuar de una manera ambigua que puede suscitar recelo. Anoche, por ejemplo, le pregunté a Michele si tenía intención de salir hoy después del almuerzo. Él, que no sale nunca, levantó los ojos del periódico y preguntó:

—¿Para ir adónde?

—No sé, pensé que saldrías a dar una vuelta —dije.

—¿Yo? ¿Y eso por qué? —contestó perplejo.

—Bueno, en verano a veces vas al bar de la esquina a tomar un café.

Él me miró asombrado y no contestó. Seguro que piensa que escribía a un hombre esa noche y que quiero quedarme a solas para volver a hacerlo.

He pensado en llevarme el cuaderno a la oficina, pero siento una reticencia inexplicable. Además, tampoco allí tendría tiempo ni tranquilidad, aunque disfrute de un despacho propio desde hace dos años. Seguir escondiéndolo en casa se ha vuelto demasiado peligroso, cada día más y cuanto más escribo: si aún no lo he destruido es porque espero que me ayude a ver las cosas más claras respecto de la actitud de Mirella, a recordar los hechos y el orden en que suceden. No quiero que se me escape nada, no quiero reprocharme haber hecho las cosas a la ligera con ella. Después, cuando lo tenga todo claro, bastará con que arranque alguna que otra página para poder enseñarle el cuaderno a Michele. Aunque él podría darse cuenta de que faltan hojas. No hace falta que se lo enseñe.

El lunes Mirella empezará a trabajar por las tardes de cuatro a ocho. Hoy hemos tenido una discusión porque quiero acompañarla a la oficina el primer día. Ella se ha negado en redondo, diciendo que le haría quedar en ridículo. He insistido y casi se echa a llorar. He dicho que quería saber quién es ese abogado.

—Barilesi, ya te lo he dicho, lo conoce todo el mundo. —Ha ido a buscar la guía telefónica y la ha hojeado rápidamente—. Barilesi, aquí está, Barilesi, Bruno, abogado, aquí tienes la dirección y el número de teléfono, puedes llamarme si quieres asegurarte de que estoy ahí.

Le he dicho que quería hablar con ese abogado.

—Al menos para que vea que no estás sola en el mundo, para decirle que nadie te obliga a trabajar, que podrías perfectamente no hacerlo, que lo haces para pasar el tiempo, por capricho.

Ella me miraba con un rencor desesperado.

—Lo estropearías todo, ¿es que no lo entiendes? ¡Por capricho!... —repetía irritada.

Yo le he contestado que no era libre de hacer cuanto le venía en gana impunemente, que debía un respeto a la casa de su padre, que no conseguiría engañarme. Me parece haberle dicho incluso:

—Debería darte vergüenza.

—¿Vergüenza de qué, a ver? No aguanto más esta vigilancia, este recelo. ¿Sabes lo que me haces pensar? Que soy boba por no aprovecharme de mi libertad. Es como si te molestara. Te parece tan inverosímil que me da por pensar que tú en mi lugar lo habrías hecho desde el primer día con el primero que se te hubiera cruzado...

La he hecho callar, golpeando la mesa con el puño.

—¡Mirella! —he exclamado duramente—. ¡Basta!

Ella se ha quedado callada unos minutos y luego ha dicho:

—Vosotros podéis zanjar cada discusión con un grito, con una orden, pero nosotros no. No es justo. Aunque, por otra parte, no sé si querría hacerlo —ha añadido con una pizca de desdén.

No he aguantado más y me he ido al trabajo, aunque no haya nadie los sábados. Necesitaba estar sola. Tengo la llave, la oficina estaba cálida y desierta, silenciosa. Me he dejado caer sobre un sillón. Antes de salir, he ido a despedirme de Mirella y le he propuesto en tono conciliador:

—Podría ir a recogerte por la tarde al terminar el trabajo, yo salgo antes que tú, te espero en la puerta.

Si quiero ser justa, tengo que reconocer que he visto una expresión dolorosa en su rostro mientras contestaba con esfuerzo:

—No..., no, mamá, no insistas.

Sentía que luchaba por defenderse de mi afecto como de un peligro; me preguntaba si yo habría tenido la fuerza de hacer lo mismo con mi madre, y la respuesta era no. Yo nunca habría podido proclamar de esa manera mi derecho a la libertad sin apelar a un sentimiento para justificarme, sin acusarlo de arrollarme. En mis cartas a Michele he descubierto un ansia irrefrenable de abandonar mi casa y a mis padres; pero ese deseo me lo suscitaba mi amor por él, un amor que me hacía olvidarme hasta de mis deberes, decía yo. Cuando Michele me sorprendió levantada tan tarde la otra noche, debió de sospechar que estaba escribiendo a un hombre. Nunca imaginaría que tengo un diario: le es más fácil creer que obedezco a un sentimiento culpable antes que reconocerme capaz de pensar. Entonces me he preguntado si es cierto lo que dijo Mirella en un momento de enojo: si, disfrutando de la libertad que tiene ella, yo habría sabido ser dueña de mis actos. No sé qué contestar. Todos los interrogantes que me plantea hoy mi vida familiar me resultan angustiosos.

En la oficina, en cambio, enseguida me ha embargado una sensación de bienestar. He cerrado la puerta de mi despacho, me he sentado ante el escritorio y he abierto el cajón que tengo cerrado bajo llave. Cada vez que lo abro siento un escalofrío secreto de alegría, aunque solo guarde en él cosas sin interés como folios, tijeras, pegamento, un peine y una polvera. Nadie conoce mis costumbres en el trabajo, pequeñas manías de viejo solterón. Pienso que a partir de ahora Mirella tendrá también un cajón en su oficina y yo nunca sabré lo que contiene. Guardará allí las cartas de Cantoni, los regalos que no quiere que nadie vea. Me propongo ir a vigilarla cada tarde a la salida, su oficina no está lejos de la mía, me viene casi de paso, la llamaré a menudo por teléfono para saber si su trabajo es de verdad habitual y no esporádico. Temo que sea una excusa para ver a Cantoni, quizá para aceptar dinero de él. Me gustaría poder seguirla a todas partes en la vida que la espera, donde caben todas las opciones. Me hace sufrir la idea de que frecuente a personas que yo no conozco: las nombrará con frecuencia y será como si hablara de países desconocidos. Recuerdo cuando al principio Michele venía a recogerme a la oficina porque no quería que volviera a casa sola, ya que había apagones. El primer día me hizo mucha ilusión: me gustaba que todos vieran que mi marido era un hombre apuesto y elegante, de modales distinguidos; pero al cabo del tiempo acabé sintiéndome incómoda. Me alejaba enseguida con él y cuando me despedía de mis compañeras lo hacía con un tono distinto al de siempre, como me ocurría con las alumnas del internado cuando mi madre me recogía los domingos. Cuando Michele conoció al director se saludaron con mucha cordialidad pero los dos estaban incómodos. Y yo, en medio de ellos, reía y bromeaba diciendo cosas tontísimas en las que no me reconocía. Se miraban como rivales, aunque el director nunca se hubiera fijado en mí. Quizá les molestara la idea de que yo dividiera mi vida, mis días, entre ellos. Vamos, que les pertenecía a los dos: debía obedecerlos a ambos, aunque por motivos distintos. Cuando por fin salimos de allí Michele y yo, me sentía nerviosa, alterada. Me parece que entonces yo era aún muy joven, aunque tenía casi treinta y cinco años.

Mientras estaba absorta en estas reflexiones he oído el sonido de una llave en la cerradura y la puerta de la oficina se ha abierto. He cerrado el cajón de golpe, me he levantado de un salto y he ido al vestíbulo. Era el director. Hemos sentido apuro los dos, nos hemos disculpado por estar ahí, él también aunque es el jefe. Yo me he apresurado a explicarle que había vuelto para terminar una gestión urgente que había quedado pendiente.

—Yo no —ha dicho él—. Ahora conoce usted mi secreto: vuelvo siempre a la oficina los sábados por la tarde, para no hacer nada, para descansar. Naturalmente, una vez aquí puede ocurrir que escriba alguna carta. No se lo cuento a nadie porque no me atrevo a confesar que me siento perdido cuando no estoy en la oficina. Los domingos son un suplicio. Fuera de aquí no me interesa gran cosa. En resumen, que trabajar es un vicio para mí —ha añadido sonriendo.

Hemos entrado en su despacho, yo le he asegurado que me marcharía enseguida, no quería importunarlo. Él se ha opuesto con vehemencia:

—No, no, ¿por qué? Al contrario, quédese. Me gusta.

Se ha acercado a su escritorio y, sacándose una llave del chaleco, ha abierto el cajón con un pequeño gesto de satisfacción.

—Siéntese —me ha dicho—. Vamos a llamar al bar de abajo para que nos suban café. —Me he sentado como si estuviera de visita—. En mi casa los sábados hay más movimiento del habitual, mis hijos invitan a sus amigos, arman jaleo. Yo digo que tengo una reunión en la oficina y me marcho —ha explicado con una sonrisa traviesa.

También Michele ha dicho lo mismo hoy. Y yo

Ahora me parece que el camarero del bar me ha mirado de manera ambigua al darme la bandeja con las tazas de café, pero seguro que es impresión mía, hace muchos años que me conoce. Estoy tan nerviosa con todo lo que ha pasado estos días que me temblaban las manos al pasarle el café al director.

—No le ofrezco un cigarrillo porque sé que no fuma —me ha dicho.

Me ha sorprendido que se hubiera fijado, pero en el fondo es natural: pasamos mucho tiempo juntos a diario. Michele me preguntó su edad; menos de cincuenta, eso seguro, aunque tiene casi todo el pelo blanco. Apenas contaba con unas pocas canas en las sienes cuando entré a trabajar. Pensaba en lo que había dicho Michele de él, su costumbre de acompañarme a casa durante la guerra cuando me quedaba trabajando hasta tarde. Mientras tanto, el director abría una carpeta, saboreando el café.

—¿Trabajamos? —le he propuesto.

—No, es sábado —ha contestado él.

—¿Qué importa? —he replicado.

Creo que él no deseaba otra cosa.

—¿Qué le había dicho? —ha observado riendo—. Es un vicio.

Pero estábamos contentos.

Conversábamos sobre unos suministros nuevos, yo tomaba apuntes para escribir una carta a Milán. A nuestro alrededor la oficina estaba acogedora y tranquila: las mesas ordenadas en cada despacho, cerrados los armarios de los archivos, mudos los teléfonos, no se oían los chasquidos de la centralita ni el nervioso tableteo de las máquinas de escribir. Era como si viera por primera vez cuanto me rodeaba. Allí, ni Mirella ni el mercado ni los platos sucios podían alcanzarme. Recordaba la frase que me había dicho con maldad: «Quieres hacerme creer que tú en mi lugar habrías actuado de otra manera en cuanto te hubieras visto a solas con un hombre». Me sentía confusa, casi mareada. He mirado el reloj y he dicho que no podía quedarme mucho tiempo. El director se ha mostrado decepcionado pero, pensando quizá que no tenía derecho a retenerme en sábado, ha dicho:

—Entiendo.

Me he dado cuenta de que si estoy contenta de trabajar no es solo porque gano dinero; al pensar que una suerte inesperada como una herencia o, qué sé yo, un premio de lotería pudiera quitarme la justificación de seguir trabajando, he sentido un escalofrío. Si eso ocurriera, entonces sí que me volvería vieja, con todos los rencores y las fastidiosas manías de los viejos.

—No tengo que irme enseguida —me he apresurado a añadir—, puedo quedarme un poco más.

Le he explicado que tenía que volver pronto porque mi hija ya no podía ayudarme con las tareas, pues desde este lunes empieza a trabajar ella también en el despacho de un abogado.

—Igual lo conoce —he añadido tímidamente—, se llama Barilesi.

Él me ha contestado que lo conoce desde hace años, es uno de los penalistas de más renombre. Quería preguntarle su edad pero no me he atrevido. En lugar de eso, le he preguntado si conocía a «un amigo de mis hijos»:

—Cantoni, es abogado —he dicho.

—¿Sandro Cantoni? Desde luego. Un excelente abogado, joven penalista él también: es el ayudante de Barilesi.

Me he sobresaltado, quería decir algo, contárselo todo, en realidad, pero me he limitado a murmurar:

—Sí, lo sé.

Estoy segura de que Mirella es su amante, tenía razón Marina.

—Es un hombre muy rico ese Cantoni, ¿verdad? —le he preguntado con indiferencia fingida mientras ordenaba unos papeles.

—Muy rico no lo creo, pero ahora ganará bastante, me imagino.

El director sí que es rico. Es el dueño de la empresa, aunque figure como sociedad anónima. Observaba su elegante traje gris y su pitillera de oro. Me parecía un hombre muy fuerte, quizá por eso siempre me ha transmitido una sensación de seguridad y de paz. Me hubiera gustado hablarle de Mirella, pensaba que sería más fácil tratar del tema con él que con Michele, pero nunca hemos hablado de cosas ajenas al trabajo. Yo de vez en cuando me informo por cortesía de la salud de sus hijos y de su mujer, a la que apenas conozco, pues nunca viene a la oficina, solo llama para que le envíen el coche. Entre esas cuatro paredes, su familia y la mía parecen inventadas, imaginarias.

Hemos trabajado como mínimo una hora más. Al terminar me sentía tranquila. Hemos salido juntos y él se ha ofrecido a llevarme a casa en su coche. Yo he declinado con tanta firmeza, con el pretexto de tener que hacer unas compras, que él, asombrado, me ha contestado con frialdad:

—Como quiera.

Igual que Michele, parecía sospechar de mí. He querido llamarlo, pero el coche ya se había alejado. Me he quedado sola en la acera, hacía viento y tenía mucho frío.

Ahora son las dos de la mañana. Nunca había escrito tanto tiempo, me duele la muñeca, me siento cansada y agarrotada. Estoy en la cocina, había encendido algo de lumbre en el brasero pero ya se ha apagado. Tengo delante un gran cesto lleno hasta arriba de ropa blanca que zurcir, voy a esconder debajo el cuaderno. Es un lugar seguro. Desde luego Mirella ni se acercará.

12 de febrero

Esta tarde he ido a esperar a Mirella a la salida del trabajo. No quería que me viera, por eso espiaba el portal desde lejos, lista para esconderme en una cafetería. Me parecía que todo el mundo me miraba con curiosidad, sobre todo los hombres. Por fin la he visto salir, poco después de las ocho, y dirigirse a la parada del tranvía: distinguía su abrigo rojo en la penumbra. Me ha decepcionado verla sola, no me lo esperaba, y tenía mucho miedo de que me viera; por suerte el tranvía ha pasado enseguida y yo he tomado el siguiente.

En la mesa Mirella hablaba con satisfacción de su primer día de trabajo. Me gustaría creerla, pero no puedo; aunque debería hacer un esfuerzo: es tan fácil vivir enlazando un gesto con otro, un día con otro, sin pensar... Quizá haya sido el trabajo lo que me ha acostumbrado a ordenar las ideas, a reflexionar, para mi desgracia. Después de la cena, Riccardo se ha puesto a hablar de política, a despotricar del gobierno, pero era una manera de criticar a su hermana: decía que los hombres no encuentran trabajo mientras que las mujeres lo encuentran enseguida. Percibía una maligna insinuación en sus palabras. Sin alterarse, Mirella le ha aconsejado que estudie taquigrafía como ha hecho ella. Él le ha contestado que no le hace falta: se graduará este año y después se irá a Sudamérica, a Buenos Aires, donde un amigo le ha prometido un puesto en una fábrica. Este anuncio me ha consternado.

—¿Estás loco? —le he dicho.

He pensado que se quedará allí mucho tiempo y que, a pesar de que venga a vernos de vez en cuando, no sabrá nada de nosotros ni de nuestra vida y se acostumbrará a hablar una lengua extranjera.

—No quiero —he dicho.

Michele, en cambio, lo animaba. Igual porque piensa que sería ventajoso para Riccardo o porque no le disgustaría quedarse solo, sin tantos agobios ni tantas responsabilidades. Pero yo, cuando me imagino viviendo en esta casa sin los chicos, siento miedo.

14 de febrero

Hoy ha llamado Clara: me ha alegrado oír su voz, saber que está bien. Quería hablar con Michele, necesita que le dé una información del banco para la financiación de una película. La he invitado a casa; primero ha dicho que estaba muy ocupada y al final ha accedido a venir a almorzar el domingo. La verdad es que necesitaría empezar a buscar una asistenta porque estoy demasiado cansada. Se lo he comentado a Michele y él me ha acusado de cambiar de idea todo el rato.

Se me ha olvidado escribir una cosa. Cuando le llevé el correo ayer por la mañana, el director me preguntó sin mirarme qué tal mis compras. Perpleja, le pregunté que cuáles, y él me dijo:

—Pues las del sábado por la tarde.

Me quedé insegura un momento y luego le contesté riendo que no era nada importante, solo quería llevar algo de comida para la cena. Él me sonrió, casi incrédulo, y dijo:

—Bien, bien.

16 de febrero

Opine lo que opine Michele, yo sigo inquieta con respecto a la conducta de Mirella. Y eso que parece más tranquila desde hace unos días; ya no muestra esa expresión agresiva, dura, que se le adensa entre las cejas como una nube amenazadora. La tiene desde niña, por eso yo había aprendido a interpretarla y a defenderme de ella. Estoy desconcertada porque su expresión ahora es seria, sin resentimiento, y eso me produce desconfianza. Se despierta temprano todas las mañanas y se va a la universidad; luego sale pronto de casa después de comer para llegar puntual a la oficina, cuando ella nunca ha sido puntual. Anoche al volver a casa la vi bajar del coche de Cantoni y hacer un gesto cariñoso de despedida antes de desaparecer dentro del portal. Estuvo callada toda la cena y luego se fue a la cama enseguida.

—Estoy cansada —dijo como sin querer.

Quería ir a su habitación con un pretexto, pero pensé que era mejor no empezar una discusión y me di media vuelta sin hacer ruido. Había luz debajo de la puerta de Riccardo, que me llamó:

—Mamá...

Estaba sentado a su mesa. Estudia mucho desde hace unos días porque está preparando la tesis de fin de carrera. Me ha pedido una taza de café para mantenerse despierto, yo estaba contenta de poder hacer algo por él. Aunque me pase todo el día trabajando, a causa de la conducta de Mirella siento que me he convertido en alguien inútil. Mientras Riccardo se tomaba el café, le he acariciado el cabello, lo tiene bonito y suave; cerrando los ojos, me parecía que aún era un niño.

—¿Te acuerdas de cuando decías que de mayor

querías ser maquinista o conductor de tranvía?
—le dije.

—¿Por qué piensas en eso ahora, mamá? —me
preguntó sonriendo.

—No sé, porque sí.

Pero creo que sí lo sé, creo que es porque muchas veces me pregunto cuál es la vocación de mi hijo y no sé la respuesta. Temo que sea el desaliento lo que lo empuja a querer marcharse a Argentina. Quizá piense que así podrá eludir sus dificultades íntimas y serias, pero no creo que para ello baste con irse a otro país. Se trajo un folleto publicitario de una agencia de viajes en el que se ven las montañas y los lagos de Argentina. Le hice notar que el suyo no es un viaje de placer, las montañas y los lagos no tienen importancia; en Italia también hay muchas montañas y aun así él quiere irse de aquí. Pero Michele me instó a no disuadirlo y, aunque no opino como él, considero que estas decisiones le corresponden al padre, por eso me callo. Michele y Riccardo suelen hojear juntos ese folleto y se entusiasman con las montañas.

—Si estás bien allí, me voy contigo —le dijo Michele.

—¿Y nosotras? —objeté yo.

—Tú también, naturalmente, nos vamos todos.

—Allí te haces rico enseguida —dijo Riccardo.

Anoche me preguntó si puede presentarme a Marina un día de estos. Le gustaría que charláramos a solas los tres. Yo le dije que sí, de acuerdo, y sonreí. Él siguió hablando de ella mientras ordenaba los libros antes de volver a ponerse a estudiar; lo hacía como si nada, pero seguro que se había preparado esas palabras hace tiempo. Decía que Marina no es feliz en su casa, su madre murió y su padre ha vuelto a casarse con una mujer mucho más joven. No quiere admitir que está enamorado, habla como si solo quisiera hacer una buena acción. Insistía en subrayar que Marina es muy distinta de Mirella, que no tiene las costumbres de las chicas modernas: apenas se pinta los labios y no sale con más hombres que él, aunque por supuesto él nunca le permitiría actuar de otro modo, dijo.

—Se dedica por entero a mí, puedo conseguir lo que quiera de ella, tiene un carácter dulce y sumiso. No sé qué impresión te dará —proseguía—, fíjate si será tímida que ya está inquieta ante la sola idea de conocerte —añadió con ternura—. Pero yo estoy seguro de que te gustará, de que le tendrás aprecio. Si algún día nos casamos, pienso que te hará mucha compañía.

Yo desconfío de la compañía que te imponen los demás, pero no me atreví a decírselo, me parecía descortés. Le pregunté si Marina era compañera suya de la facultad.

—No, no —me contestó sonriendo—, no le gusta estudiar, ni siquiera se ha sacado el bachillerato. A ella le gusta salir con las amigas, ir al cine. Como te digo, es una niña.

Le dije que me apetecía conocerla. Riccardo

me sonrió y, antes de reanudar el estudio, me rogó que le planchara los pantalones grises para el día siguiente.

En realidad no siento el menor deseo de conocer a esta chica: tengo la sensación de que no me va a gustar. Me he preguntado cómo desearía que fuera la mujer de mi hijo y, tras pensarlo un momento, he concluido: fuerte. Quizá por eso quieran muchos padres que la mujer de su hijo sea rica, porque viene a ser lo mismo a fin de cuentas. Pero yo creo que es necesaria una fuerza aún más profunda que el dinero no puede dar. El que es rico teme perder su dinero, y ese temor es ya una debilidad en sí. En el fondo, quisiera admitir que lo que no va a gustarme de Marina es su edad, su juventud, el derecho que tendrá a equivocarse, a ser inexperta. Yo querría que fuera como las mujeres de mi edad, aunque si son así es por los años que han vivido. Es injusto: debería apreciar desde ya a esta chica a la que tanto quiere mi hijo. Cometo el error de no tener en cuenta el amor; diría incluso que cuando oigo hablar de él hasta me molesta. Mi madre solía decirme: «Espera antes de casarte, disfruta de la vida». Y yo la miraba asombrada porque me parecía que casarse era precisamente la mejor manera de disfrutar de ella. La veía ya vieja y pensaba que hablaba así porque no tenía más alegría ni más distracción que yo misma, pues con los años su matrimonio se había convertido en una monótona convivencia. Pensaba que para mí y para Michele sería distinto; nosotros éramos jóvenes, nada más casarnos nos iríamos a Venecia, tendríamos una habitación espaciosa con vistas al Gran Canal. Mi madre solía decir que había tenido que batallar mucho con sus padres para poder casarse con mi padre, que si no la dejaban estaba dispuesta a fugarse con él. Yo no podía tomarme en serio lo que decía, la idea de esa fuga me daba risa. Me los imaginaba encontrándose de noche junto a un automóvil, ella llegaba jadeante, levantándose la cola del vestido; papá la esperaba retorciéndose las puntas del bigote. Pero cuando me los imaginaba con esa ropa y esos gestos, los veía ya viejos, acostumbrados el uno al otro e irritados, como ahora. Qué difícil es ver a los que nos rodean distintos a los personajes que se sienten obligados a representar para nosotros.

Me gustaría mucho hablar de estas cosas con Michele, pero cuando lo intento enseguida me avergüenzo, no sé por qué, y hago como que bromeo. Anoche me senté a su lado mientras leía el periódico y le dije que Riccardo tiene intención de casarse pronto, antes de irse a Argentina. Él contestó que sería muy mala idea porque un hombre casado ya no es libre de encaminar su vida como quiera, está perdido. Humillada, le pregunté si él también... Pero se apresuró a interrumpirme, diciendo que el nuestro es un caso excepcional. Entonces, casi de broma, le pregunté si era feliz. Levemente irritado, me contestó:

—¡Qué preguntas más difíciles! Pues claro, naturalmente, ¿por qué no iba a serlo? Nuestros hijos son buenos chicos y están sanos; Riccardo hará muy buena carrera en Argentina, Mirella trabaja ya y luego se casará. ¿Qué más podríamos desear, mamá? —Me sonrió, dándome una palmadita afectuosa en la mano, y siguió leyendo.

Yo quería decirle: «¿Y nosotros dos, Michele?», preguntarle si era solo esto lo que queríamos cuando nos casamos. Pero luego pensé que soy una ingrata: Michele nos ha dedicado toda su vida, a mí y a nuestros hijos. Yo también he hecho lo mismo, es cierto, pero eso me parece más natural. A decir verdad, aunque a veces creo haber hecho más de lo que me correspondía porque he trabajado y me he ocupado a la vez de la casa y de los hijos, en otras ocasiones pienso que si hoy no estoy satisfecha es porque podría haber hecho aún más. Siento que hay algo que no he hecho bien, pero no sé el qué. Tal vez mi inquietud se disiparía si estuviera segura de Mirella; Michele tiene menos imaginación que yo, por eso no se preocupa. Ha dicho que está bien darle la llave de casa como ella quiere; tengo que encargársela al cerrajero, pero aún no me decido. Él no se pregunta por qué Mirella apagó la luz tan tarde anoche; a mí, en cambio, esa luz me tenía desvelada, vagaba por la casa, reteniéndome de coger este cuaderno negro que me sugiere ideas negras. Me imaginaba nuestra vida sin nuestros hijos, me preguntaba si tendríamos alguna vez la posibilidad de hacer ese viaje a Venecia que siento que podría resolverlo todo. En cualquier caso, después de ese viaje haríamos bien en no volver a esta casa. Cuando voy a visitar a mis padres a última hora de la tarde siento un escalofrío: me los encuentro dormitando, sentados junto a una estufa de petróleo que borbotea; solo rompe el silencio el fragoroso sonido del reloj de péndulo. Cuando entro siempre siento frío; ellos se asombran, dicen que la casa tiene las paredes gruesas y que está orientada al sol.

17 de febrero

Hoy ha sido un día agradable, quizá porque después de comer he ido a la peluquería. Cuando salgo de allí me veo siempre más joven. Me propongo ir todas las semanas, pero luego no tengo tiempo ni sobre todo dinero que malgastar. Sin embargo, pienso que si fuera cada ocho días a la peluquería la semana me parecería mejor.

En la calle hacía un aire tonificante. Me sentía tan contenta y activa que se me ha ocurrido aprovechar mi entusiasmo para ir a la oficina a hacer unas gestiones atrasadas. Temía haberme dejado la llave en casa, pero no, la había guardado en el bolso sin darme cuenta. Aunque, sabiendo como sé ahora que el director va a la oficina todos los sábados, me he quedado un momento indecisa;

me he dirigido a la parada del tranvía y luego he dado media vuelta y he renunciado. Aunque es verdad que el director está tan acostumbrado a mí que mi presencia no debería importunarlo. El sábado pasado, sin embargo, tal vez porque no nos ataban las obligaciones ni los horarios de todos los días, lo vi distinto. Yo no sé nada de él en realidad, no sé cómo es en su casa o con sus amigos, en otro ambiente que el de la oficina. Una vez fui a verlo porque estaba enfermo y quería dictarme unas cartas. Recuerdo que al entrar en su habitación tuve la impresión de hallarme ante un desconocido. Estaba incómoda; entre las solapas del pijama se le veía el cuello más blanco, donde normalmente se lo tapa la camisa. Él me trató como si estuviera de visita, con una voz distinta, casi ceremoniosa; la misma del sábado pasado en la oficina.

He ido a hacer unas compras para la comida de mañana, quiero prepararle un postre a Clara. Mientras estaba en la tienda, temía que el director pudiera entrar por casualidad. No me atrevía a volverme porque me parecía que se encontraba detrás de mí, dispuesto a preguntarme sonriendo qué estaba comprando. Al salir estaba segura de que iba a encontrármelo, y me avergonzaba ir cargada con tantos paquetes vulgares.

Es medianoche, tengo que esperar a que vuelva Mirella: cuando se ha ido, quería darle la llave del portal que he encargado para ella, pero estaba tan nerviosa que me he equivocado y le he dado la de la oficina.

Ayer vino Clara. El día había empezado mal por culpa de Mirella. La oí hablar al teléfono con Cantoni, una conversación misteriosa, hablaba en voz baja y contestaba con monosílabos. Pero alcancé a oír que mencionaba repetidas veces una carta y nombraba Nueva York. Estoy segura de que ha decidido marcharse ella también, como Riccardo. Cuando colgó estaba seria, absorta en sus pensamientos. Yo le pregunté con amabilidad de qué carta hablaba al teléfono y por qué había mencionado Nueva York. Ella no quiso contestar. Entonces me impacienté y le recordé que si quiere irse tiene que esperar un año porque es menor de edad.

—Estate tranquila, no se trata de eso —se limitó a decir. Y, ante mi insistencia, zanjó—: Basta, basta, mamá, por favor.

Yo me puse a prepararle el postre a Clara, sollozando.

Cuando esta llegó, tuve que fingir que no había sucedido nada y sonreír; aunque al poco se me pasó y ya estaba más tranquila. De vez en cuando es bueno tener en casa a alguien ajeno a la familia, te obliga a superar el malhumor. Clara me parecía tan joven, tan segura de sí misma y contenta de vivir que me alegraba con solo mirarla. También Michele y Mirella estaban cautivados. Riccardo la miraba con hostilidad y más tarde me preguntó por qué se tiñe el cabello de amarillo si tiene mi edad. Pero no es amarillo sino un rubio dorado. Esbelta y elegante, nos trataba con afectuosa alegría, como a parientes a los que no viera desde hacía tiempo y a cuya casa hubiera ido invitada por un día, en una antigua ciudad de provincias donde hubiese vivido de niña. Hablaba de sí, nos preguntaba por nosotros volublemente, sin esperar respuesta, mirándonos y tocándonos con gusto.

—¿Ves como también en tu propia casa puedes conocer a gente simpática e inteligente? —le dije a Mirella en voz baja.

Michele conversaba animado, Clara lo cogía del brazo, observándolo con alegre provocación, mientras me preguntaba como siempre:

—¿Sigues enamorada de él? ¿No te has cansado? ¿De verdad nunca has pensado en otro hombre? Me pregunto qué tendrá este Michele para que lo quieras tanto.

Incómoda, yo le señalaba con los ojos a los chicos. Entonces Clara dijo riendo:

—Es una broma, Valeria, ¿no lo ves? —Y añadió—: Un día quiero escribir un guion sobre ti, sobre tu vida: una vida dedicada siempre a las mismas personas, a los mismos sentimientos. Valeria querida, tienes razón: es cansado querer seguir siendo joven siempre, muy cansado. Me gustaría llegar a ser abuela, como lo serás tú, pero no tengo hijos. ¿Mirella tiene novio?

Ella contestó que no; Clara le hizo una caricia, observándola con una mirada directa, y concluyó:

—Una chica guapa, un rostro inteligente, perspicaz.

Luego se puso a hablar de cine, de los guiones que escribe, nos puso al tanto de muchas cosas interesantes que no sabíamos. Me gustaba mirarla, y a Mirella también. Michele la observaba como habría mirado a un fruto. Ella hablaba con gracia, fumando, y comía con apetito juvenil, le gustó mucho el postre. Nos hablaba de los actores y de sus costumbres. A Riccardo le divertía lo que decía pero la escuchaba irritado, como de mala gana. En un momento dado, Clara aludió a que había pocos guiones buenos. Entonces Michele dijo que él tenía una idea para un guion, una idea original.

—Escríbalo —le respondió Clara con entusiasmo, sirviéndose otro poco de postre—: escríbalo todo, como si me lo contara. Con un buen guion se pueden ganar millones.

—Venga, Michele, escríbelo —lo animé yo también—, nunca se sabe.

Clara decía que se encargaría de dárselo a un productor amigo suyo.

—Escríbalo, Michele, y tráigamelo.

—¿Cuándo? —preguntó él.

—Cuando esté listo.

Michele dudó un momento y dijo que ya estaba listo.

Clara hizo un leve gesto de sorpresa, casi de contrariedad: igual temía haber prometido demasiado, pensando que Michele no hablaba en serio. Los chicos no dijeron nada, siguieron comiendo sin más. Yo pregunté con un hilo de voz:

—Qué bien, ¿cuándo lo has escrito, Michele?

Él se escudaba, vacilando entre el deseo de hacerme creer que era cosa de poca importancia, un mero entretenimiento, y el temor de anular de antemano el interés de Clara.

—Pero ¿cuándo lo has escrito? —insistía yo, curiosa.

—¿Cuándo? —repitió él—. Pues qué sé yo, a veces estaba solo en la oficina y no tenía mucho que hacer. Los sábados por la tarde, por ejemplo.

Michele y Clara se citaron para un día de la semana que viene. Michele irá a su casa para leerle el guion. Clara nos hablaba de uno que se había vendido hacía unos días por diez millones de liras.

—¿Ves, mamá? —dijo Michele, volviéndose hacia mí—. Sería una fortuna.

Es extraño: para convencerme de sus razones y de sus derechos, los que me rodean apelan siempre a motivos financieros. Tal vez solo me juzgan sensible a esta clase de cuestiones; pero, en un esfuerzo de objetividad, me doy cuenta de que yo hago lo mismo. Ayer, por ejemplo, cuando Clara me preguntó cortésmente por mi trabajo, me apresuré a hablarle de nuestras estrecheces económicas. Lo dije en realidad para disculparme también por el deterioro de nuestra casa, donde unos pocos muebles y cuadros de valor, que fueron regalos de boda, contrastan, de un modo que me resulta más evidente cuando vienen extraños, con la modestia de todo lo que hemos renovado desde entonces. Michele me interrumpió bromeando, como si las estrecheces a las que hacía alusión fueran invención mía.

Cuando Clara se fue, volvió a reprenderme por haber hablado así, y los chicos le daban la razón. Luego ellos salieron y nos quedamos solos. Le pregunté por el guion y él dijo que lo había escrito igual que compra a veces billetes de lotería.

—Hay que intentar hacer algo —dijo—, no debemos resignarnos a estas estrecheces, a vivir en esta miseria hasta el fin de nuestros días.

Le pregunté de qué iba el guion y él me contestó con evasivas, diciendo que las historias de amor son las preferidas del público. Por un momento estuve tentada de hablarle del cuaderno, pero la insistencia con la que subrayaba el aspecto económico de lo que había hecho me lo impedía, pues yo no podía invocar la misma justificación. A pesar de todo me sentía alegre, y él también; me estrechaba los hombros con el brazo.

—Tendríamos que relacionarnos un poco más —decía—. Hoy, por ejemplo, ha sido muy útil que viniera Clara.

Decidimos que si vendía el guion compraríamos algunas cosas para la casa, y yo dije que quería ir a Venecia. Él anunció que, si este sale bien, tenía ya otro *in mente*.

—Entonces podrías dejar el banco —le sugerí tímidamente.

Él reconoció que le gustaría mucho, pues ni siquiera su nuevo puesto es todo lo satisfactorio que esperaba. Después de cenar seguimos charlando de todas estas cosas hasta tarde.

21 de febrero

El director ha estado dos días en Milán y ha vuelto esta mañana. He ido a hablarle de unas gestiones que había tenido que dejar a medias pues, al no saber que se marchaba, no le había pedido instrucciones. Él ha dicho que había contado con verme el sábado por la tarde en la oficina y que pensaba advertírmelo entonces. Me he apresurado a decirle que, en efecto, había tenido intención de ir, pero que me había abstenido por temor a importunarlo; he añadido incluso que había llegado hasta la parada del tranvía.

—¡Qué pena! —ha exclamado él.

Estaba a punto de asegurarle que iría el sábado que viene, pero he pensado que era mejor no decir nada. Llevo todo el día dándole vueltas al tono con el que me ha dicho: «¡Qué pena!». Quizá Michele tuviera razón en estar celoso de él. Igual lleva años yendo a la oficina todos los sábados con la esperanza de encontrarme allí.

Al salir del trabajo he ido a casa de mi madre, tenía ganas de hablar con ella. Por el camino iba recordando muchos gestos y pequeñas atenciones que el director ha tenido conmigo en estos años: por ejemplo, las flores que me envía por Navidad, y que igual yo nunca he interpretado de la manera correcta. Una vez en casa de mi madre me he puesto a hablar de él, de la gratitud que siento hacia él. He dicho que es un hombre distinto a los demás, un hombre verdaderamente excepcional, y que prueba de ello es la carrera que ha hecho. Me habría gustado que mi madre me hiciera alguna pregunta para poder seguir hablando de él, pero me ha dicho:

—No me gusta. Desde el día en que te contrató, pese a que no sabías hacer nada, siempre he desconfiado de ese hombre.

Ofendida, he replicado que soy muy buena en mi trabajo, que ahora tengo tareas muy importantes y que, aunque perdiera ese empleo, muchas otras empresas estarían encantadas de contratarme. Ella ha negado con la cabeza, diciendo:

—Puede. Pero es extraño que seas precisamente tú quien se ocupe de esas tareas importantes y no otros empleados, como por ejemplo hombres que quizá tengan un título universitario.

Hablaba con dureza y ha cambiado de tema antes de que pudiera replicar.

24 de febrero

Hoy he ido a la oficina hacia las cinco. He girado la llave en la cerradura despacio, para no molestar al director, pero tenía la impresión de darle una grata sorpresa. Dentro estaba todo oscuro; el teléfono sonaba en el silencio. He dudado un momento, mirando la puerta acristalada del despacho del director, por la que no se veía ninguna luz, y he corrido a la centralita. No entiendo de botones ni de interruptores; mientras trataba de aceptar la llamada con dificultad, el timbre ha dejado de sonar.

Mi despacho estaba ordenado y me hacía sentir en casa. De vuelta allí, el agradable olor a cera de abrillantar, a madera y a cuero me procuraba un inefable sentimiento de felicidad. He dejado los guantes y el sombrero con un gesto tranquilo, como si llegara a un hotel para una larga estancia. Quería pedir un café, pero he pensado que era más cortés esperar. Me he sentado a la mesa y he abierto una carpeta con la correspondencia, pero me parecía que no podía hacer nada si no estaba el director. Veía su letra, sus anotaciones a lápiz rojo en algunas cartas: «Sí, está bien», o «revíselo», y muchas veces: «Hablémoslo». Eran como invitaciones a un diálogo que no podía entablar en su ausencia. Por ello, impaciente, estaba alerta a cada ruido, a cada crujido. Pero nada. Entonces me he levantado y he ido a su despacho. He encendido la lámpara del escritorio, he ordenado el abrecartas, el lápiz y la estilográfica aunque ya estaban en perfecto orden. Miraba su sillón vacío y oía su voz decirme afectuosamente: «Hablémoslo».

Me parecía que no aludía solo a las cartas de negocios. Igual ha comprendido que querría hablarle de Mirella y me anima a hacerlo. Igual querría que le contara cosas sobre mí. Me he sentado en el sillón enfrente al suyo, como para una conversación. Él es la única persona con la que puedo hablar. Hace años que no tengo amistades: mis viejas compañeras de internado y las chicas a las que frecuentaba de recién casada llevan una vida distinta a la mía: se levantan tarde, van a la peluquería o a la modista y por las tardes juegan a las cartas; ya no tenemos nada en común, no podemos charlar. Con mis compañeras de trabajo también me siento incómoda porque no tenemos nada en común, ni el pasado, ni la situación social, ni la educación o la manera de hablar. Por otro lado, no podría entablar nuevas amistades, hace años que solo corro de casa al trabajo y del trabajo a casa. Creía poseer el tiempo que he dedicado a mis hijos como un capital; pero ahora estos me lo roban, se lo llevan consigo. En realidad, no poseo más que el tiempo dedicado al trabajo: solo cuando estoy en la oficina me siento libre y no tengo la impresión de mentir. Me siento como si hubiera dicho una vez una mentira, no sé cuál, y ahora estuviera condenada a serle fiel. «Hablémoslo —quería decirle al director—, hablémoslo.» Me sentía febril y, sin embargo, tenía la mente clara, límpida. Me parecía que no podía tardar mucho más, porque de otro modo perdería momentos valiosos de una conversación que era esencial para mí. A mi edad cada instante es valioso, me habría gustado decirle.

Ha vuelto a sonar el teléfono y me he sobresaltado asustada. Me he levantado rápidamente, no sabía si debía responder por ese aparato. Me parecía que alguien fuera a verme a través de ese cable, en el despacho del director, y a juzgarme indiscreta; él mismo, al entrar, podía preguntarse qué estaba haciendo allí. El teléfono insistía, me he sentado en su sillón y he dicho:

—Diga...

Era él. Se me ha acelerado el corazón mientras él hablaba con voz velada.

—Lo siento —ha dicho—, no puedo ir.

Me he quedado sin respiración, no me había preparado para esa posibilidad y me parecía que a mi alrededor todo se derrumbaba.

—¡Oh! —he suspirado.

—Lo siento —ha repetido él.

—No sé qué voy a hacer —le he dicho—, quería hablar con usted. De unas gestiones —me he apresurado a añadir.

Él ha hecho una breve pausa y luego me ha explicado que tenía que quedarse en casa porque era el cumpleaños de su hijo. Ha añadido que había llamado dos veces pero que nadie había contestado.

—Me imaginaba que habría ido a la oficina, esperaba poder liberarme pronto, pero al final no...

Se ha quedado callado, sin cortar la comunicación. Yo también he guardado silencio un momento antes de decir:

—Lo entiendo perfectamente, no importa, veré cómo resolverlo sola, el lunes lo hablamos.

He colgado el auricular sin poder apartar la mano de él.

Me he quedado un rato más sentada ante su escritorio, en el suave cuero del sillón. Por fin me he levantado, he apagado la luz y, sin mirar alrededor, he cerrado mi cajón, me he puesto el sombrero y me he marchado. Caminaba despacio, no me apetecía volver a casa, tenía ganas de sentarme en el banco de algún parque. Los sábados por la tarde la ciudad me parece más hermosa, más luminosa y cautivadora. Hace algún tiempo que me embarga un deseo imperioso de vacaciones que me empuja a abrir la ventana de par en par y a sentir el aire fresco en la cara y que me trae a la memoria bosques, campos, paisajes marinos y al final, siempre, Venecia. Me basta con volver a casa para que se disipe ese alegre impulso. En casa, no sé por qué, siempre tengo ganas de pedir disculpas. Quizá porque sé que estoy descuidando mis obligaciones a causa de este cuaderno. Me quedo levantada hasta tarde y luego durante el día me siento cansada. Hoy, por ejemplo, me arrepentía de haber ido a la oficina y haber perdido el tiempo allí sin hacer nada cuando la cocina estaba sin recoger y Michele necesita las camisas que no le he planchado porque por las noches me he dedicado a escribir. A veces, movida por una beatífica sensación de ebriedad, imagino que me abandono al desorden; que dejo los cacharros sucios, la ropa blanca sin lavar y las camas sin hacer. Me duermo con ese deseo: un deseo violento, voraz, semejante al que sentía por el pan cuando estaba embarazada. Por la noche sueño que debo remediar todo ese desorden pero no lo consigo, no me da tiempo antes de que Michele vuelva a casa. Qué pesadilla.

Tal vez mi madre fue demasiado intransigente conmigo cuando era niña. «Cose —me decía siempre—, estudia.» Un poco más mayorcita ya, en cuanto dejaba de estudiar me encargaba tareas domésticas. Nunca permitía que me quedara ociosa, no se olvidaba de mí ni un momento. Si llevaba un rato sin verme, entraba en mi habitación y me preguntaba qué estaba haciendo. «Una mujer no debe estar nunca sin hacer nada», decía.

Esta noche Michele ha vuelto bastante tarde. Parecía cansado, agotado incluso. Le he preguntado si en la oficina había trabajado en el guion cinematográfico. Él se ha parado en seco y se me ha quedado mirando, como asombrado por mi pregunta. Enseguida se ha recobrado y me ha dicho:

—No, no, qué va, nada de guiones, hoy he tenido muchísimo que hacer. Me duele la cabeza, me iré a la cama nada más cenar.

Le he contestado que quería hablarle de Riccardo y de Mirella, pues me es difícil obrar sin su consejo, guiándome solo por mi propio criterio. Él me ha contestado afectuosamente que me deja libertad de decisión y de acción; que, en cualquier caso, siempre puedo hablar en su nombre, me ha asegurado que nadie puede hacer estas cosas mejor que yo, con mayor tacto. Yo estaba conmovida, halagada incluso, y le he dado un abrazo, necesitaba un poco de consuelo, un poco de calor. Nada me reconforta más que sentir sobre el rostro el hombro de Michele. Él me ha preguntado si había noticias de Clara.

25 de febrero

Hoy ha llamado mi madre, y por culpa de una tontería le he contestado irritada. Me llama todos los domingos para preguntarme si voy a ir a verla. Esta mañana no me apetecía y le he dicho que no tenía tiempo. Lo cual es cierto porque, aunque los domingos yo me levanto a la hora de siempre, Michele y los chicos lo hacen tardísimo, van por la casa en bata cuando el sol de mediodía ya da sobre las camas calientes. Michele siempre dice que nadie podrá privarle jamás del lujo de dormir hasta tarde en domingo. A veces me tienta concedérmelo yo también, pero ¿quién se ocuparía de todo lo que hay que hacer? Así es que le llevo el desayuno a la cama, me alegra verlo comer con gusto, de buen humor. Mi madre estas cosas no las entiende, desaprueba a Michele, igual porque ella sufre de insomnio. Ha dicho que tenía derecho a verme de vez en cuando, que soy su única hija. Yo entonces he perdido los nervios y le he dicho que soy también única esposa, y única madre, y que no doy abasto. He dicho incluso que ayer sábado tuve que volver a la oficina, que solo yo sé cuántos motivos tengo para estar preocupada y nerviosa. Ella ha objetado que no entiende por qué debo estarlo precisamente ahora que a Michele le han concedido un aumento de sueldo, que Riccardo tiene un porvenir asegurado en Argentina y que Mirella ha empezado a trabajar aunque siga estudiando. Este comentario suyo ha terminado de irritarme. Le he dicho en tono cortante que ella había vivido en otros tiempos, que había tenido una vida fácil y no podía entender la mía.

—¿Fácil? —ha exclamado ella indignada.

Me ha recordado que Bertolotti los había dejado sin nada, que había tenido que batallar diez años para recuperar la casa y que al final la había perdido. Toda mi vida he oído hablar del tal Bertolotti, que fue un mal administrador de bienes que tuvo mi abuela: a él se le atribuyen todas nuestras desgracias, se dice que es responsable de nuestros problemas económicos. De niña, cuando oía hablar de él, me callaba asustada como si mentaran al demonio. Le he dicho que mejor que se hubiera quedado también con la finca y con la casa porque la esperanza de volver a ser sus dueños había sido nuestra desgracia, que aún cargamos con ese lastre y por ello nos cuesta resignarnos a nuestra situación: yo por esa casa y Michele por los uniformes militares de su padre. Por ambas cosas, el hecho de ser pobres pesará siempre sobre nosotros como una vergüenza.

—Pese a no tener un céntimo, nos sentimos aún dueños de casas y de caballos. Mira a los chicos: ellos nunca han oído hablar de Bertolotti y están tan campantes.

Mi madre guardaba silencio al otro lado de la línea; sabe que digo estas cosas cuando estoy irritada. Según ella, también mi forma de hablar es culpa de Bertolotti, y eso la consuela.

—¿Entonces no vienes? —me ha preguntado.

—No, no puedo.

Un poco más tarde, ya en la calle, me sentía arrepentida. El aire del domingo me serenaba, disipando todo agobio o cansancio. He entrado en un bar y he llamado a mi madre.

—He terminado antes de lo que pensaba —le he dicho—. Voy a pasar un momento a verte. ¿Quieres que te compre algo?

—Sí, gracias —ha dicho ella. La calma gélida de su voz dejaba traslucir su satisfacción—: Tráeme un poco de fruta buena para papá.

He comprado también un ramillete de violetas. A mi madre y a mí nos dan pudor estos gestos: le

he dicho que me había visto obligada a comprárselo a una niña insistente que pedía limosna.

26 de febrero

Esta noche tengo que acostarme pronto. Riccardo ha dicho en la mesa que me oye andar por la
casa hasta tarde.

—¿Qué haces? —me ha preguntado.

Al oír esta frase, también Mirella ha levantado
los ojos del plato y me ha mirado. Sin un motivo
lógico, he tenido miedo de que se pusieran a buscar el cuaderno. He dicho que acabaré sufriendo
insomnio, como mi madre.

Esta mañana el director me ha llamado nada
más llegar a la oficina. En su despacho había más
personas; me molestaba su presencia, pero aun así
conversaba animadamente para entretenerlas.
Cuando se han ido, el director se ha puesto a hojear el correo sin mirarme, diciendo que durante
la semana ya no tiene tiempo ni para leer las cartas importantes. Parecía cansado, irritado, pero
cuando por fin ha levantado los ojos hacia mí, ha
sonreído. Ha vuelto a hablarme del sábado, suspirando:

—La familia...

Yo he tenido una reacción tonta: me he ruborizado. Luego me ha preguntado si estaba libre para
volver a la oficina el sábado que viene. He contes-

tado que sí con demasiado entusiasmo. Entonces él ha levantado los ojos y me ha mirado sin sonreír.

—¿Hacia las cuatro? —me ha preguntado serio pero con dulzura.

Yo he asentido. Notaba las manos frías sobre el cristal del escritorio. Al fin me ha pedido que le enseñara una carta que había escrito y, cuando he vuelto, estaba distinto. Ha dicho incluso que la carta no estaba bien y he tenido que rehacerla.

27 de febrero

Hoy, al volver a comer a casa, la portera se me ha acercado con un pretexto y luego me ha dicho, sonriendo con malicia:

—La señorita ha vuelto hace unos minutos, la acompañaba su novio. —Me he quedado un instante desconcertada, y ella ha aprovechado para añadir enseguida—: Enhorabuena.

Yo no le he contestado, he seguido sonriendo y me he alejado, pero estaba tan confundida por estas palabras que he subido a pie, olvidándome de tomar el ascensor.

Mirella estaba en su cuarto. Le he referido el comentario de la portera, y ha exclamado con una sonrisa:

—¡Qué chismosa!

Nada más. Yo me arrepentía de habérselo contado porque ahora seguir charlando sin tomar ninguna postura concreta solo puede debilitarme ante mi hija. Miraba a mi alrededor con la esperanza de descubrir algo: desde hace algún tiempo tengo la impresión de que el cuarto de Mirella esconde un secreto y que, si fuera lo bastante hábil para descubrirlo, me lo aclararía todo sobre ella y me indicaría cómo actuar. He tenido que contenerme para no decirle: «Al menos que no te acompañe hasta el portal». Podría haberle dado este consejo a una amiga, pero no a mi hija, aunque reconocía que la intransigencia que debemos mostrar en familia es justo lo que determina nuestra falta de sinceridad. Tal vez tenga una amiga con la que se confía: Sabina, quizá, que la llama más últimamente y que va a clase con ella, en la universidad. Me propongo preguntárselo, si bien sé de antemano que no me dirá nada. Cuando Mirella o Riccardo invitan amigos a casa, y yo entro en la habitación en la que están reunidos, todos se callan enseguida y se levantan, con esa expresión entre respetuosa y desconfiada que se adopta cuando la profesora entra en el aula. Sin embargo, yo me muestro afectuosa y jovial, trato de ser agradable, ofreciéndoles alguna golosina con el café, en verano bajo incluso al bar de la esquina a comprar helado. Ellos me miran inseguros, tratando de adivinar qué engaño se oculta bajo mi amabilidad. A veces me entretengo unos minutos charlando con ellos, cuento alguna anécdota que pueda divertirlos y, sobre todo, adopto actitudes liberales con la esperanza de acercarme así a su manera de pensar, a su edad. Pero, cuanto más me alejo de la idea que se hacen de los padres, de las madres, más los desconcierto y los intimido. Por el contrario, cuando anuncio severamente que Mirella no puede salir porque es la hora de cenar, o que no voy a darle dinero a Riccardo para el cine, noto que se sienten cómodos.

De modo que Sabina no me dirá nada. Pero yo estoy decidida a indagar, aunque Mirella ahora parezca muy concentrada en el estudio y el trabajo, y se haya encerrado en sí misma y no me cuente ya nada. Hoy he llamado a la oficina para decir que no me encontraba bien y me he quedado en casa para rebuscar en sus cajones. Es la primera vez que lo hago y me temblaban las manos, me sentía como si estuviera robando. Rebuscaba minuciosamente, pensando: «Es necesario», aunque ni yo misma sabía lo que esperaba encontrar. Me parecía casi que fuera a sorprender a Cantoni escondido entre la ropa, los papeles o las sábanas. Pero no había rastro de él; Mirella había salido con el bolso que le había regalado y el reloj. Esperaba encontrar al menos una fotografía, una nota, pero no había nada. No me ha llevado mucho tiempo esta búsqueda. Al ver el contenido de sus cajones, su ropa escasa y muy usada, la poca ropa interior que tiene, he constatado una vez más que Mirella es una chica pobre. La veo ahora más indefensa ante mi acusación, sospechar de ella me parece cruel.

Por fin he recordado que su diario estaba guardado bajo llave en el cajón del escritorio. He dado un grito de alegría, victoriosa; pero luego he vacilado, recordando lo que les había enseñado a mis hijos sobre el respeto a la intimidad. He salido de la habitación para resistir a la tentación, pero al final he ido a la cocina a por un cuchillo para forzar la cerradura del cajón. Estaba dispuesta a hacer ese gesto con la misma decisión con la que hubiera sajado un absceso. He introducido el filo entre el cajón y el escritorio pero, para mi sorpresa, he notado que cedía enseguida porque estaba abierto. No había ningún diario, ya no lo guarda ahí. En el cajón había solo cartas insignificantes y viejas fotografías. Tampoco había rastro de Cantoni. En lugar de tranquilizarme, tanta inocencia aparente me provoca desconfianza. No es posible que no tenga una carta suya, tal vez sean mensajes comprometedores que prefiere destruir. La desaparición del diario, por otro lado, demuestra claramente su culpabilidad. Si hubiera seguido mis impulsos, habría salido enseguida, habría ido a casa de Cantoni y le habría dicho: «Lo sé todo». Lo habría agredido, zarandeado y pegado. Pero me he quedado sentada delante del escritorio, cuchillo en mano, sin saber qué hacer. He pensado que igual Mirella se había llevado el diario a la oficina y me parecía que ese gesto era como fugarse de casa. O tal vez lo haya escondido, así que me he empeñado en buscarlo meticulosamente. Lo revolveré todo, pensaba, si lo esconde tan bien es porque no quiere que nadie la conozca tal y como es; pero yo la descubriré y la avergonzaré; mientras pensaba en esto, me veía frente a ella, golpeando con la mano la página escrita.

De repente he pensado que también yo escondo un cuaderno y que, buscando un escondite para el suyo, Mirella podría encontrarlo. Si lo leyera, descubriría que su madre es distinta a como ella cree que soy. Conocería todos mis secretos, se enteraría también de lo del director, de la cita que he aceptado para el sábado, del nerviosismo con el que me pregunto si está enamorado de mí. Me atormenta pensar en él, así como el temor de que descubran mi cuaderno y la impresión de que cada uno de nosotros está rodeado por un misterio denso. Veo a Mirella salir de casa con su diario en el bolso; a Michele volver al banco, los sábados, para escribir en paz su guion; a Riccardo, que ha pegado en la pared de su cuarto la fotografía de las montañas argentinas, y me parece que, aun queriéndonos mucho, nos defendemos unos de otros como enemigos.

28 de febrero

Esta noche, nada más volver a casa, Mirella me ha llamado a su habitación.

—Mira —me ha dicho exultante, vaciando

ante mis ojos estupefactos un sobre que contenía numerosos billetes de banco. Antes de poder preguntarle de dónde provenía ese dinero, ella misma me lo ha explicado—: Es mi sueldo.

Luego ha ido recogiendo los billetes uno a uno con cuidado, casi acariciándolos. Mientras lo hacía, enumeraba las cosas que pensaba comprarse, en su mayoría frivolidades que me ha pedido a mí muchas veces y que nunca he podido darle. Quizá sea injusto, pero me daba la impresión de que quería humillarme; entonces he adoptado un aire casi despectivo y le he dicho que, ahora que sabía lo difícil y cansado que es ganar dinero, por fin apreciaría lo que siempre habíamos hecho por ella. Iba de la habitación al baño, frotándose la cara con fuerza con una toalla.

—¿Quieres saber la verdad, mamá? —me ha dicho sonriendo—. He visto que no es nada difícil. Os había oído hablar tanto sobre esto que, cuando me decidí a ponerme a trabajar, estaba agobiada, temía no ser capaz. La noche anterior a mi primer día de trabajo casi no conseguí dormir, Riccardo siempre me había mirado con irónica desconfianza, mostrándome que dudaba de que en un despacho como el de Barilesi quisieran a una chica como yo; y yo misma me sentía inclinada a darle la razón. Cuando llegué ante la puerta quería dar marcha atrás, llamar diciendo que renunciaba al empleo, que me encontraba mal, poner un pretexto cualquiera. Si no lo hice fue por vosotros. —Yo abrí unos ojos como platos, asombrada, mientras ella proseguía—: Sí, porque me parecía que os alegraría ver confirmada la baja opinión que tenéis de mí.

Le he preguntado si no lo había hecho más bien para no defraudar a ese abogado, ese tal Cantoni.

—No —ha contestado con seguridad—, él nunca piensa que yo no sea capaz de hacer algo, al contrario. Pero eso no es lo importante. Lo importante es haber descubierto que trabajar no es difícil. Me lo paso muy bien. Suele ser cansado, pero es un cansancio distinto a todos los que conocía, no sé cómo explicarte, un cansancio que casi me parece fingir porque, en realidad, estar cansada después de haber trabajado no me disgusta. Me divierte emplear esas palabras que cuando las oía de vosotros me parecían tan importantes, cosas como *archivar*, *protocolario*, *expediente*. Lo mismo te hace gracia saber que, al decirlas, también yo me siento importante. —La animaba una alegría infantil, me parecía que quisiera burlarse de mí con cariño—. Y me gusta oír pronunciar mi nombre como el de alguien que sabe lo que hace, alguien en quien se puede confiar. Cuando dicen, por ejemplo: «De eso se ocupa la señorita Cossati», es como si hablaran de otra persona, alguien que no pensaba que pudiera llegar a ser. Hoy el abogado Barilesi ha dicho: «El lunes, que vaya al juzgado la señorita Cossati». Es para una información, una tontería, cualquiera sabría hacerlo, y sin embargo me he sonrojado de satisfacción. Me pasaba igual en la universidad, al principio: nunca dije nada, fingía que era natural, pero siempre me halagaba encontrarme en esas aulas. Sin embargo, en la universidad pensaba que podían prescindir tranquilamente de mí. Aquí, en cambio, me pagan para que vaya.

Hablaba con viveza mientras se cepillaba el pelo; se me acercaba riendo, con una excitación feliz que no le conocía, quería abrazarme.

—Dime la verdad, tú también te lo pasas bien en la oficina, y papá: ¿por qué no queréis admitirlo? Venga, mamaíta, dilo, te doy mil liras si lo dices.

Tenía el cepillo en la mano y, mientras trataba de abrazarme, como yo me resistía, el cepillo me ha golpeado en la ceja. Me he llevado la mano al ojo con un grito.

—Oh, perdona... —ha dicho, y se ha quedado triste.

—No sé qué te pasa esta noche —he comentado con brusquedad, frotándome el párpado—, estás desquiciada. Ese poco dinero te ha vuelto loca. Loca e ingrata. Deberías considerar una cosa: que nosotros nunca hemos podido disponer de lo que ganábamos para comprarnos lo que nos gusta, como puedes hacer tú ahora. Que siempre todo, hasta el último céntimo, era necesario para la casa, para Riccardo, para ti, para los estudios que ahora te procuran esas satisfacciones, esas *diversiones*, como tú las llamas.

—Lo sé, es verdad, perdóname —ha reconocido mortificada—. No lo decía con maldad o con desprecio. Al contrario. Me gustaría saber que también a vosotros os divierte trabajar, quizá porque así me sentiría menos culpable de haber sido una carga tan pesada en vuestra vida. Mira, disculpa mi sinceridad, pero, a veces, los hijos casi sienten vergüenza de haber nacido, de necesitar alimento y vestido. Perdóname si te digo esto. A mí me gusta tanto el trabajo que lo haría incluso aunque no me pagaran.

He pensado en el paso ligero con que salgo ahora de casa por las mañanas para ir a la oficina, en la alegría que siento cuando me llama el director para trabajar juntos. He apartado estos pensamientos con un escalofrío y le he dicho a Mirella que el suyo es el entusiasmo propio de la novedad.

—Puede ser —ha reconocido ella—, pero no quiero creerlo, sería una lástima, estos son los días más felices de mi vida. Hoy Barilesi ha defendido a uno que estaba acusado de homicidio y ha conseguido que lo absuelvan. Esta mañana no he ido a la universidad para poder asistir al juicio; ha hecho un alegato precioso, me ha conmovido, he sentido admiración y mucha envidia; un trabajo como el suyo no puede pesarle, estoy segura.

—¡Cómo le va a pesar! —he exclamado yo—. ¡Con lo que gana!

—¿Crees que es solo por eso? Barilesi es ya muy rico, podría dejar de trabajar, ¿no crees? A menudo se lamenta de que está nervioso y cansado, pero sigue aceptando causas y siempre quiere hacerlo todo él. Tal vez se queja de su cansancio porque no quiere admitir que el trabajo lo divierte. —Volvía a reír, contenta—. Yo quisiera llegar a ser tan buena abogada como él.

Entonces le he preguntado si lo que la seduce es la idea de una carrera brillante o más bien la de gustarle a alguien: a Cantoni, por ejemplo.

—Admitamos que sea también por eso —ha contestado.

Entonces yo, triunfante, le he dicho que la carrera no es su fin, sino casarse con un hombre rico y eminente, lo ha declarado desde el primer día. Que se engaña si piensa que va a lograrlo por esos medios y que mejor haría en seguir mis consejos, porque nadie puede dar mejores consejos que una madre. A los hombres, en realidad, no les gustan en absoluto las mujeres independientes, las que tienen una carrera propia, o al menos no las quieren por esposas. También le he dicho que, por lo demás, cuando tuviera en brazos a su primer hijo, cuando lo oyera llorar y viera que la necesita para alimentarse y para vivir, no se atrevería a descuidarlo por la vanidad de un éxito lisonjero en un juzgado. Mirella ha dicho que ella tiene ideas distintas, que aunque se case y tenga hijos, quiere llegar a ser una abogada célebre. Se ruborizaba al pronunciar ese adjetivo. Yo le he sonreído con indulgencia, diciendo:

—Ya lo hablaremos otro día.

Me he ido a la cocina, pero luego he vuelto y le he preguntado dónde guardaba su diario. Sorprendida por mi pregunta, ha mirado el escritorio y ha querido saber si había hurgado en el cajón. Le he respondido que puedo hacerlo cuando lo juzgue necesario. Dice que destruyó el diario hace tiempo, que escribir era una costumbre pueril; y que, aunque lo hubiera encontrado, no habría valido para saciar mi curiosidad, ha añadido riendo, porque, ante el temor de que yo pudiera leerlo, todo lo que escribía era inventado.

Me he ido a la cocina y me he puesto a freír las patatas y los huevos. Pienso que Mirella ha mentido y que, en cualquier caso, si ha destruido el diario, lo ha hecho después de conocer a Cantoni. Ha venido enseguida y me ha preguntado si necesitaba que me echase una mano. Rara vez se ofrece a ayudarme, por lo que la he mirado con estupor. Es de verdad una chica guapa, le queda bien el pelo tan corto. La alegría del dinero ganado la volvía más audaz y a la vez insólitamente dulce.

—Mamá, ¿por qué no puedes aceptar que yo sea feliz a mi manera? —me ha preguntado sonriendo.

Le he dicho que la felicidad, al menos como ella la imagina, no existe, lo sé por experiencia.

—Pero tú tienes la experiencia de una sola vida: la tuya —ha objetado—. ¿Por qué no quieres dejarme al menos la esperanza?

Le he dicho que espere todo lo que quiera, que eso no cuesta dinero. Luego le he dado un plato de huevos fritos y le he pedido que se lo llevara a su hermano. Me ha preguntado por qué no podía venir él mismo a buscarlo.

—Voy a llamarlo —ha dicho.

—Obedece —le he ordenado con dureza—. Riccardo está cansado, lleva todo el día estudiando.

—¿Y tú no has estado todo el día trabajando? —ha objetado con brusquedad—. ¿Y yo no he estado todo el día trabajando?

Ha ido a llevárselo, pese a todo. Al volver, me ha dicho:

—Esto es lo que me indigna, mamá. Te crees obligada a servirnos a todos, empezando por mí. Y así, poco a poco, al final los demás también acaban creyéndolo. Tú piensas que, para una mujer, tener alguna satisfacción personal aparte de la casa y la cocina es algo de lo que sentirse culpable: que su única tarea es la de servir. Yo no quiero eso, ¿entiendes?, no lo quiero.

He sentido cómo un escalofrío me recorría la espalda, un gélido escalofrío del que aún ahora no he conseguido librarme. Sin embargo, he fingido no dar importancia a lo que me había dicho. Le he preguntado con ironía si pensaba empezar a ejercer de abogada en su propia casa.

2 de marzo

Hoy, después de comer, nada más irse Michele, Riccardo ha mirado a su alrededor para asegurarse de que estábamos solos, se ha sacado un periódico del bolsillo y me ha dicho:

—Mira.

Era un artículo sobre el juicio del que me había hablado Mirella: entre los defensores, aparte de Barilesi, mencionaban el nombre de Cantoni.

—Lo sé —le he dicho—: es su ayudante.

Él me ha confesado que no entiende cómo puedo permitir que continúe este escándalo, pero que, en cualquier caso, ahora se explica por qué Mirella gana tanto dinero. Yo he observado que sé de sueldos y que lo que le pagan es el mínimo obligatorio para el trabajo que hace. He añadido que Mirella parece apasionada por su profesión y que un día llegará a ser una buena abogada.

Es muy difícil hablar de Mirella con Riccardo: cuando están juntos, me parecen enemigos. Igual siempre ha sido así, pero hasta ahora creía que eran rivalidades entre hermanos. Ahora temo que haya otro motivo, más soterrado, que no sé definir y que me duele profundamente. No quiero pensar que Riccardo no quiera a su hermana: creo más bien que vuelca en ella una animosidad dirigida hacia sí mismo. Hoy me ha dicho que las mujeres se aprovechan del trabajo para hacer lo que les viene en gana. Le he recordado que yo también trabajo y que ha sido beneficioso para nuestra familia, también para él. Ha replicado que yo lo hago solo por necesidad y que, por lo tanto, mi trabajo es una prueba de solidaridad con mi marido, una prueba de obediencia en el fondo. Ha añadido que yo, si pudiera, prescindiría del trabajo. No sé qué pudor me ha impedido contradecirlo, tal vez la cita del sábado. Él seguía diciendo que las muchachas de hoy ya no sienten como suyos estos deberes, no tienen ganas de hacer ningún sacrificio, solo les gusta el dinero.

—Salen con hombres maduros porque son los que tienen coche, los que las llevan a cenar y a bailar a los locales más caros —decía—. ¿Cómo puedo competir con ellos? No es culpa mía si mis padres no vienen de familias ricas.

Herida, he precisado que en realidad sí veníamos de familias ricas, pero que las fortunas se habían perdido por haberlas administrado mal.

—Sí, bueno, pero ¿y yo qué puedo hacer? —insistía él—. ¿Acaso puedo graduarme antes de cumplir los veintidós? Frente a estas chicas, un hombre de mi edad se siente todavía un niño, es desesperante.

Yo le he dicho que ahora que cobra un sueldo, Mirella puede pagarse su propia ropa, por lo que yo podré disponer de un poco más de dinero para él. Él callaba, mirando por la ventana; el cielo blanco se reflejaba en la palidez de su rostro. He pensado en todos esos jóvenes que se matan en un momento de desaliento que sus madres no fueron capaces de intuir. Le he prometido doblarle la asignación que su padre le da todas las semanas. Él no ha dicho nada, pero, algo más tranquilo, ha vuelto a la mesa, ha mirado el periódico abierto y, con un gesto seco y desdeñoso, semejante a una bofetada, ha puesto la mano sobre el artículo en el que se hablaba de Cantoni.

—¿Ves lo que hacen? Es como si se vendieran. ¿Qué placer puede tener Mirella en salir con un hombre de esa edad, con un viejo?

Yo he objetado sonriendo que un hombre de treinta y cuatro años no es un viejo y que, según dicen, Cantoni es muy inteligente. Dolido, se ha vuelto hacia mí, diciendo:

—No las defiendas. Tú no has hecho como ellas, mamá.

—¿Y si me hubiera equivocado? —le he preguntado, obedeciendo a un impulso.

Riccardo ha abierto unos ojos como platos, mirándome con tanta angustia que me he apresurado a añadir que yo he sido muy feliz con su padre, pero que no todas las mujeres tienen el mismo carácter. Él ha dicho que siempre piensa en mí cuando se imagina el carácter que tendrá su esposa; que siempre le habla a Marina de mí, del afecto que siento por mi marido, que siempre he sabido apoyarlo porque he creído en él, de los sacrificios que hice los primeros años de la guerra. En efecto, fueron tiempos difíciles; yo aún no trabajaba y me las apañaba haciendo tartas para mis amigas ricas cuando recibían invitados: cuando terminaba, estaba tan cansada que no podía participar en la recepción a la que ellas siempre me invitaban; tanto es así que, poco a poco, aunque seguían encargándome las tartas, dejaron de invitarme.

—No debes hablarle de mí a Marina —le he dicho a Riccardo—: es un error. A ninguna chica puede parecerle atractiva la vida que yo llevo. Y una esposa nunca puede tener el carácter de una madre.

—Ay, eso lo sé —suspiraba él, mirándome con cariño.

—No —he replicado—, no porque la madre sea mejor, sino porque, con sus hijos, una mujer es distinta a como se comporta con todas las demás personas, incluido su marido.

Recordaba la gran fotografía de mi suegra que domina nuestro dormitorio: era una mujer mediocre, pero Michele siempre me la ponía como ejemplo. Solo tras su muerte empezó a llamarme «mamá».

—Estoy segura de que Marina, tal y como me la has descrito, es muy buena chica —le he dicho.

Riccardo me ha mirado con afectuosa gratitud.

—Justo quería hablarte hoy de ella. Tienes que ayudarme, mamá.

Riccardo conserva algo infantil en la forma de los labios y su voz siempre me conmueve y me suscita ternura.

—¿Qué hay, dime, qué ha pasado? —le he preguntado con la vaga esperanza de que Marina lo hubiera dejado.

—Nada —ha contestado él—. Me gustaría casarme enseguida, pero no puedo llevarme a Marina a Buenos Aires: el primer año el contrato es de prueba, tendré un sueldo modesto, no bastará para los dos.

He pensado que, si se casara enseguida, tal vez renunciaría a irse; me preguntaba cuál de los dos males sería el menor.

—Podrías encontrar un trabajo aquí también, aunque fuera algo provisional —le he dicho—. Papá dice que en el banco van a contratar a muchos empleados este año.

—No, en el banco no, bajo ningún concepto —ha reaccionado con determinación—. Pero me gustaría que Marina y yo nos prometiéramos oficialmente antes de marcharme. Ya te he dicho que es muy desgraciada en su casa, está deseando irse. Le he propuesto que nos casemos ya, yo luego partiría y ella podría quedarse aquí, he pensado que te haría compañía, yo dejo libre mi habitación; pero ella no quiere. Entonces le he dicho que volveré lo antes posible, dentro de un par de años a lo sumo, con un empleo seguro, y nos marcharemos juntos. Pero esta larga separación me preocupa. No porque dude de ella; pero ahora todo parece tan incierto, se habla otra vez de guerra... Y al frente no van esos tipos de treinta y cuatro años, qué va —ha dicho, volviendo a golpear el periódico con la mano—, vamos nosotros. Por eso no tengo ánimo para esperar. Puede que, dentro de unos años, caiga una bomba... Y ya no tenga que esperar nada.

He sentido un violento deseo de salvarlo, de ocultarlo, bloquearé la puerta, pensaba, no conseguirán llevárselo. Riccardo tenía siete años cuando la guerra de África, doce cuando estalló la guerra mundial; durante mucho tiempo se alimentó de queso blando y de dulces hechos con sucedáneo de harina. Los primeros cigarrillos se los dieron los norteamericanos.

—Me gustaría que hablaras con Marina —seguía diciendo él—, la primera vez, nosotros tres solos. Después se la presentaré también a papá, naturalmente. ¿Qué tal el próximo sábado? Papá siempre se va al banco, pero tú, en cambio, estás libre.

—Este sábado no es posible: tengo que ir a la oficina —le he contestado enseguida.

—¿A trabajar en sábado?

Le he explicado que últimamente estoy muy ocupada.

—¿No podrías poner una excusa? —insistía—. Te lo pido por favor, mamá, es muy importante para mí.

He replicado que no podía de ninguna manera.

—Es inútil discutir.

He consultado el reloj, era hora de volver a la oficina.

He ido a la habitación a ponerme el sombrero.

No puedo, me repetía, no puedo de ninguna manera. Pero, no sé por qué, pensaba una y otra vez en esos dulces de sucedáneo de harina. «¿Y yo? —me rebelaba con ímpetu—. Y yo, de niña, ¿acaso no comía pan de salvado durante la primera guerra?» Pensaba que les he dado a los demás mi vida entera y que ahora tengo derecho a disponer de un día. Cuanto más me lo repetía, más sentía a mi pesar algo dentro de mí que me respondía que no, era como un monótono y doloroso negar con la cabeza. He oído a Riccardo entrar en la habitación y me he vuelto hacia él:

—Bueno, está bien —le he dicho de mala gana—, dile que venga el sábado: encontraré un pretexto.

Él me ha abrazado efusivamente para darme las gracias.

—Bueno, bueno —le he dicho, apartándolo de mí con un ademán arisco, y me he marchado.

Caminaba deprisa con mi viejo abrigo gris. Veía mi silueta reflejada en los escaparates y la miraba con antipatía. Me habría gustado zafarme de mi persona, quitármela de encima con rabioso alivio: era como si estuviera cansada de llevar un pesado disfraz. Nada más entrar en la oficina, he ido directamente al despacho del director, sin quitarme siquiera el abrigo ni el sombrero. Él estaba firmando unos talones.

—Oh, señora Cossati —ha dicho levantando la cabeza y sonriendo, sin dejar de firmar.

Yo estaba de pie delante de él, había apoyado el bolso en el escritorio y lo aferraba casi como si necesitara sostenerme. El director decía que estaba cansado, cargado de trabajo, hoy ni siquiera había ido a almorzar a casa, se había tomado un bocadillo y un café con leche. Como si quisiera confirmarlo, me enseñaba una bandeja que tenía al lado. Decía que es un momento difícil, hay que tener los nervios templados; por culpa de los rumores de guerra, el mercado se ha puesto difícil, suben los precios. Yo no respondía, esperaba a que él terminara de hablar. Por fin ha cerrado el talonario y ha levantado los ojos.

—No puedo el sábado —le he dicho.

Él no ha contestado, me escrutaba con aire receloso, preguntándose quizá si la brusca determinación de mi anuncio no expresaba un rechazo más que una imposibilidad efectiva. Me disponía a hablar, en respuesta a su mirada, cuando ha sonado el teléfono. Ha conversado brevemente sin dejar de mirarme. Al colgar se ha levantado y se ha acercado a mí. Se me ha acelerado el corazón, casi sentía miedo: nunca lo había tenido tan cerca en todos estos años. Estoy acostumbrada a verlo detrás de su escritorio, o yo me quedo sentada mientras él pasea. Ha dicho que es normal que prefiera quedarme en casa los sábados, o que me vaya de compras, en lugar de volver al trabajo. Me habría gustado decirle que esperaba el sábado con impaciencia, que no había parado de pensar en ello.

—El sábado mi hijo quiere presentarme a su novia —le he dicho.

—Ah, entiendo —ha murmurado él. Y, volviendo a su escritorio, ha dicho bajito—: Enhorabuena.

—Gracias —he contestado yo en voz baja también.

—Los deberes familiares... —decía él, hojeando los talones sin prestarles atención. Luego me ha entregado dos, rogándome que se los enviara al peletero de su mujer y a una tienda en la que había adquirido una bicicleta para su hija—. No me gusta que los empleados vean mis talones personales —ha dicho, disculpándose por hacerme ese encargo—. Cuando se trata de cantidades elevadas, me parece mejor...

Le he prometido que lo haría enseguida. He ido a mi despacho, me he quitado el sombrero y el abrigo y me he sentado a mi mesa. Intentaba conservar la calma, pero poco a poco sentía que me embargaba un furor helado. He leído las cantidades de los talones, la del peletero era considerable. «Ladrones, ladrones asesinos», he murmurado. Me temblaban los dedos. «Asesinos», he repetido, sin saber siquiera contra quién dirigía el insulto. He cogido papel y sobres para las cartas. Y, de pronto, me he tapado la cara con las manos y me he echado a llorar.

7 de marzo

He estado sin escribir varios días porque me sentía como desconectada de mí misma. Me parece que solo puedo seguir adelante si me olvido de mí. Para vivir tranquila bastaría con no reflexionar demasiado, contentarme con las explicaciones que me da Mirella, por ejemplo. Cada vez estoy más convencida de que la inquietud se apoderó de mí desde el mismo día en que compré este cuaderno: parece que hubiera oculto en él un espíritu maligno, el diablo. Por eso intento descuidarlo, dejarlo en la maleta o sobre el armario, pero no es suficiente. En realidad, cuanto más atada estoy a mis obligaciones, cuanto más limitado es mi tiempo, más imperioso es el deseo de escribir. El domingo por la tarde me quedé sola en casa: los chicos habían salido temprano y Michele había ido a casa de Clara a llevarle el guion cinematográfico. Habría tenido tiempo de escribir, aunque los domingos siempre estoy muy atareada. No sé si es así en todas partes o solo en las casas de la gente que trabaja, donde el no madrugar, el insólito remolonear en la cama, es casi una señal de falta de contención. Los domingos siempre hay más platos que lavar, por lo que también el inhabitual placer de la mesa redunda en más trabajo. Sin embargo, una vez terminadas mis tareas, tenía por delante una tarde entera para mí y la dediqué a ordenar mis cajones: descartaba con satisfacción cajas vacías, papeles inútiles, cartas. De recién casada, de vez en cuando abría los armarios donde guardaba ordenada la ropa blanca, atada con lazos azules y rosas, y comprobar ese orden me daba tranquilidad. El domingo, sentada ante el cajón en el que conservo viejos bolsos, bufandas y pañuelos, me alegraba de poder contar aún con esas reservas que ya no recordaba y, al ver las cajas ordenadas y los pañuelos apilados, sentía un placer casi físico.

Así, la jornada, que antes parecía extenderse ante mí, transcurrió rápidamente: en un instante ya era de noche, tenía que volver a poner la mesa con los mismos platos que había lavado y guardado poco antes. Michele había dicho que iba a volver pronto, pero estaba tardando. Se había puesto el traje oscuro y por la mañana había ido a cortarse el pelo. De verdad no aparenta la edad que tiene, sigue siendo un hombre apuesto. Me gusta que Clara dedique algo de tiempo a conocerlo mejor porque siempre he sospechado que no tiene muy buena opinión de él. Tal vez por eso siempre me pregunta de broma si le soy fiel. Antes de salir, Michele sacó del cajón un gran sobre blanco; lo sostenía con cuidado, como si contuviera algo frágil.

—Es el guion —me explicó—, no puedo enseñártelo, lo siento, he cerrado ya el sobre por si Clara no está en su casa y tengo que dejárselo al portero.

Habían quedado por la mañana, por eso estaba

seguro de coincidir con ella, pero igual cree que no confío en lo que ha escrito o que lo desapruebo. Esa mañana, sin embargo, suspiré aliviada al oírlo hablar alegremente al teléfono con Clara porque muchas veces temo que esté descontento con su vida; pero ahora me parecía satisfecho con todo, con la comida, con los chicos y conmigo. Me abrazó en el umbral y yo lo ayudé a ponerse el abrigo.

—Hay que tener esperanza, mamá —decía.

—Saldrá bien, ya lo verás —afirmé yo.

De repente se llevó la mano a la cartera y dijo que temía no llevar bastante con mil liras. Entonces volvimos juntos al dormitorio y cogió un billete de diez mil.

—Nunca se sabe —dijo.

Yo comprendí que así se sentía más seguro.

Era hora de preparar la cena y Michele aún no había vuelto: pensaba que si tardaba era buena señal, quizá estuvieran leyendo el guion, puede incluso que estuviera allí ese productor amigo de Clara y que ya se lo hubiera comprado. Estaba contenta de que tardase en volver, por él y también por mí. No quería que terminara la tarde, pensaba que si no volvían Michele y los chicos no tendría que cocinar. De repente sonó el teléfono y fui a contestar creyendo que era Michele para confirmar mis esperanzas. Era Mirella: me avisaba de que cenaría fuera, con Sabina y unos amigos. Le pregunté a qué hora iba a volver. Me contestó que «pronto» y que, en cualquier caso, tenía la llave.

En la mesa, Michele y Riccardo ni siquiera repararon en su ausencia: Michele contaba con entusiasmo su visita a Clara. No habían podido leer el guion porque más tarde habían llegado otras personas, pero Clara le había prometido que no tardaría en leerlo y que lo llamaría enseguida para quedar otro día. Estaban los dos satisfechos y animados. Michele abrió de par en par la ventana: decía que fuera era ya primavera, yo me arrepentía casi de haberme quedado todo el día en casa. Le enseñé a Michele que había ordenado los cajones: él dijo «muy bien, muy bien», y luego siguió hablando de Clara y sus amigos, gente conocida en el mundo del cine. Contaba que todos tenían coche, uno de ellos hasta lo había acercado a casa. Riccardo aprovechó el buen humor de su padre para anunciarle que tiene novia, que yo sé quién es la chica y que quiere presentársela pronto. Temía que Michele se enfadara; estaba irritada con Riccardo por estropearle un buen día. Pero Michele parece haber cambiado de parecer sobre la gente que se casa joven. A él también le dijo «muy bien, muy bien».

Estuvimos charlando hasta medianoche. Yo repetía de tanto en tanto que Mirella aún no había vuelto, pero ellos no me hacían caso. Al darle las buenas noches a Riccardo, este me abrazó, murmurando: «Estoy tan contento, mamá...». En la habitación, Michele estaba aún vestido, mirándose en el espejo: se pasaba la mano por el pelo y se ajustaba la corbata. Le repetí que Mirella aún no había vuelto y él me aseguró que las costumbres de los jóvenes habían cambiado, que para una chica llegar tarde por la noche ya no tenía ninguna importancia. Dijo que los amigos de Clara se acostaban a las cuatro, y también la propia Clara. Yo le repliqué que sería gente que no tiene que levantarse temprano al día siguiente, no sé cómo hará Clara si no, porque ya no es ninguna niña, tiene mi edad. Él pareció sorprenderse, aunque lo sabe de siempre. Dijo que se conservaba joven y que tenía una alegría y un entusiasmo infantiles.

—¿Entonces crees que no tengo que inquietarme por Mirella? —le pregunté.

—Pues claro que no —dijo abrazándome.

Luego siguió hablando del guion: dijo que no había tenido tiempo de leérmelo pero que, sin falsa modestia, pensaba que era algo notable. Se desvestía despacio, demorándose, como si no quisiera poner fin a ese día. Yo le dije que, si de verdad conseguía vender el guion, Riccardo no necesitaría irse a Argentina. Casi irritado, él replicó que no iban a darle una fortuna por él, y que Riccardo debe ganarse la vida de todos modos. Tiene razón; sin embargo, no puedo evitar considerar que, si Riccardo nos viera más fuertes, no pensaría en marcharse ni en casarse tan pronto.

En el fondo, no estoy segura de que me guste Marina. Es guapa, sí, pero hay algo en su rostro que no resulta atractivo, que no la hace simpática.

No entiendo por qué quiere Riccardo tener ese rostro delante toda la vida. Es alta, esbelta y rubia, con la mirada algo fija, como embobada. El sábado por la tarde, Riccardo abrió la puerta de casa con su llave y dejó a Marina entrar primero, ella sola, en el comedor. Yo no los había oído llegar y ella no se imaginaba que yo ya estuviera allí: nos encontramos una frente a la otra de improviso. Fue un instante, y tal vez fuera solo impresión mía, pero me dio la impresión de que nos miramos sin simpatía, con una secreta carga de hostilidad incluso. Creo que, si de verdad llega a casarse con Riccardo, nunca más veremos esa mirada la una en la otra; y, sin embargo, solo en ese momento habremos sido sinceras. Riccardo entró justo detrás de ella y ya no era mi hijo.

—Esta es Marina —me dijo con voz apagada.

Ella no pestañeaba, su rostro no traducía ninguna emoción. La tomé afectuosamente de las manos sin sentirme hipócrita: me parecía que había dos personas en mí, una que aceptaba ese encuentro e incluso esperaba calidez y consuelo de él, y otra, en cambio, que se rebelaba, juzgando con desaprobación los ojos pasmados y saltones de Marina, sus manos inertes y frías. Son esas las manos que Riccardo desea estrechar y besar. Él también estaba incómodo: se había sentado en un sillón, casi repantingado, con una postura poco correcta. Me habría gustado reprenderlo, pero es difícil reprender a un hombre que viene a presentarte a su futura esposa; además, su actitud me enternecía mucho, entendía que actuaba y hablaba de manera inhabitual, fingiendo descortesía e indiferencia, para darse aplomo. Tenía ganas de decirle: «Lo sé, es difícil, echémosla de aquí». Pero me di cuenta de que también Marina hablaba del mismo modo; mi lenguaje preciso y amable, en cambio, denunciaba que tenía otra edad, como si fuera de otro país. Les ofrecí té con galletas, pero me di cuenta de que a Riccardo eso le pareció poco. El rostro de Marina no expresaba nada, me pregunto incluso si será verdad que es desgraciada en su casa, si le es posible serlo. «¿Quién eres?», me habría gustado preguntarle. Tal vez sea precisamente la impenetrabilidad de su rostro lo que atrae a Riccardo: conoce a poca gente aparte de nosotros y ya no le ofrecemos nada nuevo que adivinar; tal vez sean sus fríos silencios lo que le dan ganas de interrogarla, de sacudirla. Desde esa tarde refreno el impulso de preguntarle a Riccardo: «¿Crees de verdad que Marina está muy enamorada de ti?». Él hablaba de Argentina, quería parecer seguro de sí mismo delante de ella, pero sabe que yo lo considero todavía un niño, y era ese conflicto lo que lo ponía nervioso. Hablamos mucho del futuro. Yo decía que lo primero para él era estudiar y graduarse en octubre: eso era lo más importante. Después ya podría marcharse. Les dije que no debían angustiarse por la espera; Marina sonreía mientras yo añadía que dos años se pasan rápido, pero esa sonrisa era semejante a la mirada que tenía al entrar.

—Y está el correo aéreo —añadí yo.

—Es verdad, está el correo aéreo —asintió Riccardo con entusiasmo, mirándome con gratitud, como si lo hubiera inventado yo para ayudarlos.

Dije también que esta era la época más bonita de sus vidas, que después llegarían las preocupaciones y las responsabilidades, pero los dos se mostraban incrédulos, porque para todos nosotros, por suerte, lo mejor de la vida está siempre por llegar. Riccardo le tomaba la mano y ella asentía sonriendo, fingiéndose convencida por mis palabras. Cuando hicieron ademán de marcharse, me sentí aliviada. En la entrada, mientras Riccardo iba de una a otra afectuosamente, como un cachorro, se abrió la puerta de casa y entró Mirella. No sabía que iba a venir Marina y, al verla, primero nos miró a su hermano y a mí, y luego la saludó con fría cortesía. Llevaba el abrigo rojo, ese con el que Marina dice que la vieron salir de casa de Cantoni. Nos entretuvimos aún un poco charlando; Riccardo hablaba del futuro con cierta arrogancia, rodeando a Marina por los hombros con el brazo. Mirella sacó los cigarrillos del bolso y le ofreció a Marina.

—No fuma —se apresuró a decir Riccardo.

Mirella encendió el cigarrillo con gesto tranquilo, pero la llama temblaba.

—¿Te gusta? —me preguntó cuando se fueron.

Le dije que era muy guapa.

—Sí, pero ¿te gusta? —insistía ella.

Yo añadí que debe de tener un carácter dulce, sumiso, se ve que es una muchacha bien educada, con serios principios.

—Pero ¿cómo puede gustarte, mamá? —exclamó ella.

Yo le dije que hablaba así por envidia, porque Marina se comporta como debería hacerlo ella, quizá también porque ha tenido la suerte de conocer a Riccardo, que es un chico sincero.

—¿A qué espera ese tal Cantoni para conocernos? ¿Por qué te acompaña hasta el portal como un ladrón, sin preocuparse de tu reputación, de las habladurías? Te expone incluso al juicio del portero. —Me he fijado en que, si bien permanece impasible cuando la acuso, en ese momento se sonrojó violentamente cuando acusé a Cantoni—. ¿Por qué no te presenta a su madre, como ha hecho Riccardo?

—Es huérfano, por suerte —contestó ella, encendiendo otro cigarrillo.

Le dije que era cínica y descarada, y que dejara de fumar un cigarrillo tras otro.

Sin contestarme, se fue al teléfono. Se puso a hablar en voz baja, la oía decir: «Sandro». Era la primera vez que la oía pronunciar ese nombre y tuve un tremendo arranque de ira. Ella, mientras tanto, explicaba: «Lo de siempre». Quería ir hasta ella, interrumpirla gritando para que él me oyera y se diera cuenta de que no acepto sin más el modo de comportarse de mi hija. Me contuve al pensar que, sea quien sea y sean cuales sean sus intenciones, nunca estará de mi parte. Me fui a la cocina despacio, tratando de serenarme. En el fondo, está bien que tenga que cocinar, lavar los platos y hacer las camas todos los días porque estas obligaciones me atan al deber de seguir como si todo cuanto ocurre a mi alrededor no sucediera en realidad. Murmuraba esos dos nombres: «Sandro, Marina», para ver cómo sonaban, los interrogaba casi, esperando intuir quiénes son las personas que los llevan. Mis hijos les pertenecen ya aunque Michele trabaje para mantenerlos y yo les prepare la cena. Mirella había dicho: «Es huérfano, por suerte». Tal vez a Marina le disguste que yo no sea ya un retrato en la pared. Es todo siempre igual, desde hace siglos, pensaba suspirando, y recordaba el retrato de mi suegra, el esfuerzo que había tenido que hacer para ocultarle a Michele que no la quería y para acostumbrarme a vivir con ella. La cuidé durante largos años, fui yo quien la amortajó. Michele la miraba fijamente, rígida en su vestido negro, a la trémula luz de las velas. «Era una santa —decía, y me besaba las manos, enternecido por su propio dolor—. Siempre has sido tan buena con ella...» Quizá sea cierto. Llega un momento, en la vida de una familia, en que ya no se sabe distinguir la bondad de la crueldad.

9 de marzo

Hoy he llamado a Clara desde la oficina y le he dicho que, desde que fue a verla, Michele parece otro. Luego le he repetido todas las cosas halagadoras que había dicho de ella. Le he confesado que espera ansiosamente su parecer y que al volver a casa pregunta todos los días si ha llamado alguien. Clara se ha disculpado por no haber tenido aún tiempo de leer el guion: de día se le acumula el trabajo y luego sale hasta tarde por las noches, por lo que está cansada cuando vuelve a casa. Le he dicho que lo entendía perfectamente y que si hablaba con Michele no le dijera nada de mi llamada. Me he disculpado por las molestias que le causamos, pero le he pedido encarecidamente que nos ayude, pues, desde que tiene esta esperanza, Michele ha rejuvenecido. He añadido que él siempre ha ganado poco y que recibir ahora una cantidad no solo resolvería muchos de nuestros problemas prácticos, sino que ayudaría a Michele a superar ese momento difícil por el que pasan todos los hombres a su edad, cuando no se han hecho ricos ni han llegado a una posición de relieve. Ella me ha dicho que Michele no le había parecido nada desalentado, al contrario. Entonces me he acordado de que se había irritado cuando le hablé a Clara de nuestras dificultades económicas: quizá tema que, sabiendo que pasamos necesidad, le ofrezcan poco por su guion. Le he reconocido que podía tratarse de una impresión mía, suscitada por el cariño que le tengo o quizá por mi propio estado de ánimo. Ella me ha preguntado si no soy feliz. Le he dicho que para ser feliz me basta con saber que Michele está satisfecho y que los chicos están sanos. Le he vuelto a pedir que no le contara nada de mi llamada. Al colgar el teléfono, tenía la impresión de haber cometido un error y de haber dicho muchas mentiras.

10 de marzo

Esta noche me he acostado pronto pero no podía dormir. La oscuridad me oprimía; se me llenaba la mente de palabras e imágenes que me mantenían despierta con una inquietud insuperable. Temía quedarme hasta el amanecer con los ojos abiertos como platos en la oscuridad y con esa confusión de ideas, así que me he levantado de la cama sin ruido para no despertar a Michele. He cogido la bata y las zapatillas, y me las he puesto cuando ya estaba en el pasillo. Me latía fuerte el corazón porque no recurría a esas artimañas desde que era niña: tenía miedo de Michele como entonces de mi madre. Luego no lograba encontrar el cuaderno en el armario de tan cuidadosamente como lo había ocultado entre los pliegues de una sábana. Cuando lo he encontrado por fin, me he abrazado a él como a un tesoro. Pero si Michele se levanta y viene hasta aquí, estoy perdida. No tengo ninguna excusa plausible y me aterra la idea de que pueda leer lo que me dispongo a escribir. Sin embargo, pensándolo bien, debo reconocer que no ha ocurrido nada nuevo; igual soy yo, que tengo demasiada imaginación. Me repito que es imposible, que me conoce desde hace muchos años, que estuve con él de joven, cuando decían que yo era hermosa, no es posible que esto suceda justo ahora: sin embargo, estoy convencida de que el director me ama.

Hoy me esperaba con impaciencia, estoy segura. Nada más oír la llave en la cerradura, debe de haber venido a mi encuentro porque, al cerrar la puerta, ya estaba frente a mí en el vestíbulo. Yo me he reído bajito, como si hubiera llegado allí tras una fuga. Él también se ha reído, ayudándome a quitarme el abrigo. He encontrado un ramillete de mimosas sobre mi mesa. Mientras lo miraba, para asegurarme de que hubiera sido él antes de darle las gracias, ha dicho, casi disculpándose:

—Tenemos el jardín lleno de mimosas, han florecido ya todas. Así que he cogido un ramillete y me lo he metido en el bolsillo; se han marchitado un poco.

Apenas le he dado las gracias, no quería dar importancia a un gesto que en el fondo es natural. La mimosa tenía un aroma cálido, la he olido largo rato y luego me la he puesto en el ojal del vestido. Él estaba delante de mí, mirándome sin decir nada:

he levantado los ojos hacia él, sonriendo, y por primera vez he pensado que se llama Guido.

Hemos trabajado dos horas; yo estaba muy nerviosa. He visto su firma y su nombre en el papel con membrete un sinfín de veces, y, sin embargo, cada vez que me miraba, yo pensaba «Guido» y, ruborizándome, volvía a bajar la cabeza sobre la mesa. Me sentía incómoda y emocionada: me parece que solo desde hoy me mira como a una criatura humana.

Ya está, esto es todo, no hay más. Hemos adelantado mucha correspondencia, hemos discutido algunos problemas urgentes y después ha dicho:

—Bueno, ya basta por hoy.

A mí me parecía no haber trabajado en serio.

—Basta por hoy —he repetido yo, como poniendo fin a un juego.

Me ha preguntado si estaba cansada y cómo pasaba los domingos. Me habría gustado mencionar el diario, pero no me he atrevido. Le he dicho que solía ir a visitar a mi madre y que escribía cartas. Él ha dicho que hace años que ya no escribe cartas personales y que un hombre que trabaja mucho acaba por no tener amigos de verdad, solo conocidos del trabajo, amistades forzosas, casi calculadas.

—Nos vamos quedando solos —ha dicho.

Yo le he recordado que ha dado vida a una gran empresa y que eso le quedará para siempre. Quien ha creado algo nunca está solo: un libro, un cuadro, una compañía, qué sé yo, una fábrica, son cosas que perduran.

—Yo, en cambio, he dedicado toda mi vida a mis hijos —he añadido con un suspiro—, y los hijos se van.

—No se van —ha corregido él, negando con la cabeza—, si lo hicieran, estaría bien, en cierto sentido. Estaríamos solos, pero al menos podríamos disfrutar de las ventajas de nuestra soledad. En lugar de eso, no tenemos ninguna de esas ventajas y aun así nos sentimos solos.

Me gustaba oírle decir que está solo, aunque hablaba con indiferencia, con un leve acento de cinismo. Sin embargo, yo negaba con la cabeza e insistía en que él tiene una gran empresa y la posibilidad de llevar una vida cómoda y desahogada. Él replicaba que tampoco eso tiene ninguna importancia, son otras las cosas que importan; y a mí se me venía fugazmente a la cabeza la imagen de Venecia.

—A cierta edad —proseguía él—, ya no basta todo cuanto hemos hecho; solo ha servido para convertirnos en lo que somos. Y tal y como somos, ahora que somos verdaderamente nosotros, quienes hemos querido o podido ser, querríamos volver a vivir de nuevo, de manera consciente, conforme a nuestros gustos de hoy. En lugar de eso, hemos de seguir llevando la vida que elegimos cuando éramos distintos. Yo he trabajado toda la vida, he empleado treinta años en llegar a ser el que soy. ¿Y ahora qué?

Ha dirigido esta pregunta al vacío con una gran amargura. Después, arrepentido casi de haberse abandonado así, ha añadido riendo que habría que establecer una edad, «pongamos a los cuarenta y cinco años», más allá de la cual uno tendría derecho a estar solo en el mundo y a poder elegir su vida desde cero.

—Por lo demás —ha observado—, nadie entiende lo que hacemos, el esfuerzo que nos cuesta, nadie, excepto quienes trabajan con nosotros.

He sentido que hablaba en contra de su mujer; quizá también Michele hable así en mi contra alguna vez. Yo no le pedía nada, compraba solo comida, ropa y zapatos para los chicos, y no abrigos de visón. Me he preguntado, sin embargo, si había alguna diferencia; y he concluido que sí, pero no a mi favor, porque Michele no puede siquiera acusarme.

—Sin embargo —le he dicho con una sonrisa maliciosa, recordando lo que había dicho Mirella de Barilesi—, si le ofrecieran renunciar al esfuerzo que le cuesta el trabajo, ¿lo haría?

Mientras conversábamos, nos habíamos levantado para acercarnos a la ventana: la oscuridad caía sobre el jardín, un melancólico jardín de palmeras y adelfas.

—No —ha reconocido él con candor. Nos hemos reído—. Pero quizá precisamente porque no tengo otra cosa —ha añadido en voz más baja.

Su presencia me parecía completamente nueva, pero agradable. Contaba que hasta pocos años antes había tenido que pelear hora a hora, que hubo días en que no sabía cómo hacer frente a vencimientos elevados ni cómo pagar a los empleados. Le he dicho que siempre me había dado cuenta de ello y había temido por él, que siempre había apreciado su fuerza, su tenacidad, su capacidad de mostrarse sereno en cualquier circunstancia. No debía lamentarse, le decía, pues había tenido una vida extraordinaria; y, sonriendo, le he recordado que había empezado a trabajar de contable en una fábrica de telas. Él ha evocado mi primer día en la oficina, ha dicho que al principio lo intimidaban mis modales refinados; cada vez que entraba en su despacho, habría querido ponerse de pie como si estuviera en un salón y, cuando le llevaba la carpeta con el correo, le molestaba que pasara las páginas, que secara su firma con el tampón.

—Nunca me di cuenta —he dicho sonriendo.

—No, yo siempre tuve cuidado de que no se diera cuenta.

El jardín estaba ya oscuro. En el cristal de la ventana se reflejaba mi rostro, era el rostro de una persona joven, quizá porque había ido a la peluquería.

—Es tarde —le he dicho.

Me ha ayudado a ponerme el abrigo y ha comentado que faltaban diez minutos para que llegara el coche, podía acompañarme a casa. Le he dicho que no cortésmente pero con vehemencia. Él ha dicho que no tenía nada de malo. Riendo, he replicado que no era por eso. Entonces él me ha acompañado a la puerta como si no fuera una empleada.

—Gracias por venir —ha dicho—, hemos podido trabajar con calma y además me ha sentado bien conversar. Nunca hablo con nadie.

He estado a punto de decir: «Yo tampoco», pero me he contentado con darle las buenas tardes sin sonreír y he salido.

En la calle soplaba una brisa fresca y agradable. No puede ser verdad, me decía, me conoce desde hace muchos años, habla conmigo como lo haría con cualquier otra persona. Sin embargo, me parecía que todo a mi alrededor fuese mejor, que las farolas brillaran alegremente. Por puro juego, he probado a murmurar: «Guido», y todo se ha iluminado también dentro de mí.

14 de marzo

Nadie ha reparado en que llevo unos días muy pensativa. No consigo poner atención en lo que hago y solo la costumbre guía mis gestos. No tengo ganas de hablar: si pudiera, me pasaría horas y horas tumbada en la cama pensando, pero sin centrarme en ningún pensamiento en concreto. Me gusta abstraerme en la certeza de estar viva. Siento siempre a mi alrededor una afectuosa presencia, una mirada complacida. Muchas veces, cuando estoy en casa, me asomo a la ventana como si esperara encontrarme a alguien que pasa por aquí con la ilusión absurda de verme. El aire tiene un vigor nuevo y las cosas parecen revestidas de un nuevo encanto; ya no estoy cansada, al contrario, me gusta que amanezca porque cada día me resulta atractivo. Ya me he sentido así alguna que otra vez; en domingo, sobre todo, cuando hace bueno y el verde de los árboles resuena al sol; pero eran instantes breves y enseguida el día volvía a ser pesado, semejante a tantos otros.

Sin embargo, mi alegre estado de ánimo se ve turbado por el temor de que Michele y los chicos descubran que estoy distinta y, guiados por este descubrimiento, encuentren el cuaderno. Para evitar que me vigilen, los vigilo yo a ellos continuamente: si oigo abrirse el armario, me acerco y le doy a Mirella lo que busca. Reprendo a Michele y a Riccardo porque lo desordenan todo cuando cogen algo, les digo: «Mejor pedídmelo a mí». Insisto en que deberíamos cambiarnos de casa porque esta se nos ha quedado pequeña, pero en realidad lo digo porque quiero tener una habitación propia. Por primera vez entreveo con alivio la partida de Riccardo a Argentina, pues imagino que podría utilizar la suya. A veces, absorta en estos pensamientos, es como si no estuviera en casa, y me asombra que ellos no se den cuenta. Se me ocurre pensar que si hubiera sido siempre tan distraída, si siempre los hubiera privado de mi participación en su vida, ni siquiera lo habrían notado, y eso me indigna. No admito que puedan prescindir de mi presencia, sería como reconocer que todo sacrificio mío ha sido inútil.

Me parece incluso que hasta mi aspecto físico ha cambiado: diría que he rejuvenecido. Ayer me encerré en el dormitorio y me miré en el espejo. Llevaba mucho sin hacerlo porque siempre voy con prisa. Pero ahora sí encuentro tiempo para mirarme, para escribir el diario; me pregunto cómo es que antes no lo hacía. Me miré largamente el rostro, los ojos, y mi imagen me transmitía una sensación de alegría. Probé un nuevo peinado y luego volví al de siempre, pero era como si lo llevara por primera vez. Estaba impaciente por que volviera Michele, pero llegó más tarde de lo habitual. Estaba cansado, nervioso; preguntó enseguida si había llamado Clara y, al contestarle que no, no hizo nada por disimular su malhumor. Le dije que no se disgustara si no conseguía vender el guion: hemos salido adelante hasta ahora sin contar con ganancias imprevistas del cine. Le recordé que había dicho que lo había escrito como quien juega a la lotería. Quería animarlo, y por eso comenté que la nuestra era una situación privilegiada comparada con la de tantas otras familias; los chicos ya son mayores, siguen su propio camino, y eso es lo esencial; nosotros ya nos contentamos con poco. El dinero no es lo más importante, le decía, sin atreverme a confesarle qué es lo que yo considero más importante que el dinero. Pero no pude evitar preguntarle qué pensaba del vestido que llevaba puesto, me lo había arreglado hacía poco: hasta Mirella lo había encontrado elegante. Él contestó que yo siempre estoy muy bien.

—¿De verdad, Michele? —le pregunté, mirándome de reojo en el espejo.

No puedo contener algunos gestos de coquetería de los cuales en el fondo me avergüenzo, aunque él nunca se fija. Llevamos casados muchos años, estamos tan identificados el uno con el otro que, cuando estamos juntos, él se encuentra a gusto, como si yo no estuviera. Esta idea, que siempre me ha dado mucho consuelo, ahora, en cambio, me entristece. A veces pienso que estaría bien que Michele encontrara el cuaderno. Pero, cuando me voy a la cama con esta idea, me despierto sobresaltada al más mínimo ruido. Lo ha encontrado, pienso; y siento ganas de huir, no sé adónde, la ventana está alta, vivimos en un tercero. Luego me tranquilizo, pero me quedo despierta largo rato, oigo las campanas dar las horas en el silencio.

Me bastaría con poder hablar con alguien de la existencia de este cuaderno para que se disipara el sentimiento de culpa que me agobia. A veces voy a ver a mi madre, decidida a contárselo. Cuando era niña, ella me aconsejaba siempre que apuntara mis impresiones cotidianas. Me gustaría hablarle también de la tarde del sábado. En realidad, eso es de lo que querría hablarle, más aún que del cuaderno. Pero no sé por qué, nada más llegar empiezo a quejarme de Michele, de su humor, de su indiferencia ante los problemas de los chicos. De un tiempo a esta parte mi madre lo defiende, cuando hasta ahora siempre había hecho lo contrario. Igual es por espíritu de contradicción. Ni siquiera me mira: alta, impasible, se sienta frente a mí, ocupada en su labor, centrada únicamente en los puntos. La casa está llena de sus bordados, hay hasta dos grandes sillones tapizados con una de sus pacientes y detalladas labores. Las hizo hace muchos años, cuando yo era niña. Debió de llevarle años, porque la recuerdo muchas veces ocupada en ello, guapa, todavía joven, con el cabello negro cayéndole sobre la frente. Siempre tenía a su lado un cesto lleno de bonitas madejas de seda brillante y variopinta que me fascinaban, pero no me dejaba tocarlas. Todos los veranos viste con mimo los dos sillones con sendas fundas blancas; en otoño vuelve a descubrirlos y les quita el polvo con cuidado. Cuenta que le llevaba un día entero bordar una hoja o los pétalos de una flor. Los sillones son muy bonitos, pero ninguno de nosotros se ha atrevido nunca a sentarse en ellos, nos intimidan. También ahora sigue tejiendo sin descanso: tapetitos, cojines, posavasos, me los regala a todas horas y yo ya no sé dónde ponerlos, siempre pienso que sería más útil que les hiciera algún jersey a los chicos.

Salgo aliviada de casa de mi madre, hasta un poco irritada, quizá porque tiene las persianas bajadas y, ahora que es primavera, no me gusta estar a oscuras. Voy caminando, casi como si quisiera consumir el deseo que siento de hablar del cuaderno y del sábado. Si tuviera una amiga, pienso que un tenaz sentimiento de orgullo me impediría hacerle confidencias. Pese a todo, la única persona con la que podría sincerarme es Michele.

Anoche fuimos juntos al cine. Él dice que necesitaría ir con frecuencia para mantenerse al tanto y que esta era una película de la que Clara había hablado con entusiasmo. Es la historia de dos personas que se quieren pero se ven obligadas a dejarse porque él está casado. En un momento dado se ve a los actores abrazarse y besarse largamente, mirarse a los ojos y volver a abrazarse y a besarse largo rato. Yo quería apartar la mirada de la pantalla y me sentía turbada como no lo había estado nunca, aunque ahora ya sea más fácil ver estas escenas en el cine. Pero me parecía que era demasiado atrevida, no deberían haberla permitido, me preocupaba sobre todo el efecto que pudiera causar en los jóvenes. La película transcurre en parte en Capri: se ve a los protagonistas navegar, nadar y tumbarse al sol semidesnudos en una gran balsa. Tenían el cabello mojado, se reían, él se apoyaba sobre un codo y se inclinaba hacia ella para besarla. Esa escena me resultó insoportable. Puede que también Michele se sintiera así, porque nos miramos de reojo, espiando nuestras reacciones. Yo sonreí con leve ironía, sacudiendo la cabeza en señal de desaprobación, y él hizo un gesto vago con el mismo significado. Pero yo luego tenía la impresión de haber sido cobarde, y esa impresión me hizo sentir muy melancólica, hubo un momento incluso en que tenía los ojos llenos de lágrimas. Al final, cuando se encendieron las luces, me sentí incómoda, como si estuviera desnuda.

—Bueno, tampoco es tan buena —dijo Michele levantándose y poniéndose el abrigo.

La sala se iba vaciando, se oía el triste tableteo de las butacas al cerrarse.

—La verdad es que no —dije yo.

Volvimos a casa en silencio, pero era justo ese silencio lo que nos incomodaba. Lo rompíamos de vez en cuando a propósito, para volver a sumirnos enseguida en él.

—¿Tienes la llave? —le pregunté.

Y, una vez en casa, dijimos:

—¿Qué hora es? ¿Has puesto el despertador?

Ambos fingíamos desenvoltura, pero yo sabía cuáles eran sus pensamientos, y él conocía los míos, estaba segura. Me habría gustado hablarle, ser franca, pero algo me retenía, me acallaba casi: la certeza desesperada de que ya no bastaban las palabras para superar el silencio que se ha ido acumulando día tras día entre nosotros hasta volverse un obstáculo infranqueable.

—Michele... —empecé, sin saber exactamente lo que iba a decir.

Por suerte, él me interrumpió enseguida:

—Hace calor ya —dijo con voz apagada—. Igual conviene que dejemos la ventana abierta.

Poco después apagamos la luz. Había una farola encendida en la calle, una farola solitaria que difundía a su alrededor una claridad amarillenta y turbia. Se oían pasos y alguna que otra voz, y luego volvía el silencio, angustioso. Yo estaba impaciente por que llegara el sábado. Me veía entrando directamente en el despacho del director, donde él me esperaba ya. Me veía de pie delante de su escritorio, diciéndole seria: «Soy una mujer honesta, pensaba que usted lo sabía, después de tantos años. Amo a mi marido, no he querido ni querré nunca a nadie más que a él, para siempre; somos muy felices, nuestros hijos ya son mayores. No puedo venir aquí los sábados, no vendré nunca más. Usted ha debido de malinterpretar mi actitud inocente, se ha hecho ilusiones. Solo he venido para decirle esto». Pero me parecía verlo asombrado por las intenciones que le atribuía; me miraba como si fuera víctima de un desequilibrio mental, una crisis inesperada de demencia. Pasé toda la noche en un penoso duermevela, sin conseguir aplacar mi humillación.

16 de marzo

Riccardo está muy cambiado desde hace unos días: estos últimos meses lo había visto siempre inseguro y descontento. Ahora, en cambio, parece haber adquirido una nueva fuerza, una nueva confianza en el porvenir y en sí mismo. Por las mañanas canta en el cuarto de baño mientras se afeita, y ya no parece sentir rencor por Mirella, aunque de vez en cuando la desafíe con su actitud arrogante. La causa de todo ello es Marina: me he visto obligada a prometerle que pronto la invitaré a comer un domingo para que Michele la conozca. Pero le he dicho que será mejor esperar hasta que tenga respuesta sobre el guion cinematográfico. Riccardo desaprueba esta nueva iniciativa de su padre, dice que no debemos preocuparnos por el futuro, que pronto él podrá mandarnos dinero desde Argentina. Michele es muy afectuoso con Riccardo; por las noches se sienta con él y estudian español. Yo temo que Michele se canse, porque últimamente ha adelgazado y lo veo pálido, pero parece contento, dice que aún hay muchas cosas en el mundo que quiere aprender. Se ríen juntos, y en esa familiaridad que comparten veo a Riccardo como un hombre maduro ya. Sus gestos han adquirido una especie de desenvoltura viril que me intimida. Marina telefonea a menudo, he aprendido a reconocer enseguida su voz. En cuanto llama, Riccardo se viste para salir.

—Estudias poco —le digo.

Él me tranquiliza diciendo que estudia lo suficiente, que se lo sabe todo, que es muy fácil. Luego me abraza y se marcha, sintiéndose dueño del mundo. No me gusta que sea Marina quien le ha dado esa fuerza que yo no he conseguido darle en tantos años; y me pregunto de qué manera —con lo poco que habla y ese rostro tan inexpresivo que tiene— puede haberle comunicado tanta seguridad y tanta alegría. Por la ventana lo veo correr detrás del tranvía, subirse a la carrera al doblar la esquina, y siento miedo. Michele dice que siempre es así: lo único que puede espolear a un hombre es el amor de una mujer, el deseo de ser fuerte para ella, para conquistarla.

Yo callo y él se concentra de nuevo en el periódico y en la radio. Mis pensamientos se vuelven livianos, ansiosos, agitados ante la idea de que lo único que da fuerza a un hombre es el deseo de conquistar el amor de una mujer. Me siento yo también junto a la radio, en silencio, y la música convoca a mi lado una presencia agradable, siento una mirada que me envuelve. «El sábado», pienso, y cierro los ojos en el dulce vacío de mi mente. Huyo de todo pensamiento concreto, pues llevo varios días preguntándome si no tendré que dejar la oficina para poner fin a la inquietud que me embarga. Pero si pienso en no volver más a esos despachos, rodeada de objetos que me son familiares ya, en pasarme todos los días aquí encerrada yo sola, me muero de miedo. Tal vez bastaría con que no fuera a la oficina los sábados. O que fuera una sola vez más, para hablar con él. Es un hombre inteligente, lo entenderá enseguida. Podré seguir trabajando con él, no puedo prescindir de su amistad. Hace unos días estábamos cenando, y Riccardo sostenía que no puede haber amistad entre un hombre y una mujer, que los hombres no tienen nada que decir a las mujeres porque no comparten intereses, solo algunos en concreto, añadió riendo. Mirella sostenía lo contrario con seriedad, al principio esgrimía argumentos sólidos tales como la educación de la mujer moderna y su nuevo puesto en la sociedad, pero cuando lo oyó carcajearse con esa irritante risa masculina, perdió el control. Dijo que si piensa así quizá sea por el tipo de mujeres que frecuenta. Riccardo palideció y le preguntó con dureza:

—¿Qué quieres decir?

Mirella se encogió de hombros. Él se puso de pie y repitió, amenazador:

—¿Qué quieres decir?

Tuve que intervenir como cuando eran niños pero, como entonces, tenía la impresión de que Mirella era la más fuerte. Solo por eso me habría gustado pegarle.

18 de marzo

Esta mañana ha llamado Clara por fin. He contestado yo al teléfono y, en cuanto se ha dado cuenta de que hablaba con ella, Michele ha venido corriendo y casi no me ha dejado despedirme, me arrancaba el auricular de la mano. Clara ha dicho que ha leído el guion y que quiere comentarlo con él. Le ha preguntado cuándo podía ir a su casa, y él le ha dicho: «Ahora mismo», aunque aún estaba en bata. Se han citado para esta tarde. Yo luego le he preguntado qué impresión le había dado a Clara el guion, y no ha sabido contestarme. Estaba tan emocionado con la llamada que no se había parado a pensarlo. De repente se ha desalentado, ha dicho que si Clara no le había dicho nada era señal de que no le había gustado, y he tenido que animarlo. Le he hecho notar que era más bien al contrario: de ser como él se teme, habría preferido decírselo por teléfono, que es mucho más fácil, o le habría devuelto el manuscrito acompañado de una nota. Él ya parecía más tranquilo, pero luego de pronto ha perdido los nervios con Riccardo porque tardaba demasiado en el cuarto de baño; además cantaba, y eso ha terminado de irritarlo. Al poco, nuestro hijo ha salido del baño, peinado y perfumado, tan campante. Su padre quería reprenderlo, pero yo se lo he impedido diciendo que no quería oír discusiones en domingo. Riccardo estaba tan contento de ir a comer a casa de Marina que hasta se ha olvidado de despedirse de mí. Cuando he ido a buscarlo para darle una cajetilla de tabaco que le había comprado, ya se había marchado. Su cuarto estaba desordenado y desierto. Michele ha salido nada más comer, se ha despedido con un simple «adiós, me voy», abrazándome deprisa como si temiera perder un tren.

Se ha hecho un gran silencio en casa. Mirella estaba estudiando en su cuarto. He ido a asegurarme de que tenía la puerta cerrada y he corrido al teléfono. «Bien —he pensado—, ahora yo también podré disfrutar del día en libertad.» Pero una vez delante del teléfono me he sentido insegura, intimidada. «Es natural que lo llame —me decía—, lo he hecho muchas veces, a nadie puede resultarle extraño.» Pero ahora, cuando pienso en él, no sé cómo llamarlo: si digo «el director», me parece referirme a alguien que me era familiar hasta hace poco y que ahora ha desaparecido de la categoría de personas que conozco. Por otro lado, en cuanto pruebo a pronunciar su nombre, «Guido», tengo la impresión de que ese nombre no es de nadie, que me lo he inventado, y me turba precisamente por el misterio que entraña. El teléfono estaba frente a mí, mudo. Recordaba haber sentido un hondo malestar cada vez que había tenido que llamarlo a su casa, tal vez por las voces desconocidas que me respondían, por los pasos que oía resonar en un mundo que me era ignoto e inalcanzable. Sabía que hoy estaba solo: había visto en su escritorio unas entradas de palco, y sé que él nunca va al teatro. Me habría gustado tener un motivo para llamarlo, un pretexto sólido. «¿Qué le digo?», pensaba. Pero debería hablar con él, no puedo no hacerlo. Ayer por la tarde nos quedamos solos en la oficina largo rato. Estábamos siempre al borde de decirnos algo urgente, algo que nos pesaba, que nos oprimía. Pero, con la certeza de que hablaríamos de un momento a otro, pasó el tiempo y no dijimos una sola palabra ajena al trabajo. Al final esa espera enervante nos irritó un poco. Hasta el momento en que me acompañó a la puerta, ambos esperábamos la ocasión de empezar a hablar. Me preguntó qué iba a hacer hoy y me precisó que él estaba libre, que se quedaría en casa. Luego, al despedirse, retuvo mi mano en la suya unos instantes. Yo palidecí, temí que fuera a decir algo y, aunque deseaba ardientemente que lo hiciera, hui deprisa escaleras abajo.

Hace unos minutos me he quedado un rato frente al teléfono. Me parecía que él pudiera verme. «Yo también estoy libre —quería decirle—: salgamos.» Mientras pensaba en esas palabras, miraba por la ventana el cielo azul y vaporoso, percibía los encantos de la estación. Tengo que verlo, pensaba, tengo que hablarle, decirle una cosa. «Decirle ¿el qué? —me preguntaba—, decirle ¿el qué?», me he repetido, con la frente entre las manos. «Loca —murmuraba sacudiendo la cabeza—, loca —repetía, formando su número en el aire, sin girar el dial—, tengo mucha plancha pendiente.»

20 de marzo

Al escribir la fecha de hoy, de pronto me he dado cuenta de que estamos a las puertas de la primavera. Esta mañana, en la oficina, había dejado abierta la ventana y oía subir desde el jardín, en el silencio de la mañana todavía fría, los tímidos trinos de los pajarillos. Como cuando estaba en el internado, me perdía en las modulaciones de esos trinos como en un laberinto de vegetación. He tenido que cerrar la ventana para poder concentrarme en el trabajo. Mi madre afirma que nuestro humor depende mucho de la estación del año. Hasta ahora pensaba que son frases que dicen los viejos porque no tienen otra cosa a la que atribuir sus estados de ánimo, pero poco a poco me voy convenciendo de que es cierto. También Michele está nervioso y distraído. Le cuesta un esfuerzo participar en nuestras conversaciones. Me siento casi como si tuviera en casa a un huésped que paga gustoso por vivir conmigo y con los chicos a condición de disfrutar de su legítima libertad. Clara ha dicho que el guion es interesante pero difícil de realizar por distintos motivos, por lo que hay que corregirlo antes de presentárselo al productor. Ha sido muy amable: se ha ofrecido a ayudar a Michele a aportar las correcciones necesarias. Michele volvió ayer a su casa porque era fiesta e irá otra vez el jueves por la tarde. Le he dicho que debería estar contento: a Clara podría haberle parecido malo el guion y no haber querido hablar más del tema. Pero no logro convencerlo. Muchas veces mira a su alrededor y habla de la decoración de la casa de Clara. Yo intuyo que no es la casa lo que admira, sino a la propia Clara. Aun a sabiendas de que era un error, le he recordado que no pensaba así hace un tiempo y que hasta había desaprobado la decisión que tomó de separarse de su marido. Michele me ha contestado que eso ya no tiene importancia y se ha puesto a hablar con desprecio del marido de Clara, aunque sean amigos desde jóvenes. Decía que Clara ha hecho muy bien, que nunca habría sabido adaptarse a una vida mediocre, a un hombre mediocre. Mencionaba sus éxitos y lo mucho que gana, mientras que el marido nunca ha sido capaz de salir del pequeño puesto de trabajo que consiguió nada más terminar los estudios.

—Hay derechos —decía— que derivan de nuestro valor intrínseco. Por ello, lo que para uno puede ser una culpa, para otro no lo es. Llega un momento en la vida en que uno debe ser consciente de su propia condición y afirmarla. Ese es sin duda uno de nuestros deberes.

Tenía ganas de preguntarle si todo eso lo había aprendido de Clara, pero el tono con el que hablaba me lo impedía. Parecían frases que se hubiera repetido él mismo innumerables veces y que ahora veía claras, como escritas negro sobre blanco. Empujada por un temor instintivo, le he hecho notar que si bien Clara ha conquistado independencia, así como notoriedad y bienestar material, ha perdido sin embargo algo más importante.

—¿El qué? —ha preguntado él, escéptico.

Con una sonrisa que quería ser condescendiente pero traducía a mi pesar cierta altivez, le he dicho que cuentan de ella que ha tenido muchos amantes. Michele se ha echado a reír.

—¿Y eso qué importa? —ha dicho—. Clara es una mujer libre y joven todavía, no le hace daño a nadie.

Quería replicar que se hace daño a sí misma, pero sentía que lo que me hacía hablar así no era un principio moral sino una mezquina animosidad contra algo en mi vida que me parecía injusto. Me preguntaba si Michele pensaba de verdad lo que estaba diciendo o si solo quería defender a Clara. Con todo, sus palabras me han turbado profundamente. No he podido evitar repetirle que Clara tiene mi edad, lo he dicho con un doloroso propósito de hacerme daño a mí misma. Michele ha respondido que el concepto de edad es relativo a la actividad a la que nos dedicamos, y citaba a actrices y políticos.

—Entiendo —le he replicado—, entonces, si la reputación no importa, y a los cuarenta años una mujer es libre de seguir comportándose como una muchacha casadera, si tú mismo apruebas todo esto, ¿quieres decir que yo también podría...?

—¿Qué tienes tú que ver en esto? —me ha interrumpido enseguida con tono irritado y reprobador—. ¿Cómo puedes comparar tu caso con el de Clara, mamá? Tú tienes marido, dos hijos ya mayores... Clara está sola, y todos sabemos cómo es el mundo del cine...

Michele mentía como se miente a los niños, y de pronto he entendido que no era la primera vez que me hablaba así: lo hace desde siempre o, al menos, desde hace tantos años que he olvidado cualquier otra forma suya de hablarme. Y al responderle dócilmente, admitiendo que mi caso es distinto, también yo mentía, por temor a él, a su juicio. Se me ha acercado y me ha hecho una caricia.

—Lo entiendes, ¿verdad? —me ha preguntado.

Yo he asentido. Pero, igual por la mentira o igual porque intuía confusamente que tenía razón él, sentía que me iba embargando una melancolía incontenible. Temo que mi manera de ser no tenga ya ningún valor para él, puesto que la da por sentada. Es más, él admira a Clara, que es tan distinta a mí y con la que ya no tengo nada en común, ni siquiera nuestro pasado de jóvenes esposas del que hoy, con su vida presente, ella reniega y se burla. Me preguntaba si para Michele sigo siendo una mujer viva o si soy ya, como su madre, un retrato en la pared. Así soy para mis hijos, seguro, así es mi madre para mí. Tenía un deseo desesperado de huir del maligno hechizo de ese retrato. «Tengo miedo», tenía ganas de decir, pero él, que ignoraba mis pensamientos, no habría podido entenderlo.

Si pienso así es tal vez porque estoy celosa. Al menos quisiera creerlo. Sin embargo, me parece que está en juego algo más que una rivalidad femenina para la que como mínimo habría que sentirse en pie de igualdad. Me envenena la duda de que la admiración de Michele por Clara sea la prueba de que lo he hecho todo mal, y no solo en lo que a mí misma respecta, sino en mi relación con él. Creo que igual aún estoy a tiempo de cambiar, creo incluso que sería facilísimo, me lo digo con rabia, como si quisiera tomarme una revancha. Sin embargo, poco a poco reconozco que sí, tal vez podría ser distinta, pero con otro hombre, ya no con Michele, y esta idea me aterra. Ayer quería preguntarle: «¿Todavía me amas?». Hacía muchos años que no se lo preguntaba, me lo había impedido un pudor insuperable.

—¿Me quieres, Michele? —le he preguntado.

—¿Qué te da miedo, mamá? —ha contestado él con una sonrisa—. Ya deberías saberlo.

Me ha preguntado en tono de burla si estaba celosa, y yo, ruborizándome, he contestado que no.

21 de marzo

No encuentro la calma. Cuando estoy en casa, siempre estoy deseando correr a la oficina, y cuando me encuentro allí, el fervor jubiloso que anima cada uno de mis gestos se me antoja culpable, por lo que ansío volver a casa para sentirme a salvo. Estoy tentada de aceptar la invitación de la tía Matilde para ir a Verona a visitarla unas semanas. Lo único que me retiene es Riccardo: parece tan fuerte ahora que me da fuerza a mí también. Pienso incluso que podría irme a vivir con él a Argentina y me sorprende que no me lo haya propuesto. Le dije a Michele que quiero invitar a Marina a cenar con nosotros la noche de Pascua, él aceptó enseguida, pero no prestaba atención a lo que le contaba de ella y de su familia.

—Tendrás que decirme si te parece bien, si te gusta —le dije.

Me contestó que no tiene que gustarle a él sino a Riccardo, y cuando objeté que será la madre de sus hijos, replicó, casi con satisfacción:

—Los hijos son de ellos.

Está cada vez más nervioso y, si le pregunto la razón, responde que le preocupa la idea de una próxima guerra: Clara dice que los productores cinematográficos no quieren embarcarse en nada, que tienen miedo. Comenté que había ocurrido así también en el pasado pero que luego los negocios salen adelante de todos modos. Yo nací poco antes de la guerra de Libia y era pequeña cuando estalló la Primera Guerra Mundial; en el internado trepábamos a las rejas de las ventanas para ver pasar a los fascistas, con sus granadas y sus calaveras pintadas en la camisa negra abierta hasta la cintura. Llevábamos solo unos años casados cuando Michele se fue a Abisinia, y cuando volvió a vestir el uniforme, en el 40, portaba aún el luto por su hermano muerto en España.

—Aprendimos a vivir pese a todo —sostenía yo con dureza—, esta es una virtud que tiene nuestro pueblo y que lo hace más fuerte que otros, que esos que aún tienen mucho que aprender.

Michele se irritó, hablaba de la inconsciencia de las mujeres, pero yo insistía en llevarle la contraria. No quiero que diga esas cosas delante de Riccardo, que repita que ahora ya todo es inútil, estudiar, casarse o tener hijos. Reaccioné con tanta vehemencia que tuvo que callarse.

Por suerte, Riccardo está enamorado. Hoy mismo aseguraba que no habrá guerra y nos ha contagiado su seguridad. Hay algo distinto en cómo hablan ellos de la guerra y cómo hablábamos nosotros. Nuestros padres creían de verdad que la guerra era necesaria y la consideraban un deber doloroso cargado de esperanza. Yo recuerdo haber visto a mi padre limpiar su revólver con sumo cuidado y una expresión seria pintada en el rostro, como si la patria solo dependiera de esa arma. Mi padre es un hombre pacífico: el recuerdo de ese gesto suyo me emociona todavía. Desde entonces, nosotros siempre hemos oído decir que la guerra es necesaria si uno quiere asegurarles el bienestar a sus hijos. Entonces los hijos éramos nosotros, y ahora son Riccardo y Mirella, y dentro de dos años podrían ser sus propios hijos. Se sigue adelante con las mismas palabras, nada cambia: lo único que ha desaparecido es nuestra capacidad de creer que la guerra mejore en algo las cosas. Mirella callaba y nos observaba con la mirada resuelta que tiene desde niña y que a mí no me gusta. Escuchaba a su hermano asegurar alegremente que no habrá guerra, que él se irá a Buenos Aires y volverá para casarse. Citaba incluso un artículo muy tranquilizador que había leído.

—¿En qué periódico? —le preguntó Mirella, y él respondió que no se acordaba, que lo había leído en la peluquería.

—Esperemos —dije yo suspirando.

Mirella comentó que yo me abandono a la esperanza sin reflexionar.

—Estás convencida de que la guerra no servirá de nada —decía—, y sin embargo no te interrogas, no tratas de entender por qué siempre hay guerras y gente que muere.

Yo dije que eran los hombres quienes tenían que pensar en esas cosas. Riccardo se volvió hacia su hermana y le dijo que igual ella lo entiende todo mejor que él o que su padre o que el autor del artículo, o que los gobernantes incluso.

—¿Por qué no nos lo explicas, si es que lo sabes? —le preguntó con amabilidad fingida.

—Lo sé —replicó ella con terquedad infantil—, lo sé perfectamente: es porque hay demasiada gente como tú que ruega porque no haya guerra, en lugar de tratar de entender las cosas.

Riccardo se echó a reír, mientras yo intentaba cambiar de tema: los dos son hijos míos y, cuando se enfrentan, es como si algo en mí se enfrentara también, dos tipos opuestos de mi propia sangre. Además, muchas veces Riccardo se ensaña contra su hermana solo porque es mujer. Le preguntó si era para tratar de entender esas cosas por lo que va cada noche a locales de lujo o a pasear en automóvil. Ella le contestó con dureza que sí, que en parte es por eso y que, en efecto, le había bastado con salir un poco de casa para querer entender las cosas. Entonces Michele golpeó con el puño en la mesa y exclamó:

—¡Basta, Mirella! Vete a tu cuarto.

Desconcertada, Mirella se quedó mirando a su padre y luego a su hermano, quien, con la mirada perdida, estaba ocupado en encender despacio un cigarrillo. Quería replicar, tenía los ojos llenos de lágrimas, pero se dominó y se fue de la mesa.

Nos quedamos mudos en un silencio frío. Luego también Michele encendió un cigarrillo y me dijo:

—Mamá, ve a decirle que sea la última vez, que no se lo consiento.

—¿Qué no le consientes? —le pregunté.

Michele se quedó pensativo un momento ante lo concreto de mi pregunta.

—No le consiento esos modales...

—No ha dicho nada grave... —objeté yo tímidamente.

—¡Basta! —repitió él severo—. No le consiento esos modales revolucionarios ni el tono compasivo con el que me habla. Recuérdale que soy su padre y que tengo cincuenta años.

Mirella estaba sentada en el diván de su cuarto.

Cuando entré, ni siquiera levantó la cabeza de entre las manos. Me senté en una silla en un rincón y me quedé mirándola. En el diván estaba ya extendido su camisón blanco, un camisón de niña. Yo nunca he entendido a Mirella, mientras que a Riccardo sí. A veces pienso que, si no fuera mi hija, me costaría quererla. No se contenta solo con vivir y ser amada, como hacía yo a su edad. Igual es porque, en mis tiempos, las chicas aprendíamos cosas muy distintas. A mí nunca se me hubiera ocurrido ser abogada: estudiaba literatura, música, historia del arte. Solo me enseñaban lo bello y lo amable de la vida. Mirella estudia medicina forense. Lo sabe todo. Los libros fueron para mí una flaqueza que tuve que vencer poco a poco, con los años. A ella, en cambio, le dan esa fuerza despiadada que nos separa.

—Mirella —la llamé, y ella levantó la cabeza—. ¿Tú de verdad entiendes algo de todo esto? —le pregunté en voz baja, intimidada. Ella me miró pensativa, luego negó con la cabeza y volvió a bajarla—. ¿Entonces? —le pregunté.

—Ni siquiera sé por qué he actuado así esta noche —contestó ella—. Ha sido un error porque no tenía argumentos concretos para responder. Pero sentía las cosas que he dicho.

—¿Por qué has dicho que todo es distinto cuando sales de casa? —Estaba ansiosa por conocer su respuesta, esperaba que me sirviera para arrojar luz sobre mis propios sentimientos.

—Porque es la verdad, mamá. Porque antes no conocía otra vida que la nuestra. Quizá también porque he visto de cerca a los ricos; y los pobres nunca deberían ver el dinero de cerca: impresiona demasiado. Da miedo. Ahí está todo el mal, mamá, la razón de todo. Ahí está el error. Ahí, ahí está lo que querría poder ver claro, lo que necesito entender.

Le pregunté si se refería a la guerra. Ella dijo que sí, que a la guerra y a tantas otras cosas que están en ella, y en mí, en Riccardo y en papá, todo cosas equivocadas.

No sabía a qué se refería y la miraba con asombro y temor. Pero por primera vez sentía eso que tantas otras madres me dicen que sienten y que para mí era nuevo: el deseo de trasladar todo lo que hay en mi vida a la vida de mis hijos, incluidas las esperanzas. Y precisamente a quienes son distintos a nosotros, en quienes no nos reconocemos.

—A ver si tú puedes entenderlo —murmuré—. Para mí creo que es demasiado tarde.

22 de marzo

Esta tarde Michele se ha ido a casa de Clara y Mirella ha salido también. Le había rogado que se quedara porque es Jueves Santo, pero me ha dicho que ya no podía aplazarlo. También me habría gustado que se quedara porque quería hablar con ella. Yo nunca he tenido ideas propias, hasta ahora siempre me he atenido a una moral que aprendí de niña o a lo que decía mi marido. Ahora me parece no saber distinguir ya el bien del mal, no soy capaz de comprender a los que me rodean y, por eso, hasta lo que creía sólido en mí va perdiendo consistencia.

Repaso con avidez el día de hoy, tratando de interpretar el significado oculto de cada mirada, de cada palabra. Me pregunto si de verdad quería trabajar en unas notas urgentes y por eso nos ha pedido a Marcellini y a mí que volviéramos a la oficina en Jueves Santo. Aun sabiendo que recibiría una retribución extraordinaria, Marcellini estaba furiosa. Trabajaba de mala gana y cometía numerosos errores al copiar. Es muy joven. Cuando el director le ha dicho que ya no la necesitaba más, se ha ido casi sin despedirse.

Yo estaba ordenando la correspondencia cuando él ha entrado en el despacho. Nada más ver su mirada, he tenido la certeza de que lo de las notas urgentes era una excusa. Lo había intuido desde el momento en que, al despedirse de Marcellini, me ha pedido amablemente que me quedara unos minutos más. De nuevo me he dicho que, si estuviera interesado en mí, me lo habría demostrado antes, no habría sido capaz de callar. Pero ahora comprendo que yo soy distinta desde hace algún tiempo y por eso ahora le parezco otra persona. Al verlo entrar me he quedado tan desconcertada que he cogido el abrigo para marcharme.

—Espere un momento, por favor —me ha dicho él. Y, tras un silencio, ha añadido—: El sábado no podremos vernos, es la vigilia de Pascua.

Yo he vuelto a colgar el abrigo y me he dejado caer sobre la silla, como diciendo: «Aquí estoy».

Sobre la mesa estaba mi viejo bolso, adornado con mi inicial, un regalo de cumpleaños de Michele. Él se ha sentado al otro lado con un suspiro de satisfacción. Nos hemos quedado un momento en silencio, disfrutando de estar a solas. Él pasaba el dedo por la inicial de mi nombre como si la dibujara mientras charlábamos de cosas sin importancia. No consigo recordar de qué hablamos, solo el gesto que hacía con la mano: era como si me llamase. Tenía escalofríos, sentía como si su mano estuviera sobre mí, sobre mi piel, y me daban ganas de suplicar: «Basta, basta». Él ha dicho en voz baja, casi como si leyera una palabra escrita: «Valeria».

Ha habido un silencio. Yo escuchaba feliz el eco de mi nombre.

—¿Qué está ocurriendo, Valeria? —me ha preguntado él sin mirarme, con los ojos fijos en la inicial.

—No lo sé —he contestado yo, bajando la mirada.

—¿Quiere que hablemos con franqueza? ¿Me lo permite? —ha dicho él.

Habría querido contestar que no, coger de nuevo el abrigo y marcharme, pero he asentido.

—He tenido miedo —ha confesado. Yo he levantado la mirada, asombrada, porque siempre lo había considerado un hombre fuerte—. Todo empezó hará dos meses, cuando usted me dijo que la situación económica de su familia había mejorado, ¿se acuerda? Yo le pregunté medio en broma si pensaba abandonarme. Pero usted respondió con seriedad, como si ya se hubiera planteado esa posibilidad. Recuerdo bien lo que dijo: «Por ahora no».

Me he apresurado a explicarle que contesté así sin querer, quizá fuera algo instintivo, considerando que, sin un motivo económico, no habría sabido cómo justificarle a mi familia esta actividad personal; pero que, al contrario...

—Sí, sí, entiendo —me ha interrumpido—. Por otra parte, yo en ese momento no le di importancia. Fue más adelante, ese sábado en que coincidimos a solas aquí en la oficina, por casualidad. De repente, mientras estábamos trabajando juntos y yo tenía una sensación de dulzura para mí desconocida, recordé sus palabras. Desde entonces empecé a tener miedo, imaginando que venía aquí, cada mañana, y no la encontraba. Tal vez porque los demás, ¿se ha fijado en la señorita Marcellini?, vienen aquí solo para ganarse el sueldo y listo, trabajan conmigo como podrían hacerlo con otro cualquiera. O tal vez porque usted lo sabe todo del negocio, sabe cuánta tenacidad, cuánto esfuerzo... O tal vez no sea por eso —ha añadido, bajando la voz—. El caso es que sentí miedo de volver a estar solo como cuando empecé; peor todavía, porque hoy ya no tengo el entusiasmo de entonces, esa ansia de triunfar que entonces me sostenía. Hoy ya no creo en nada. Eso es: he comprendido que, sin usted aquí, estaría solo como lo estoy en mi casa. En un primer momento pensé que era porque estaba cansado, de vez en cuando me gusta compadecerme... Pero, conforme pasaban los días, comprendía mejor cómo sería mi vida sin usted, Valeria. Sentía incluso un intenso tedio por el trabajo, un hastío de la vida incluso, una náusea. ¿Me comprende?

—Sí, lo comprendo —he murmurado yo. Y, tras una pausa, he añadido—: A mí me pasaría lo mismo.

Nada más pronunciar estas palabras, él ha sonreído, conmovido; y yo he vuelto a sentir esa confianza que solo siento cuando estoy con él. Hemos seguido hablando, y todo cuanto él decía renovaba mi felicidad. Mientras él me miraba, yo era joven, mucho más que cuando entré en la oficina por primera vez: joven como no lo he sido nunca, porque tenía la feliz conciencia de serlo que me faltaba a los veinte años. Estábamos cada uno a un lado del escritorio: así habíamos hablado durante siglos y parecía imposible establecer una confianza distinta a esa, que era ya tan profunda. Él me ha ofrecido su mano, yo le he dado la mía, el escritorio no nos separaba, nos unía.

Luego he dicho que era tarde, aún tenía que ir a la adoración de los monumentos. Él no me ha retenido: ambos sentíamos que teníamos mucho tiempo por delante, largas horas, todos los días. Hemos ordenado los papeles, cerrado los cajones y apagado las luces como compañeros de colegio.

—¿A qué iglesia va? —me ha preguntado en la puerta. Me miraba, y yo me avergonzaba de mis viejos zapatos marrones de todos los días.

—A San Carlo, está aquí cerca —le he dicho.

Me ha preguntado si podía acompañarme un rato.

Nada más salir al rellano, mientras esperábamos inmóviles el ascensor, he empezado a encontrarme mal. No sabría definir lo que me pasaba, dentro de mí era libre, pero fuera me sentía atada. Esta impresión perduraba mientras íbamos por la calle. Hacía mucho tiempo que no caminaba junto a un hombre, apenas salgo ya con Michele. Las calles estaban llenas de gente que iba sin ganas de una iglesia a otra. Como si lo llevara prendido en la ropa, me parecía sentir el olor a flores amontonadas, a cirios, el olor a Jueves Santo de mis recuerdos de internado. Muchas mujeres vestían de negro y hablaban sin parar en voz baja, como en los funerales. Evitamos la via Condotti: yo me esforzaba por acompasar mi paso al suyo, pero es difícil andar con una persona muy alta, no podía hablar a la vez con él. La via della Croce estaba ruidosa y animada como una feria de pueblo. Nos costaba abrirnos paso entre el gentío, cuando pasaba un coche todo el mundo se pegaba a la pared, algunos protestaban, yo reía y sentía mucho calor. Me parecía que estábamos juntos de viaje en una ciudad del sur alegre y descuidada. Reía, pero mi malestar no se disipaba. Hasta ahora solo habíamos tenido en común los fríos objetos de la oficina, los papeles, las máquinas de escribir, los teléfonos, como si durante años hubiéramos vivido juntos en un mundo inhumano. En comparación, las carretillas desbordantes de verduras, los escaparates de los ultramarinos, las luces brillantes, las voces, todo me parecía falto de pudor. Quizá él también sentía lo mismo, pues de repente me ha tomado del brazo, sin pensar que era una imprudencia. No está acostumbrado a andar por la calle. La gente lo intimidaba: se apartaba de manera exagerada para dejar sitio a los que pasaban. Yo lo miraba enternecida, sonriendo, y lo guiaba por las calles, que son mis amigas de siempre.

—Hasta mañana —me ha dicho al llegar por fin a la escalinata de la iglesia como a una isla en la que nos hubiéramos puesto a salvo. Se ha quitado el sombrero con un rápido vistazo alrededor—. Buenas tardes, Valeria —ha murmurado, besándome la mano.

Yo no lo reconocía en esas palabras, en ese gesto, pero estaba feliz.

26 de marzo

Siento que la Pascua ha disipado esa inquietud, esas dudas entre las que a menudo me debato. La mañana del Sábado Santo, cuando oí sonar todas las campanas de repente, me pareció que también algo en mí que estaba atado se deshacía por fin, liberándome. Me esforcé más de lo habitual en hacerles el día agradable a Michele y a los chicos. Riccardo dijo que nunca había pasado una Pascua tan bonita como esta, tal vez porque Marina comió con nosotros. La noche de la vigilia me entregué tanto a los preparativos que ni siquiera me quedó tiempo para escribir. Compré tres huevos de chocolate, ahora ya habrá que añadir todos los años uno para Marina. Luego pinté los huevos de colores vivos como hacíamos en el internado, y por todas partes, en la mesa y alrededor de la torta, puse alhelíes blancos que difundían un aroma dulzón y creaban un ambiente agradable, como de pueblo. Cuando vino el sacerdote a bendecir la casa, vi en sus ojos una expresión complacida.

La mañana de Pascua fue la primera vez que no fuimos juntos a misa. Riccardo me preguntó si no me importaba que se fuera con Marina. Michele me pidió consejo sobre si era conveniente mandarle un ramo de flores a Clara, que ha sido tan amable con nosotros estos últimos tiempos, y yo acepté con entusiasmo. Se fue al centro a comprarlo, asegurando que se reuniría con Mirella y conmigo en la iglesia, pero luego llegó tarde. Mirella quiso ir a misa de once para estar libre media hora antes de volver a casa y ayudarme con los preparativos de la comida. Fuimos juntas hacia la iglesia, me sentía orgullosa de salir con mi hija. Mirella tiene unos bonitos andares, camina con brío, con una gracia en absoluto lánguida, no tiene ese aire distraído propio de las chicas de su edad. El suyo es ya un paso de mujer segura de sí misma. En la iglesia la observaba, arrodillada a mi lado: al santiguarse y al rezar seguía empleando los gestos que yo le enseñé de niña, pero su forma de pensar ya no es la mía. Llevaba un sombrero de paja natural que se ha comprado con su primer sueldo, el bolso que le ha regalado Cantoni y, al cuello, un pañuelo caro que supongo que tendrá el mismo origen. Mientras rezaba, pedía por ella, porque siempre fuera una buena hija. El sonido del órgano me conmovía. Me pregunté si yo había sido una buena hija, y luego una buena madre y esposa; tras un breve examen de conciencia, me di cuenta de que podría responder sí o no con la misma sinceridad y, creo, el mismo fundamento a esas preguntas. Así que las dejé a un lado y le pedí a Dios que ayudara a Mirella, y también a mí, porque todos lo necesitamos mucho.

En los días de fiesta, mi madre insiste en ser puntual como una invitada importante. Sé que en estas ocasiones emplea mucho tiempo en vestirse y elige el sombrero o los guantes con minucioso empeño. Era muy elegante de joven, y siempre reprocha a las mujeres de hoy su estilo deportivo e informal. No entra nunca en la cocina, finge no darse cuenta de que yo estoy ocupada, casi como si quisiera ignorar que su hija no tiene asistenta. Ayer estaba sentada en el comedor, charlando con mi padre y con Riccardo, y de tanto en tanto abría como por casualidad un pequeño reloj de oro que llevaba prendido en la solapa del traje negro de chaqueta, subrayando con ese gesto la tardanza de Michele, que le parecía algo desconsiderada. Cuando sonó el timbre de la puerta, dijo:

—¡Por fin!

Pero era un repartidor que traía un gran ramo de rosas. Adiviné enseguida de quién era, es más, me di cuenta de que lo había estado esperando hasta ese momento y que, en la espera, había preparado la comida con un entusiasmo nuevo. Abrí el sobre y no sé cómo no se dieron cuenta todos de que me temblaban las manos.

—Ah, es el director —dije.

Me apresuré a añadir que en Navidad había hecho lo mismo y que el año anterior, en Pascua, me había mandado un huevo de chocolate. Me pareció notar un silencio a mi alrededor. Estaba tan nerviosa que casi se me cae el ramo al suelo, pero entonces Riccardo me lo cogió de las manos diciendo que a Marina le iba a gustar mucho cuando viniera a cenar. Disponía de él como si le perteneciera, probando a dejarlo sobre un mueble u otro, y luego lo colocó sobre el aparador, donde quedó muy a la vista. Por fin llegó Michele, jadeante. Mi madre volvió a mirar el reloj y se levantó enseguida del sofá para sentarse a la mesa. Michele no se disculpó con ella por su tardanza como debería haber hecho. Mientras saludaba a todos, vio el centro de flores y preguntó:

—¿Y eso?

Lo señalaba como a una persona a quien no conociera. Luego se volvió hacia Mirella, frunciendo el ceño. Yo rompí el silencio y dije:

—No, es para mí... El director, como de costumbre.

Él comentó que el director debía de tener mucho dinero que malgastar.

—¿Malgastar? —repetí yo, haciéndome la ofendida en broma—. ¡Eso no es muy amable por tu parte, Michele!

—Las flores están carísimas estos días de fiesta —explicó él—. Figúrate que he tenido que llevar yo mismo el ramo a casa de Clara porque el florista no tenía ni un solo repartidor disponible. La he visto un momento, te manda recuerdos y me ha dicho que por favor la llames. No se puede comprar flores estos días —repetía, dejando bien claro su descontento—. Las rosas están a trescientas o cuatrocientas liras cada una. Estas son las de cuatrocientas —añadió señalando el ramo—. ¿Cuántas hay? —Las contó y dijo—: Veinticuatro... Cuatro por cuatro dieciséis: nueve mil seiscientas liras.

Todos se volvieron hacia el ramo en actitud respetuosa, menos mi madre, que seguía tomándose su taza de caldo. Riccardo observó riendo que el director habría hecho mejor en mandárnoslas en dinero contante y sonante. Yo también bromeaba, pero algo me atenazaba el estómago, una angustia insostenible. Servía a todos alegremente y en abundancia, pero yo no tomaba casi nada. Me disculpaba diciendo que siempre ocurre así: el que cocina luego no tiene hambre.

29 de marzo

Eran rosas amarillas. Me habría gustado ponerme una en el ojal de la chaqueta, al volver el martes a la oficina, pero, pese a mis cuidados, a las pocas horas ya se habían marchitado. Cuando fui a darle las gracias, le dije que había conservado un pétalo entre las páginas de un cuaderno, pero sin decirle de qué cuaderno se trata. Todos los años me ha mandado flores o dulces para acompañar las felicitaciones, pero es como si esta fuera la primera vez. Sin embargo, en apariencia no ha cambiado nada entre nosotros. Dudo incluso de que dijera las palabras que le oí pronunciar el jueves pasado. Lo miro mientras dicta o llama por teléfono, y vuelvo a ver en su rostro la única expresión que le he conocido en todos estos años: cortés pero fría; y siempre impenetrable, en cierto modo. Durante la semana me modero incluso a la hora de hablar en el cuaderno sobre él. Quizá querría prescindir de escribir para huir de la necesidad de juzgarme. Desde hace un tiempo, siento como si todo en mí fuera pecaminoso. Me repito que no hago nada malo, pero no consigo convencerme. En cuanto llego a la oficina por la mañana, él me llama por teléfono y me dice: «Estoy aquí», oigo su voz al otro lado del tabique que nos separa y, por primera vez en mi vida, me siento protegida. Esta mañana me ha vuelto a llamar por teléfono y cuando, entrando en su despacho, le he preguntado qué quería, me ha contestado: «Verla». Nos hemos reído. Esa es la novedad en nuestra relación: cuando estamos juntos nos reímos con mucha frecuencia, yo me olvido de todo lo demás y me siento alegre. Entre nosotros hay un diálogo continuo a través del trabajo, y si alguien entra en el despacho, yo me vuelvo de espaldas por miedo a que los demás puedan percibir ese modo nuestro de hablar como secreto. Es una posibilidad que me agobia y me atrae a la vez. Desde que me contrataron, siempre he disfrutado de una posición privilegiada, no solo por las tareas que desempeño, sino también porque las demás empleadas son más jóvenes y solteras; yo, en cambio, puedo recurrir a mi experiencia como madre de familia. Me gustaría que hoy me considerasen de otra manera, y que me temieran un poco, como a una mujer amada intensamente por alguien a quien ella puede imponer sus deseos, por injustos que sean.

30 de marzo

Tengo poco tiempo para escribir, he de ir con mucho cuidado porque esta mañana Riccardo quería abrir el cajón donde tenía escondido el cuaderno para coger unas fotografías de cuando era niño para regalárselas a Marina. El cajón estaba cerrado con llave, y el propio Michele se ha extrañado. He tenido que abrirlo, pese a que en un primer momento había dicho que no sabía dónde estaba la llave, porque si no Riccardo lo habría forzado.

—¿Qué cuaderno es este? —ha preguntado enseguida.

Para distraer su atención he tenido que fingirme irritada de tener que cederle esas fotografías a Marina.

Hoy ha venido Sabina. Mirella ya se había marchado, así que ha dejado unos papeles para ella. Cuando ya se iba, la he parado en la puerta.

—Tenemos que hablar un momento, Sabina —le he dicho—. Estoy enterada de que lo sabes todo de Mirella y ese abogado, el tal Cantoni.

Sabina es una chica morena, alta y fornida. Es muy inteligente, pero parca en palabras. Ha contestado que no sabe nada.

—Me imaginaba que me responderías así —he dicho—, es natural. Pero lo sabes todo, y por eso quiero hablar contigo igualmente. Yo no puedo darle consejos a Mirella, pero tú sí. Tienes que hacerlo. Dile que ya hay habladurías, ayer me llamó una amiga para preguntarme si Mirella está prometida. Tú, que la aprecias, debes hacerla entrar en razón.

Quería añadir: «Dile que al menos le pida que la deje en la esquina, que no la espere delante de casa», pero no podía. Tengo que elegir entre la complicidad y la intransigencia.

—Dile que después se arrepentirá.

—Está bien, señora —ha contestado ella.

Se iba acercando a la puerta, y su prisa me animaba a hablar. He puesto la mano en el picaporte para impedirle que me rehuyera.

—Tú lo conoces, ¿verdad? —le he preguntado. Ella ha asentido—. ¿Cómo es? Dime, ¿cómo es? —he insistido. Ella no sabía qué decir, y yo he seguido—. Me preocupo por Mirella, ¿lo entiendes?, por su felicidad.

Sabina me miraba en silencio, estudiándome casi, y yo me arrepentía de haberle hecho esas preguntas. Nunca como en ese momento había sentido a Mirella tan alejada de mí; me disponía a abrirle la puerta a Sabina para que se fuera, cuando ella ha dicho:

—Mirella nunca podrá ser muy feliz, señora, es demasiado inteligente.

—Con veinte años todo el mundo es inteligente —he dicho sonriendo—, lo difícil es seguir siéndolo con el paso del tiempo. Pero quizá se aprenda a serlo, para compensar. —Ella me miraba con indiferencia, sin decir nada—. Puedes irte, le diré a Mirella que has venido, que te llame. ¿Te parece?

He cerrado la puerta, irritada.

1 de abril

Ahora ya la casa me parece una jaula, una cárcel, y eso que querría poder atrancar las puertas y las ventanas, querría verme obligada a quedarme aquí dentro, día tras día. Podría pedir un breve permiso en la oficina, tal vez estaría bien. Michele quería salir, ir al cine, pero yo le he dicho que prefería que estuviéramos un rato solos los dos. Estaba contrariado, pero ha cedido enseguida a mi deseo. Si me hubiera preguntado qué me pasaba, por qué estaba tan nerviosa, quizá se lo hubiera confesado todo, le hubiera pedido ayuda. Nos hemos sentado junto a la radio. Yo no sé tanto de música como Michele, pero hoy Wagner también me ha emocionado mucho a mí. Al escucharlo, me parecía ser fuerte, heroica incluso, dispuesta a rebeldías y sacrificios extremos.

Ayer por la tarde volví a ir a la oficina. Hice mal: la soledad que nos rodeaba ya no resultaba acogedora sino insidiosa. Él me besaba las manos, murmurando «Valeria..., Valeria...», y era el sonido de mi nombre lo que me turbaba. Ahora que los días son más largos, el sol se apretaba contra las ventanas.

—Es mejor que ya no venga más, Guido —le dije.

Hablamos dos horas, y al insistir en que no quiero verlo el sábado que viene, sin querer confesaba lo importantes que son para mí esas horas. Pero mi decisión es firme; por eso convinimos en vernos el martes en un café, después del trabajo, casi como para despedirnos antes de un viaje. Me acompañó a casa en coche, yo acepté porque no quería desairarlo. Conducía despacio y de vez en cuando se volvía a mirarme como si quisiera retener una imagen que fuera a borrarse pronto. Yo me dejaba mirar. Antes de enfilar mi calle, me interrogó con los ojos, no sabía si parar ahí o seguir. Le indiqué con un gesto que siguiera, total, solo sería una vez. Luego bajé rápidamente y resistí la tentación de quedarme mirando el automóvil negro mientras se alejaba.

Subí corriendo la escalera y, una vez en casa con la puerta cerrada, respiré. Ya estaban todos allí, y me alegré de verlos como cuando, de niña, volvía con mi madre después de haber ido a confesarme. Le rogué a Mirella que no saliera, le dije que no me encontraba bien. Ella contestó que tenía pensado quedarse en casa. Michele estaba silencioso, distraído. Hasta que sepa algo del guion, es normal que esté así. Yo lo animé diciéndole que presentía que todo saldría bien.

2 de abril

He llamado por teléfono a Clara para decirle que quiero ir a verla, y ella me ha invitado a almorzar, pero no hemos puesto fecha. Le he expresado mi gratitud por todo lo que está haciendo por nosotros, y he repetido: «Ojalá vaya bien». Me ha contestado que en realidad no tenía muchas esperanzas, pero que no desanimara a Michele, porque ella se proponía intentarlo por otras vías.

—El guion es interesante, ¿no crees?

Le he contestado con evasivas, no quería reconocer que no sé nada sobre él.

—Naturalmente —proseguía Clara—, habría que reescribirlo por completo, pero con las correcciones que he hecho puede pasar. La trama, desde luego, es muy turbia, muy escabrosa.

—Ya..., ya... —decía yo.

—No te negaré que en eso radica su fuerza, su atractivo —observaba ella—. Ese hombre que le cuenta a cada mujer que es una persona distinta... Eso está muy pero que muy bien tratado. Y luego cuando va por esa calle de mala fama, y la escena siguiente, cuando vuelve a casa y su mujer le dice: «Te he guardado caliente la sopa»... Hay temas preciosos, se podría hacer una película importante. Pero no sé si saldrá bien, temo que no haya ningún productor lo bastante valiente. Le he aconsejado a Michele que lo aligere; él dice que no es posible, y en el fondo no le falta razón. La fuerza del guion está precisamente en esa fiebre, en esa obsesión sexual. —Y ha añadido—: Es una lástima. —Ha dicho también que Michele tendría mucha aptitud para el cine, y ha repetido—: Es una lástima.

Cuando Michele ha vuelto a casa, no le he dicho que había hablado con Clara.

3 de abril

Esta tarde, Marcellini ha pasado delante de mí con la carpeta de la correspondencia y me ha dicho disgustada:

—El director quiere irse ya y la firma no está lista. ¿Cómo iba yo a saberlo?

He bajado la mirada y me he concentrado en los papeles sin contestarle: temía que se me notara que salía antes de lo habitual para verse conmigo. Me parecía que todos mis compañeros lo sabían, en cada frase que me decían veía alguna indirecta. Fingía tomar notas, me mostraba muy atareada y daba órdenes del todo superfluas, solo porque quería que se viera que no tenía prisa y que seguramente saldría muy tarde de la oficina. Esperaba incluso que el director viniera a despedirse para darme alguna última recomendación, como suele hacer cuando se va. Había decidido decirle: «No voy a ir», y esa decisión me tranquilizaba. Estaba alerta al sonido de sus pasos a mi espalda, lista para oír abrirse la puerta. Nada. He ido a su despacho y lo he encontrado desierto y con la luz apagada. Le he preguntado al conserje si ya el director se había marchado, y él ha contestado que sí con el tono distraído que tiene siempre al final del día. Entonces me ha invadido una prisa repentina y me he marchado yo también, temerosa de hacerlo esperar.

Estaba sentado a una mesa algo apartada. Mientras avanzaba hacia él, intimidada, pensando que mi imagen se reflejaba en todos los espejos, que todas las luces y todas las miradas estaban vueltas hacia mí, lo veía tan tranquilo y seguro que me he preguntado cuántas veces habrá esperado a una mujer en un café. Antes de hoy, yo nunca había ido a un café a reunirme con un hombre.

Es un local decorado al gusto moderno: rasos, estatuas y alfombras mullidas. Me sentía halagada de estar allí pero un poco incómoda por cómo iba vestida. Hacía años que no entraba en un lugar así, pensaba con amargura, y Guido, en cambio, se encontraba allí como en su casa: ha pedido un aperitivo complicado, dándole instrucciones precisas al camarero. Yo he pedido un vermú, sin más. Le he dicho a Guido que no puedo verlo fuera de la oficina, tampoco los sábados, nunca más. Tras un silencio en el que él parecía interrogarse, me ha preguntado si el sábado pasado había dicho o hecho algo que me hubiera disgustado. Le he contestado que no. Él ha levantado los ojos hacia mí, como diciendo: «¿Entonces?».

—Es imposible —he repetido yo, negando con la cabeza; pero, en realidad, yo misma no sabía por qué.

Solo sabía que había un motivo, aunque en ese momento no fuera capaz de precisar cuál. He pensado en Michele, en los chicos, pero no sentía remordimiento alguno, estaba muy tranquila. Él me ha tomado la mano y ha repetido que no puede estar sin mí.

Hablaba, y sus palabras, dulces y persuasivas, me llegaban como a través de un cristal. Un cristal me separaba de todo. Me he mirado en un espejo que tenía al lado y he pensado: «Quizá sea la edad». Pero me contradecía mi íntima convicción de ser joven a pesar de todo, de estar a las puertas de un periodo de felicidad. Guido hablaba de sí con argumentos similares a los que habría empleado yo para hablar de mí. Me preguntaba si era sincero, y si lo era yo también. Luego he recordado el guion que ha escrito Michele, pero ya no sentía por él la hostilidad que sentí anoche después de hablar con Clara. O tal vez ocultaba la hostilidad tras una repulsa que quería manifestar precisamente con mi renuncia.

—No es posible —repetía yo, con la vaga esperanza de que Guido me demostrase lo contrario.

Hemos salido juntos y, sin preguntarme siquiera si podía acompañarme, me ha llevado hasta su coche, que estaba aparcado cerca, en una calle secundaria. De nuevo me he fijado en que, cuando caminamos juntos, mira a su alrededor de vez en cuando. He pensado que no me importaba en absoluto que me descubrieran con él. Lo deseaba casi, no sé si como una liberación o como un castigo. En el coche me sentía muy bien, estaba contenta. Me preguntaba, incluso, por qué quería renunciar a la única cosa agradable de mi vida, me parecía un capricho. Él conducía despacio, dirigiéndose a mi casa pero bordeando el río primero y dando luego un largo rodeo por las afueras. Las ruedas se deslizaban con facilidad por el asfalto liso de las calles, el motor apenas respiraba. Yo me sentía protegida por la presencia de Guido, me gustaba estar en ese asiento, mullido y amplio, entre las esferas brillantes del automóvil nuevo, y tenía los nervios tan relajados que casi podría haberme quedado dormida. De verdad me costaba admitir que no es posible. Ha parado el coche en una calle solitaria y ha apagado el motor. Nos hemos quedado un largo momento cogidos de la mano, sin hablar y sin mirarnos. Oía los grillos en el silencio; me parecía haber vuelto al tiempo en que íbamos al Véneto, en verano; yo era pequeña, aún teníamos la villa. Desde entonces no recordaba haber tenido esa sensación de paz y de seguridad.

—No es justo, Valeria, no es justo —ha dicho él. Y ha añadido—: ¿No le parece que también nosotros tenemos derecho?

Yo lo miraba y murmuraba «sí», pero desesperada. No tenía ganas de volver a casa y, viendo la hora en las esferas verdes del reloj luminoso, sentía atenazarme la prisa de siempre. No sabía para quién debía volver a casa ni para qué, pero sabía que tenía que hacerlo, y ese deber absurdo e implacable me producía mucha amargura.

—Deme tiempo para acostumbrarme a la idea de estar otra vez solo, de no tener ya nada. Veámonos todavía el sábado, al menos.

Decía que poco a poco lo iría comprendiendo.

—Está bien —he concedido.

Tenía la sensación de que, obligándome a defenderme, a renunciar, una ley misteriosa me impusiera interpretar una comedia precisamente con él, la única persona con la que creía que podía ser sincera.

Nada más llegar a casa, he ido directa a la habitación de Mirella, todavía con la llave en la mano. Tenía el temor descabellado de que me hubiera visto bajar del coche. .

Estaba preparada para responderle que una mujer honesta actúa como he actuado yo, acepta una conversación, pero solo para decir «basta», para decir «no es posible», aunque sufra, aunque tenga derecho a comportarse de otro modo, aunque haya dado su vida por los demás. «Por ti», le habría dicho. Y esa conciencia me agriaba por dentro, me volvía malvada.

—¿No sales? —le he preguntado.

Inclinada sobre los libros, estudiaba, atusándose el cabello, como es su costumbre. Estaba toda despeinada.

—No —ha contestado.

Me había fijado en que lleva muchas noches sin salir.

—A lo mejor has comprendido —he insinuado, para animarla a hablar—: tú misma te has convencido de que hay cosas que no pueden ser.

—No —ha contestado ella, decidida—. No es por eso. —Y ha explicado—: Sandro está en Nueva York.

—¡Tanto mejor! —he exclamado yo. Luego la he instado a no pronunciar ese nombre en mi presencia como si fuese el de un novio o un marido.

Me ha interrumpido con firmeza y vehemencia:

—Mamá, por favor te lo pido, no digas nada en contra de él esta noche. Vuelve mañana. Ya está volando. A estas horas sobrevuela el océano. —Y me ha confesado en voz baja—: Tengo miedo.

Nos hemos quedado calladas. He visto que tenía al lado un cenicero lleno de colillas y, delante, apoyado en un cinturón doblado, su viejo reloj de colegiala. Me he acercado a la ventana y he mirado por el cristal. «No es posible», me repetía pensando en Guido. Me habría pasado toda la noche en la ventana espiando el cielo por ella si me lo hubiera pedido. Era una noche tranquila y estrellada, de esas en las que se ven pasar los aviones guiñando alegremente los faros como ojos maliciosos.

—Estate tranquila —he murmurado—, hace buena noche.

6 de abril

De un tiempo a esta parte, me ha dado por recordar el pasado. Releo viejas cartas, poemas que escribí en el colegio, y descuido el cuaderno: quizá porque no tengo valor para afrontar el presente. Por las noches, mientras todos duermen, releo las cartas que Michele y yo nos escribíamos cuando éramos novios o las que me enviaba él desde África. Las he releído todas y, no sé por qué, me parece como si no las hubiera escrito Michele sino una persona con la que no tengo la misma confianza que tengo con él. Como Guido, por ejemplo. De hecho, dialogo con él mientras las leo, le hago notar amargamente la fragilidad del amor, casi como si hubiera compartido con él, y no con Michele, esas ilusiones que no se han hecho realidad.

Poco a poco se han ido acostumbrando a que me quede levantada hasta tarde. Igual piensan que todos adquirimos algunas pequeñas manías con la edad. Soy yo la que no se atreve a aprovechar deliberadamente mi libertad, digo que tengo que quedarme levantada para trabajar o para planchar, y a veces lo hago de verdad, disfrutando casi del sacrificio diario. A veces me quedo largo rato sin hacer nada, sentada en una silla incómoda, imaginando viajes que me gustaría emprender, palabras que me gustaría decir. Casi nunca tengo ocasión de charlar; me gustaría hablar con Michele, confesárselo todo y hacerle comprender que si he aceptado verme también esta tarde con Guido en el café de costumbre es solo porque necesitaba hablar con alguien; hablar de los conflictos, de los sentimientos que suscita en mí, pero el único que se interesa por mi vida íntima es precisamente él, el mismo al que debería eludir. Michele está siempre nervioso, por las tardes suele ir a casa de Clara, sigue esperando una respuesta definitiva; también Riccardo parece haber perdido su buen humor, está distraído, salta por cualquier tontería, y Mirella, desde que volvió ese hombre, ya no pasa ni un momento en casa. En los primeros años de casada, me veía incapaz de dar todo cuanto me pedían los demás, quizá porque era menos rica en sentimientos o porque estaba menos dispuesta a dar. Ahora, cuando la casa está vacía y silenciosa, pienso en mi madre, que se pasa horas sentada bordando, absorta en sus recuerdos del pasado. Siempre he pensado que eso era algo propio de ancianos, porque sus actos ya no son tan vivos como su pensamiento, pero quizá no sea así. Luego me espabilo, me voy a la cama y, para entrar en calor, me acerco a Michele, que ya duerme.

Casi todas las cartas que me escribió en África están llenas de reproches. No lo recordaba así y me ha sorprendido. Tal vez por la lejanía de la casa y de la familia, se quejaba de que lo descuidaba: me acusaba de no ser cariñosa con él. Yo atribuía ese malestar al estado de ánimo de quienes están en la guerra, los cuales, para disimular su miedo a la muerte, expresan el miedo de ver morir los sentimientos más queridos. En efecto, yo en mis cartas siempre lo reprendía en broma por ello; le recordaba lo mucho que me angustiaba por él, mis dificultades materiales, la vida tan ardua que estaba obligada a llevar. Pero al final siempre lo tranquilizaba sobre mi constancia y nuestra buena salud y, para animarlo, le contaba con detalle todo lo que los niños decían y hacían, mientras que él solo hablaba de sí mismo. Ahora he visto que a menudo hablaba de un peligro que se cernía sobre nosotros y que estaba decidido a impedir. Yo le respondía que su regreso bastaba para alejar cualquier amenaza, los niños volverían a estar protegidos, no debíamos preocuparnos por nada más. En una carta decía: «Quiero volver a verte, Valeria mía. A veces no lo consigo: te has escondido detrás de nuestros hijos». Anoche, cuando leía estas palabras, sentí un escalofrío y tuve que levantarme por un chal y echármelo por los hombros, antes de seguir leyendo con avidez. Michele solía hacer planes para su regreso: me proponía un pequeño viaje, hablaba incluso de mandar interno a Riccardo para que yo tuviera más tiempo que dedicarle a él. Decía que asistiríamos juntos a conciertos, quería sacarse un abono, y que en verano iríamos todos los domingos a la playa, nadaríamos y lo pasaríamos bien. Las mismas cosas que nos habíamos propuesto de novios y que luego no habíamos podido hacer porque eran caras y, sobre todo, porque yo no me quedaba tranquila cuando me separaba de los niños. Las últimas cartas eran tan ardientes que me ruborizaba al pensar que las había escrito Michele.

Trataba de recordar cómo había sido su regreso. Fui a la estación con mis padres, su padre y los niños. Él tenía la cara muy morena y estaba más delgado, parecía otro. Retomamos la vida de antes, era cada vez más difícil. Yo tenía mucho que hacer en casa y Michele era bueno conmigo, no se quejaba de nada. Como estaba de vuelta, recuerdo que, aliviada, até sus cartas con una cinta y las guardé en una maleta con todas las demás. Ahora siento algo extraño al verlas todas juntas: como si nuestras primeras cartas, las de novios, las hubieran escrito dos personas distintas de las que éramos cuando él estaba en África, y distintas en cualquier caso de las que somos hoy. Ahora ya no nos escribimos. Nos hemos acostumbrado a avergonzarnos de nuestros sentimientos amorosos como si fueran pecados, así que poco a poco se han convertido en eso de verdad. Michele, por otra parte, me considera fría, poco cariñosa, y ha conservado la manía de quejarse de ello en broma delante de los chicos o de amigos. Al principio eso me molestaba, pero al final me he acostumbrado y hasta me hace gracia. Sin embargo, ocurrió una cosa que quizá nunca debería haber olvidado. Fue hace muchos años. Por aquel entonces yo solía entretenerme mucho rato en la habitación de los niños por las noches, hasta que se dormía Mirella: era muy pequeña, pero terca ya, y había cogido la costumbre de golpear con violencia los barrotes de latón de la cuna si no accedía a hacerle compañía. Michele siempre se quedaba solo en el salón leyendo, y una noche, cuando por fin me reuní con él, me hizo ásperos reproches. Yo salía de la habitación a oscuras para que los niños no se despertaran; su reprimenda se añadió a mi cansancio y mi necesidad de dormir, y me sentí herida. Debía de tener los nervios muy alterados porque recuerdo que respondí con violencia, acusándolo de no apreciar la prueba de amor que le ofrecía al ocuparme de sus hijos. Él dijo que eso no era amor, que estaba equivocada, que se había casado conmigo para que fuera su compañera, no una niñera. Esas palabras me ofendieron y estallé en llanto. Al verme llorar, Michele se me acercó con ternura, me abrazó y me consoló. «Perdóname», decía, y se pasaba la mano por la frente como si quisiera recuperar el control de sí mismo. Fue antes de que se fuera a África, pero siempre he conservado un recuerdo nítido de esa noche, aunque la tenía sepultada en el fondo de mi memoria, como las cartas en la maleta.

Es extraño: de un tiempo a esta parte me parece sentirme culpable para con Michele de algo que siempre había considerado con orgullo como una virtud mía. Lo siento sobre todo cuando estoy aquí sola de noche, o cuando, en la oficina, Guido me habla y yo repito que no es posible. He releído las cartas para saber mejor por qué no lo es, y he cometido un error. En la maleta, junto con las cartas, conservo también algunos recuerdos de los chicos que siempre me han conmovido mucho. Pero hoy el oso con el que jugaba Mirella de niña o los primeros patucos de Riccardo me parecen cosas inútiles, ya no me comunican nada, son nidos de polvo. Solo las cartas de Michele siguen vivas, aunque remitidas a una mujer que no se me parece y en la que no me reconozco. Pero, precisamente al releerlas, he perdido toda esperanza de entender por qué no es posible, y tengo incluso la impresión de que cuando vea a Guido mañana no podré volver a decírselo sin mentir.

8 de abril

Me es cada vez más difícil entenderme con mis hijos. Ayer Riccardo entró en la cocina con lápiz y papel y me preguntó cuáles son los gastos mensuales de una familia pequeña. Eso me hizo sospechar y le dije que por qué quería saberlo. Me contestó que, casi como un juego, quería calcular si podía casarse antes de irse a Buenos Aires. Estos días estoy muy nerviosa; le dije que mejor pensara en estudiar, que casi nunca lo veía hincar los codos y que, si seguía así, ni siquiera podría graduarse. Se me escapó alguna palabra en contra de Marina, y él se alejó diciendo que nunca tengo tiempo ni ganas de ocuparme de él y de sus problemas. Fue tan injusto que, más tarde, cuando ya me iba, se me acercó y me ayudó a ponerme la chaqueta para hacerse perdonar.

Al llegar a la oficina, me senté a la mesa frente a Guido y le dije:

—Estoy cansada.

Supongo que se me veía angustiada, porque me miró con ternura y me preguntó, solícito:

—¿Qué puedo hacer? ¿Hay algo que yo pueda hacer?

Tenía una voz cálida, como de amigo entregado. El despacho era acogedor: la luz de la tarde entraba por entre los brotes tiernos de la hiedra que enmarca la ventana, la lámpara es verde y verde también el cuero de los sillones: me sentía como en una isla verde.

—Nada —dije sonriendo, algo más tranquila—. Gracias. Aquí estoy bien.

A veces siento ganas de hablarle del futuro de Riccardo y de Mirella y Cantoni, pedirle consejo. Pero prefiero no hacerlo; no quiero llegar a ser aquí la misma persona que soy en casa. Quiero que él me vea distinta.

Me pregunto cómo me verá Mirella. Hay instantes en que nos une una confianza absoluta, cuando nos olvidamos de ser madre e hija. Luego ella vuelve a apartarse de mí como si temiera contagiarse.

—¿Qué le has dicho a Sabina? —me ha preguntado hoy.

Me hablaba como si yo fuera la menor de las dos, la que puede equivocarse, y muchas veces me parece que de verdad es así. Le he contestado que es mi deber supervisar su conducta y que, mientras viva en esta casa, tiene que respetar mi autoridad.

—Mientras viva en esta casa... —ha repetido ella—. ¿Entonces qué es lo importante? ¿En qué se basa esta autoridad que necesita el nombre de una calle, el número de un portal?

Mirella siempre habla de una manera complicada, es su forma de mostrarse arrogante conmigo. Le he dicho que basta el matrimonio para liberarla de esta autoridad, pero que la nueva no será más llevadera. Negando con la cabeza, decía que nunca nos entenderemos.

—Tú solo reconoces la autoridad familiar —decía—. Es la única que te han enseñado a respetar, sin juzgarla, mediante el castigo y el miedo.

—¿Y qué respetas tú, a ver? —le he preguntado con ironía.

—Para empezar, a mí misma —ha contestado ella, seria.

Me ha dicho que estoy atada a prejuicios en los

que tal vez ni siquiera creo. Yo le he replicado que, en cualquier caso, siempre les he sido leal.

—Precisamente —ha dicho—: yo no quiero ser leal a algo que no apruebo. Lo hablábamos hoy con papá en la mesa, ¿nos has oído?, los dos estábamos de acuerdo.

Es verdad, decían cosas que también pienso yo a veces pero que, cuando las oigo, no me atrevo a refrendar. Michele, por ejemplo, siempre ha sabido cuál es su conciencia como hombre, ha demostrado saberlo toda la vida. Hoy, en cambio, decía que había que aceptar el tormento de buscar una conciencia nueva y, buscándola, crearla. Esto debe de ser algo que le ha oído decir a Clara. No veo el momento de que sepa qué pasa por fin con el guion y deje de ir tanto a su casa. Me da miedo cuando habla así. También Mirella me da miedo. A veces pienso que los únicos normales somos Riccardo y yo.

10 de abril

Me siento tan alterada que no puedo ni poner en orden mis ideas. Estoy esperando a Mirella, es medianoche. Cada tanto voy a la ventana, no consigo estarme quieta. He vuelto de la oficina en taxi con la esperanza de poder hablar con ella antes de que llegaran los demás, pero Riccardo ya estaba en casa y me ha dicho que Mirella había llamado para decir que no venía a comer. Desconcertada, estaba a punto de contarle lo que me han dicho. He conseguido contenerme y he tenido la fuerza de callar también con Michele. Quiero escucharla a ella antes de hacer nada.

Hoy estaba en el despacho de Guido mientras él hablaba por teléfono. Decía que, para decidirse, quería conocer la opinión de Barilesi, que no se encuentra ahora en Roma.

—Tampoco Cantoni está en Roma —ha añadido.

Yo le he hecho un gesto, pero no me ha entendido. Cuando ya colgaba, le he dicho con cierto malestar que Cantoni ya había vuelto.

—Ah, menos mal —ha dicho. Y ha añadido—: Parece ser que se había ido a Nueva York a separarse de su mujer.

He dado un grito dentro de mí, pero por fuera me he quedado de piedra.

—¿Lo sabía? —me ha preguntado él.

Yo he fingido estar distraída, tenía el lápiz sobre la hoja como si estuviera pensando en lo que iba a escribir. Me preguntaba si no era el momento de contárselo todo, de pedirle ayuda. Pero había algo que me lo impedía: la presencia de una gran fotografía encima del escritorio donde Guido y yo trabajamos juntos. En ella salía una mujer, de joven, con un collar de perlas y un niño a cada lado, en los que se apoya al abrazarlos. Estaba allí desde hace tantos años que ya no reparaba en ella.

12 de abril

Ayer no escribí, aunque me habría venido bien, al menos para reflexionar con más calma. Me he preguntado todo el día cuál debería ser mi actitud con Mirella. Sobre todo no sabía si sería bueno plantearle una alternativa concreta, decirle: «O interrumpes toda relación con ese hombre o te vas de casa». Si no se lo dije enseguida, el martes por la noche, fue porque temía que se fuera sin dudarlo un instante. Por lo demás, me lo ha planteado ella misma. Barilesi, el abogado, le ha ofrecido trabajar en su bufete a jornada completa y no solo por las tardes como hace ahora. Si aceptara, ganaría más de cincuenta mil liras al mes. Eso apenas le alcanzaría para mantenerse; pero yo sé que Mirella es capaz de cualquier sacrificio con tal de no dar su brazo a torcer. Esta consideración me retiene de imponerle una elección cuya respuesta temo conocer de antemano. Por ese mismo motivo no le he dicho nada a Michele. He barajado incluso pedirle a mi madre que tenga una conversación con ella, pero me he convencido de que solo serviría para exasperarla. Podría hablar con ella alguien que no tuviera un interés directo, un amigo. Es triste haberse entregado tanto a los hijos para luego tener que reconocer que las únicas personas en quienes estos no confían somos precisamente nosotros. Sabina es la única a la que podría escuchar, pero encuentro humillante recurrir a una chica de su edad y, sobre todo, dudo que esté dispuesta a ayudarme. Agotada por tanta incertidumbre y alterada todavía por lo que había sabido de Guido y de mi conversación con Mirella, anoche me embargó un deseo irrefrenable de dormir durante horas para posponer la solución a este problema. Antes de la cena, le dije a Mirella:

—Esta noche no sales, ¿entendido?, de ninguna manera.

Me habría gustado que protestara para que los acontecimientos tuvieran un desenlace natural e inevitable. Pero, en lugar de eso, me contestó:

—Está bien, mamá.

Y fue a llamar por teléfono para anular la cita. Es justo esta condescendencia tan insólita en ella lo que me preocupa, pues la facilidad con la que renuncia a un breve encuentro me demuestra cuán sólido y duradero es el vínculo que la une a ese hombre.

Su tranquilidad, el martes por la noche, me consternó desde el primer momento y me privó de la capacidad de actuar con la misma calma que ella. La imaginaba abriendo la puerta con cautela y, no sé por qué, me la figuraba pálida y despeinada, sin color en los labios. Pero no, volvió poco después de medianoche, tan fresca y tan bien peinada como cuando salió. Cerró la puerta de casa tranquilamente y sonrió al verme en el umbral del comedor, pero la expresión de mi rostro la dejó helada. Se quedó ahí, con la mano en el picaporte, mirándome como si me interrogara.

—Entra —le ordené en voz baja.

Al pasar por delante de mí, aunque fingía estar tranquila, se apartó como si temiera que fuera a pegarle. Fue su miedo lo que me provocó: avancé hacia ella y le di una bofetada. Ella se sobresaltó, abriendo mucho los ojos sin protestar.

—¿Sabías que estaba casado? ¿Lo sabías? —le pregunté.

Me miraba aterrada, por lo que me ilusioné con que ignoraba la verdad.

—¿Lo sabías? —insistí, triunfante y malvada.

Mirella tenía aún la mano sobre la mejilla enrojecida por el golpe. Sin apartar los ojos de mí, asintió. Entonces la agarré del brazo y la zarandeé con violencia.

—¿Es que no te da vergüenza? ¿No te da vergüenza reconocerlo? —repetía yo, sin dejar de zarandearla.

Temblaba; sentía la fragilidad de su cuerpo bajo mi mano, lo que me confirmaba su culpa.

—Oh, ya está bien, se acabó —le dije—. No te lo permito, avergüénzate, avergüénzate.

Estaba desesperada, sentía que hablaba como Michele, que pronunciaba palabras carentes de sentido, pero eran las únicas que podían consolarme en ese momento.

—Dime que te ha engañado, al menos, dime algo. ¿Desde cuándo lo sabes?

—Desde siempre —contestó ella.

Le solté el brazo y me dejé caer sobre una silla

junto a la mesa. Me iba serenando poco a poco, pero mi ira se iba convirtiendo en un doloroso desánimo.

—Ven aquí, Mirella, siéntate —le dije.

Estábamos una frente a otra, como cuando nos sentamos a la mesa. La he visto crecer en estatura y alcanzarme, ahora ya es más alta que yo: es una mujer.

—¿No piensas en nosotros alguna vez? —le pregunté. Ella callaba—. En todos los sacrificios, en todas las renuncias que he hecho por ti, tantas que ni te imaginas.

Pensaba en Guido en ese momento, me parecía que ella debería haber entendido por mi tono de voz que se trataba de una renuncia importante.

—Sí —respondió tras un silencio—. Desde el primer día te dije que me iría de casa si querías.

Hablaba con un tono serio y abatido que me desarmaba.

—¿Adónde quieres ir? —le dije con ternura, negando con la cabeza.

—No te preocupes por mí —dijo ella sin mirarme—. Dime solo si quieres que me vaya.

Estaba pálida, se veía que tenía miedo.

—¿Serías feliz, Mirella? —le pregunté, eludiendo instintivamente responderle—. ¿Sin nosotros, sin tu madre, sin todo cuanto ha sido tu vida hasta ahora? Dime, ¿serías feliz?

Ella vaciló un momento y luego dijo con un hilo de voz:

—No lo sé. Sentiría mucho dejaros.

Al oírle decir solo «sentiría» tuve un escalofrío de indignación.

—Pero puede que me acostumbrara fácilmente —siguió diciendo—: decide tú lo que quieres que haga. No pienses en mí. Piensa solo en vosotros, en papá.

Yo no era capaz de tomar una decisión, y ella era consciente. Temía incluso que contara con ello y que su calma fuera calculada.

—¿Hablas así porque crees no poder actuar de otro modo? —le pregunté con cariño—. ¿Crees que no tienes elección? No es así, todo tiene remedio siempre, al menos se puede evitar un mal peor. Has sido su amante, ¿verdad?

La vi ruborizarse violentamente al contestar:

—Eso es asunto mío y de nadie más.

Entonces volví a perder el control:

—¡Descarada! —exclamé—. ¿No te da vergüenza hablar así?

—No —contestó ella tajante—. Y, en cualquier caso, fuera cual fuera mi respuesta, no cambiaría nada. Puedes imponerme tu voluntad unos meses más; puedes encerrarme en un convento o echarme de casa. Tienes todo el derecho, y yo te obedeceré. Así es la relación entre nosotras. El resto solo me concierne a mí.

Aniquilada por tanta frialdad, le pregunté:

—¿Entonces la moral no tiene importancia para ti?

Ella se quedó un momento callada y luego dijo bajito:

—Oh, yo reflexiono mucho, créeme, me pregunto sin cesar lo que está bien y lo que está mal. Tú siempre me acusas de ser cínica y fría, pero no es así. No es verdad. Soy distinta a ti, nada más. Te lo he dicho muchas veces: tú puedes atenerte a los modelos tradicionales del bien y del mal. Eres más afortunada. Yo, en cambio, necesito confrontarlos con mi propio juicio antes de aceptarlos.

—Pero ¿qué juicio puedes tener tú con veinte años? —exclamé con rabia—. Debes confiar en quienes tienen experiencia, obedecer.

Ella sonrió.

—Si fuera así, nada cambiaría nunca, todo se transmitiría intacto de generación en generación, sin ir a mejor; se seguirían vendiendo esclavos en las plazas, ¿no crees? Es ahora cuando puedo rebelarme; a los cuarenta, cuando sea vieja, ya no podré hacer gran cosa, preferiré la comodidad.

Estaba a punto de decirle que ocurre al contrario, que es a los cuarenta cuando uno se rebela, pero no sé si es cierto, y Mirella es mucho más culta que yo, menciona siempre nombres y libros que invalidan mis argumentos.

—¿Tú no eres religiosa, Mirella? —le pregunté en cambio.

Dudó un momento antes de contestar.

—Creo que sí. Al menos lo he sido hasta ahora. Pero no soy capaz de explicarte... Bueno, ahora sabré si mi fe es más fuerte que algunas de mis ideas, algunos de mis propósitos que la religión condena. ¿Entiendes? Es decir, ahora tengo que aceptar conscientemente la religión que me impusisteis cuando era niña. Hasta ahora era fácil. Ahora..., ahora es muy distinto, si queremos considerar la religión como un compromiso serio que rija nuestras acciones y si no nos contentamos con ir a misa de doce todos los domingos con un sombrero nuevo.

—¿Entonces? —le pregunté ansiosa.

Pensaba que su respuesta me haría entender si es o no la amante de Cantoni.

—También eso me concierne solo a mí, mamá. A este respecto no se puede seguir el ejemplo de los demás sin convicción.

Su reflexión continua me da miedo y me inspira compasión, sobre todo. Es inútil pensar tanto, los días siguen su curso de todos modos, con indiferencia. Mirella parece atrapada en una máquina cruel que la hará trizas. Seguí tratando de que se arrepintiera, le aconsejé que le escribiera una carta a ese hombre para anunciarle su intención de no verlo más.

—Después estarás más contenta, ya lo verás.

Me recordaba en el café, diciéndole a Guido que no es posible, y me preguntaba si después de verdad estaba más contenta.

—¿Quieres que le hable por ti? —me ofrecí—. Tú nunca tendrás el valor de hacerlo, es natural, no hay más que ser mujer para entenderlo. ¿Quieres? He pensado tantas veces en ir a hablar con él para ayudarte.

—Él no te creería —objetó con una sonrisa—, y además yo te desmentiría enseguida.

Nos levantamos, ella me rogaba que le dejara irse a la cama porque estaba cansada.

—¿Has pensado en que no podrás tener nunca tu propia familia, tus propios hijos? —le dije—. ¿Entiendes que estás destruyendo tu futuro por algo que acabará pronto? En cualquier caso acabará. Nunca serás feliz.

—Y tú, ¿eres feliz? —me preguntó ella con dureza.

Yo tenía lágrimas en los ojos porque esa conversación me había conmovido, me había dejado exhausta.

—Por supuesto —contesté con énfasis—, soy feliz, muy feliz, siempre lo he sido.

Ella me observaba fijamente, con una mirada que me daba ganas de bajar los ojos.

—¡Qué grande eres, mamá! —exclamó.

Me deseó buenas noches con un rápido abrazo y yo la seguí por el pasillo como mendigando.

—¿Por qué te empeñas en ser tan dura, tan amarga, Mirella? —murmuraba.

La oí cerrar la puerta y volví al comedor. Abatida, me dejé caer sobre una silla y apoyé la cabeza en los brazos cruzados sobre la mesa. Me imaginaba cogiendo el teléfono para llamar a Guido y pedirle que viniera enseguida. Me imaginaba yendo a hablar con Cantoni. Estaba deseando que amaneciera para poder actuar. Me parecía que si me quedaba de pie llegaría antes. Sin embargo, sentía como una náusea, un rechazo a toda acción. Sin darme cuenta me quedé dormida y, cuando desperté, amanecía ya.

13 de abril

Esta mañana había decidido pedirle ayuda a Guido, pues él conoce bien a Cantoni. Quería pedirle que lo convenciera de alejarse de Mirella, que es demasiado joven para medir el valor de sus actos. He entrado dos o tres veces en su despacho, decidida a hacerlo, pero luego lo dejaba para más tarde. Me he marchado la última y seguía sin haberle dicho nada. Pensaba que se preguntaría qué clase de madre soy, qué educación le he dado a Mirella, y sentía que la postura de mi hija debilitaría la que a mí ya me cuesta mantener.

Tengo que decidirme a hablar del tema con Michele, pero no me atrevo. Estos días lo veo sombrío, taciturno. No creo que albergue aún muchas esperanzas de vender el guion. Hoy ha dicho que, en el fondo, Clara no ha hecho todo lo que habría podido, que igual lo considera un aspirante pesado. Al fin, como si le costara un gran esfuerzo, me ha reconocido que había intuido que ayer no quiso siquiera ponerse al teléfono. De un tiempo a esta parte, Michele está siempre pálido, no tiene aspecto de encontrarse bien. Le he dicho que, de haber podido ayudarlo, Clara lo habría hecho sin duda porque es amiga mía desde la infancia y quiere a los chicos, los conoce desde niños. Tras una larga pausa, me ha dicho:

—Llámala tú. A lo mejor podrías hacerle una visita, a ver qué te cuenta, pregúntale también por su vida, como quien no quiere la cosa, pregúntale por qué está tan ocupada.

He mirado a Michele, sorprendida por esa insólita curiosidad y, quizá por su palidez, por primera vez me ha parecido ver en él el anciano que será dentro de pocos años.

—¿Qué te pasa, Michele? —le he preguntado.

—¿A mí? Nada.

Pero me ha parecido que le temblaban los labios. Luego ha entrado Riccardo, diciendo no sé qué contra los profesores de la universidad, y ya no hemos podido seguir hablando. Riccardo no paraba de despotricar, irritado, y yo no lograba interesarme por lo que decía. Estaba tan preocupada por el aspecto de Michele que hasta me he preguntado si no estará enamorado de Clara. Cuando espera una llamada suya, pregunta la hora cada poco, como hace Riccardo cuando va a telefonearlo Marina. Pensaba en el guion escabroso que ha escrito, no había podido volver a reflexionar sobre ello, distraída como he estado por todo lo que tengo que hacer siempre y por Mirella. Pero me he tranquilizado enseguida diciéndome que escribir o hablar de determinadas cosas es típico de las personas de cierta edad. Me he imaginado a Michele con Clara: no lo veía en el papel de enamorado, y mis sospechas me han hecho sonreír, naturalmente. Estoy tan alterada estos días que veo sombras por todas partes.

—Está bien, iré a ver a Clara —le he prometido.

—¿Cuándo? —me ha preguntado ansioso—. ¿Por qué no vas esta misma noche?

He llamado a Clara, pero me ha contado que por las noches siempre está muy ocupada, así que iré a comer a su casa el próximo miércoles. Michele quería saber si Clara me había hablado de él, pero no había dicho ni mu, ni siquiera «dale recuerdos». La insistencia de Michele me ha tranquilizado del todo: si hubiera algo entre ellos, no le pediría nunca a su mujer que fuera a su casa. Le he asegurado que no importa si al final no vende el guion: no sé bien cómo pagaremos algunas letras, pero cuando hayamos terminado con ellas, estaremos tranquilos, le he dicho, aunque no lo crea. Ahora ya sé por experiencia que, en cuanto pasa un disgusto, enseguida viene otro después. Pero también sé que se sale adelante, a pesar de todo. Veía a Michele tan deprimido que no me he atrevido a hablarle de Mirella. Para animarlo, le he dicho alegremente que ahora nos tocaba descansar a nosotros, jubilarnos, porque Riccardo nos mandará mucho dinero desde

Argentina. Pero Michele se ha molestado, ha dicho que ni siquiera había cumplido los cincuenta, que está aún lejos de la jubilación. Estaba de verdad ofendido, no ha entendido que yo bromeaba: cuando me he acercado a él riendo para abrazarlo, me ha apartado con un gesto brusco. Muchas veces, ante el malhumor de los hombres, me pregunto qué harían ellos si, aparte del trabajo de oficina, tuvieran tantos otros problemas que afrontar y resolver como tenemos las mujeres.

16 de abril

Esta mañana, a eso de las once, el conserje ha entrado en mi despacho y me ha dado una tarjeta de visita en la que ponía: ALESSANDRO CANTONI, ABOGADO. Me he sobresaltado y se me ha acelerado el corazón; me preguntaba si debía recibirlo, así de improviso. El conserje aguardaba.

—Hágalo pasar —le he dicho. Luego lo he llamado de nuevo—: Hágalo pasar dentro de unos minutos.

Quería poner orden en mis ideas, pero tenía la mente vacía. Me he levantado y he dado unos pasos de un lado a otro, inquieta; he vuelto deprisa a mi mesa, he sacado del cajón un peine y una polvera, y me he mirado en el espejo para retocarme un poco. Acababa de cerrar el cajón cuando he oído la voz del conserje decir:

—Pase, por favor.

Y ha entrado Cantoni.

Es un hombre alto y bastante guapo, elegante y de expresión decidida, pero enseguida he notado que tiene los ojos azules y afectuosos. Me ha saludado con una inclinación cortés. Le he indicado con un gesto gélido que se sentara, y una fuerza inesperada me ha impulsado a tomar la iniciativa.

—Ha hecho bien en venir —le he dicho—. Había decidido llamarlo yo misma para que nos viéramos hoy o mañana. Supongo que Mirella le habrá hablado de nuestra conversación, de otro modo no entendería el motivo de su visita.

Él ha asentido, y yo he proseguido.

—Mirella es una niña. Estoy segura de que usted ha reflexionado y que viene a anunciarme que está decidido a alejarse de ella, a no seguir trastornándola más. ¿No es así? —le he preguntado con un tono resuelto que solo admitía una confirmación.

—No —ha contestado él con calma y con el mismo tono resuelto que yo—: al contrario. He venido a decirle que nunca la abandonaré.

Había previsto que no sería una conversación fácil, pero no imaginaba encontrarme ante una firmeza tan serena y cortés. Me lo había figurado de otra manera: cínico, quizá arrogante. Me preguntaba quién era realmente y, sobre todo, qué vínculo lo unía a mi hija. Esta incógnita me devolvió la agresividad.

—Usted *debe* alejarse para que mi hija recobre su serenidad. Mirella es joven, bastará con que se aleje un mes, dos a lo sumo —he añadido para hacerle daño.

Él negaba con la cabeza, mirándome con una sonrisa confiada que me irritaba.

—No, señora, lo he pensado mucho, he reflexionado mucho. Yo no tengo la edad de Mirella, voy a cumplir treinta y cinco años, y estoy convencido de que mi deber es precisamente quedarme a su lado.

—¿Por qué? —le he preguntado recelosa al oír la palabra *deber*.

—Porque quiero a Mirella y ella me quiere a mí; nuestro deseo es trabajar juntos, tenemos un proyecto común que llevar a cabo, creo que juntos podremos ser no solo felices, sino también útiles. No sonría —ha añadido, al ver mi expresión de incredulidad—, lo sé, cuando hablamos de estas cosas, de sentimientos, de proyectos, nos vemos obligados a emplear palabras que, nada más decirlas, suenan cómicas, retóricas, ridículas. Pero es la verdad. Yo antes no valía gran cosa, y Mirella era una chica inteligente y guapa, sí, pero poco más. Es como si, al encontrarnos, hubiéramos crecido de pronto. Ahora, juntos, somos una fuerza, y tenemos el deber de no malgastarla. Cuando digo que queremos trabajar juntos, no me refiero solo a nuestra profesión: esta por sí sola sería bien poca justificación, aunque me alegra ver que Mirella ama su trabajo y no lo considera, como tantas otras mujeres, una simple necesidad. Yo mismo, antes de conocer a Mirella, llevaba una vida muy distinta, pero siempre había sentido que algo me agobiaba, sobre todo después del fin de la guerra. No sabría explicarle, pero era como si mi vida, todo lo que yo hacía, fuera precario. Es difícil hablar de estas cosas, son etéreas, no tienen una definición concreta... ¿La estoy aburriendo?

Le he indicado con un gesto que no mientras lo observaba, a la espera de saber adónde quería llegar. Seguía recelosa, pero atenta.

—Mirella podría explicarle estas cosas mejor que yo porque es más joven. Son muchos los hechos y los aspectos nuevos que han excavado un abismo entre la generación de Mirella y la mía. Yo consigo salvarlo gracias al amor. Quizá a usted le resulte difícil comprender a Mirella porque...

Vacilaba, y yo lo he animado:

—¿Porque le llevo veinte años, quiere decir?

—No, porque una madre no puede admitir que muchas cosas en las que ella ha creído ya no sean importantes para su hija. Y otras nuevas, en cambio...

Lo he interrumpido diciendo que siempre ha sido así: todos los jóvenes creen que pueden cambiar el mundo. Pero él lo negaba, decía que los acontecimientos de los que habíamos sido testigo no nos permitirán seguir viviendo como antes.

—Quien entiende esto está vivo —ha dicho—, quien no lo entiende es como si ya estuviera muerto.

Me he sorprendido conversando agradablemente con el hombre que quizá sea el amante de mi hija. Quería zanjar el tema observando que, de todos modos, este no era el motivo de su visita, pero él prosiguió:

—Si quiero a Mirella es en parte por la época que lleva en sí, que es también la de sus coetáneas, naturalmente, pero la mayoría de ellas no lo sabe. Creo que podríamos habernos fugado juntos la misma Nochebuena, cuando nos conocimos en casa de los Caprelli. Estuvimos hablando hasta el amanecer, mientras los demás bailaban. Todo estaba decidido desde esa misma noche.

Me quedaba una sola baza y la jugué:

—¿Nunca ha pensado que lo que le ha atraído a Mirella de usted puede haber sido su dinero?

—¿Mi dinero? —ha exclamado, llevándose una mano al pecho antes de echarse a reír. Su risa transmitía confianza, era una risa muy joven—. Yo no tengo dinero —ha dicho—, trabajo, he tenido que trabajar desde que era estudiante, como Mirella. Un abogado debe vender día tras día su trabajo como una mercancía. No es rico quien posee su propio trabajo, sino quien posee las cosas. Yo poseo palabras, y estas son un capital líquido. Bastan unos pocos errores para que vuelva a la pobreza. Mirella y yo trabajaremos.

—¿Y qué piensa su mujer del deber que siente usted de vivir con Mirella? —le he preguntado.

—He venido a hablarle también de eso —ha añadido tras un silencio—. Lo que voy a decirle no es importante para Mirella y para mí, pero sé que servirá para tranquilizarla a usted. Le explico: conocí a Evelyn, mi esposa, en Roma en el 46. Viajamos mucho juntos. Me atraía porque es norteamericana y representaba un mundo distinto al mío. Parece ingrato que solo diga esto de ella, pero es la verdad. Después me reuní con ella en Estados Unidos. Vi que seguíamos divirtiéndonos juntos, ella es alegre, ingeniosa y vivaz, y yo entonces no sabía que existiera una chica como Mirella. Nos casamos. Pero, de vuelta en Roma, las únicas cosas que teníamos en común, a saber, viajar, beber y divertirnos, se consumieron pronto. Evelyn empezó incluso a hablar italiano... —ha añadido sonriendo—. Pronto solo quedó lo que nos diferenciaba. Fue un año muy difícil. Al final ella se marchó, diciendo que volvería al cabo de unos meses. Cuando me escribía, cada vez aplazaba su regreso, y yo temía cada vez que me lo anunciara. Así pasaron cerca de tres años, y nunca volvió. Después conocí a Mirella. Descubrí a Mirella. Es difícil hacerle entender a una madre que su hija es una criatura extraordinaria. Pero el caso es que, a través de Mirella, yo me he descubierto a mí mismo, mis posibilidades, mi vida. No creía que con una mujer se pudiera hablar como con un amigo, de igual a igual. Es como tener la vida entera en dos personas, no es un simple juego con una chica guapa, como lo era con Evelyn. Entonces decidí ir a Estados Unidos a divorciarme.

La alegría me ha llevado a preguntarle si Mirella estaba al corriente. Me ha dicho que Mirella lo sabe todo de él.

—Hace dos semanas fui a Richmond, Mirella temía que no regresara, en el aeropuerto estaba desesperada.

Yo he pensado que no había sido consciente del momento difícil por el que había pasado mi hija.

—Solo me quedé allí unos días —continuaba Cantoni— para rogarle a Evelyn que aceptara el divorcio. Naturalmente, accedió y, libres de ese vínculo que nos habría condenado a la soledad o a la infelicidad, nos separamos como buenos amigos. Allí en Richmond entendí cuál es la diferencia profunda entre Mirella y Evelyn, una de las muchas, pero la que quizá las resuma todas: Evelyn se expresa a través de las cosas, y Mirella a través de las ideas. Esos días me parecía haber perdido para siempre ese placer de hablar que tenemos en común Mirella y yo. Cuando volví, era como si en esos días allí no hubiera respirado ni bebido.

Reía y yo sonreía mirándolo, tenía una sensación de bienestar total, de paz. Le he preguntado cuánto tiempo llevarían esos trámites, cuándo se casarían.

—No lo sé —ha contestado—: sinceramente, tengo que decirle que es difícil que en Italia se reconozca un divorcio ratificado en Estados Unidos. Aquí uno está obligado a quedarse encadenado, condenado. La vida que sería buena para nosotros, que nos haría mejores, está ahí preparada, y quienes carecen del valor suficiente para superar los convencionalismos están abocados a renunciar a ella, a permanecer en la oscuridad, en la soledad, en lo que para ellos es el pecado. También por esto queremos trabajar Mirella y yo: para crear...

Lo he interrumpido intuyendo que también él, como Michele, como Mirella, iba a pronunciar palabras sin sentido frente a los hechos, a la vida de todos los días, a los hijos:

—Para crear una conciencia nueva, ¿verdad? —le he dicho con una sonrisa irónica y malvada.

Él ha asentido, pero el tono de mi voz lo ha desconcertado. Entonces le he preguntado por qué había venido, por qué se había decidido a hablar conmigo. Sin percibir la nota de irritación en mi voz, ha contestado con calma, casi con dulzura:

—Para ayudarla a entender a Mirella, y a mí. No me gusta el retrato que se ha hecho de mí en su imaginación: el hombre casado y rico que acosa a la veinteañera. Es muy distinto, créame. Puede que al final nos casemos algún día, pero eso carece de importancia. Lo importante es el compromiso total con el que yo quiero a Mirella y ella a mí, lo que juntos nos proponemos ser y hacer. Para nosotros el matrimonio no es el fin, no queremos estar obligados a amarnos; cada día elegimos libremente hacerlo. Lo entiende, ¿verdad?

—No —he contestado yo en tono cortante.

—Lástima —ha concluido él—. Aun así, era mi deber venir a hablar con usted, y pensaba que mis palabras podrían convencerla. Soy un mal abogado. Lástima —ha repetido—, esperaba que pudiera entenderlo.

Me he levantado porque quería poner fin a esa conversación que me perturbaba. Él también se ha levantado, sin dejar de mirarme, como interrogándome. Sus ojos tenían una expresión de amargura mezclada con afecto.

—Tal vez Mirella tiene razón cuando dice que usted comprende pero que tiene miedo de reconocerlo. Me gustaría que al menos no nos fuera hostil —ha añadido.

Estábamos junto a la ventana abierta y nos hemos quedado un momento en silencio. Yo lo miraba con los ojos de Mirella.

—Qué día más hermoso —ha dicho.

Se veía que está enamorado. Al despedirse de mí, nuestras miradas se han cruzado un instante, con cordialidad. En cuanto ha salido, he cerrado rápidamente la puerta como para resistir una tentación.

17 de abril

Cada vez que abro este cuaderno me vuelve a
la mente la ansiedad que sentía cuando empecé a
escribir en él. Me asediaba un remordimiento que
me envenenaba el día entero. Temía siempre que lo
encontrara alguien, aunque entonces no contenía
nada que pudiera juzgarse culpable. Pero ahora es
distinto: en él he registrado la crónica de estos últimos tiempos, la manera en que, poco a poco, me
he dejado arrastrar hacia actos que condeno y de
los cuales, sin embargo, como de este cuaderno,
me parece no poder ya prescindir. Me he acostumbrado a mentir. El gesto de esconder el cuaderno
me resulta ya familiar, se me da muy bien encontrar tiempo para escribir, he acabado por habituar-
me a cosas que, en un principio, juzgaba inacepta-
bles. Nunca habría pensado que llegaría a conversar
tranquilamente con Cantoni. Se me había ocurrido
incluso tratar con él por mediación de un abogado,
pero ayer lo acompañé a la puerta y me sorprendí
estrechándole la mano para despedirme, como habría hecho con un amigo. Después, al volver a mi
despacho y ver el sillón donde había estado sentado, el cenicero con las colillas de los cigarrillos que
había fumado, me embargó un desconcierto tremendo, y no sabía si atribuirlo a las intenciones de
Cantoni y de Mirella o, más bien, a muchas otras
cosas que este había dicho y que tenían que ver con
mi vida más que con la de mi hija. Corrí al despa-

cho de Guido: estaba desierto. Como cada día, el conserje había cerrado las persianas para que el sol no se comiera el color verde de los bonitos sillones, y en esa penumbra la habitación se veía triste y desolada. No podía resignarme a la idea de que Guido se hubiera marchado sin despedirse, tal vez había preguntado por mí y le habían dicho que tenía visita. Pero ese razonamiento no disipaba mi melancolía: me imaginaba a Guido sentado almorzando con su familia, entre personas que yo apenas conozco, muy distintas a mí. Del perchero colgaba su gabardina: la acaricié y me abracé a ella, buscando algo de consuelo. Estaba fría y no conservaba siquiera el agradable olor a lavanda que trae consigo cuando llega a la oficina y que, desde hace años, representa para mí el olor mismo de la mañana, el inicio de la jornada de trabajo. Ocultaba la cabeza contra esa fría gabardina como en el hueco de un hombro. Ya no aguanto estar sola. Desde que decidí que no es posible, me esfuerzo por no reparar en las miradas cariñosas de Guido, en su amabilidad. Finjo esperar a que su actitud recobre la cordialidad de antes, que olvide todo lo que me ha dicho, y me convenzo de no haberle dado a entender nunca mis sentimientos más allá de una turbación puntual. Ayer, sin embargo, el desamparo que sentía tras la conversación con Cantoni me daba miedo. Temía que, siguiendo mi exhortación, Guido me hubiera olvidado de verdad. Tenía miedo de volver a casa, quería huir de las tareas que me aguardaban, me parecía no poder afrontarlas con la serenidad necesaria. No tenía ganas de volver con Michele, que pretende que todo el mundo respete su malhumor, ni con Riccardo, que vuelve a estar descontento y nos acusa a nosotros y al gobierno de su escasez de dinero, a la cual se dispone a poner remedio a regañadientes. Sobre todo no tenía ganas de ver a Mirella: no habría podido omitir la visita de Cantoni y no alcanzaba a entender del todo qué significaba. Me habría gustado decirle: «Haz lo que quieras, déjame en paz, estoy muy cansada».

Me senté en el sillón de Guido y llamé a casa para avisar de que no volvía a almorzar, tenía trabajo. Contestó Mirella y su voz sonaba contrariada; quizá quería que le hablara de la conversación con Cantoni, pero no le dije nada más que «hasta la tarde». La libertad conquistada me dio una repentina alegría, me preguntaba cómo podría aprovecharla. Me imaginé saliendo de la oficina, yendo a un restaurante y disfrutando del almuerzo, libre al fin de la obligación de cocinar y lavar los platos. Pero la idea de ir sola me intimidaba. En realidad tenía un solo deseo, acuciante, y no me atrevía a formularlo. Fui a la entrada y le dije al conserje que me quedaba en la oficina para terminar unas tareas urgentes. Oí con alivio cerrarse la puerta a su espalda. Volví al escritorio de Guido y marqué rápidamente su número de teléfono. Me contestó un empleado lacónico, y por un momento temí que no quisiera pasarle la llamada. Luego oí los pasos de Guido, sonaban ansiosos.

—Buenas tardes —he dicho—. Sería necesario que volviera enseguida a la oficina. Estoy aquí, sola. Quería recordarle que tiene una cita.

Él se quedó un momento desconcertado, luego se recobró y contestó:

—Entiendo. Está bien. Termino de almorzar y voy enseguida.

Me quedé sentada en su sillón, esperándolo. Me atormentaban algunas de las cosas que había dicho Cantoni. Recordaba su rostro cuando reía diciendo que no es rico, que solo tiene su trabajo; o cuando, dubitativo, había dicho que yo no puedo entender a Mirella. Me irritaba el tono resuelto con el que pronunciaba el nombre, «Mirella», como si lo hubiera inventado él, como si le perteneciera. Luego abandonaba esos pensamientos y cerraba los ojos, descansando.

Cuando oí el ruido de la llave en la cerradura me levanté de un salto, ansiosa. Buscaba un motivo plausible para justificar la urgencia de mi llamada. No quería confesar que solo tenía necesidad de verlo, de estar con él. Entró deprisa, con paso decidido. Al principio apenas me vio, pues la luz de fuera lo cegaba: el despacho estaba en penumbra y yo me había refugiado en el vano de la ventana.

—¿Qué ocurre, Valeria? —dijo, acercándose. Mientras, se guardaba las llaves en el bolsillo, y ese gesto familiar me conmovió.

—No es posible —murmuré mientras él me besaba las manos—. Tengo que dejar la oficina, tengo que alejarme, aquí es demasiado difícil. Ya no sé dónde refugiarme. Necesito un permiso, quince o veinte días de descanso, me tomaré ahora las vacaciones de verano. He decidido irme a casa de una hermana de mi madre, en Verona, para alejarme de aquí, para recuperar la serenidad.

Antes de ese momento nunca lo había pensado en serio, pero de repente esa partida me parecía la única manera de liberarme, mi salvación. Pero este anuncio pareció alegrar a Guido.

—¿Cuándo? —me preguntó al cabo de un momento.

—No lo sé —le contesté—. Quisiera marcharme enseguida, pero temo no poder dejar de repente la casa, a los chicos. Dentro de quince días.

Él se alejó para ir a hojear el calendario que estaba sobre su escritorio. Cuando volvió a mi lado me tomó de nuevo las manos y, mirándome amorosamente a los ojos, me dijo:

—Tengo que ir a Trieste dentro de dos semanas. Solo necesito estar un día allí. A mi regreso puedo quedarme en Venecia. Tres días, tal vez cinco, Verona está muy cerca. —Y añadió en voz baja—: Cinco días en Venecia.

Desde que dijo esas palabras, no he vuelto a estar en paz. La culpa es mía. No debería haber llegado hasta ahí, no debería haberlo llamado por teléfono ni haberle dicho que se reuniera conmigo en la oficina, donde me encontraba sola. Me dejé caer sobre el sillón a su lado. Pensaba que había escogido Venecia porque está muy cerca de Verona, pero podría haber dicho Padua o Vicenza. Me parecía que me había leído el pensamiento, que conocía ese deseo mío que me consumía, y sentía que ya no tenía escapatoria.

—No, no —decía yo, frunciendo el ceño, aterrada por sus palabras.

Él me rogaba que no le contestara enseguida, me suplicaba que no lo hiciera, decía que tenía tiempo para pensarlo, que él haría lo que yo quisiera, sin insistir. Añadió que tengo que confiar en él, en su devoción por mí, y mientras lo decía, me estrechaba tiernamente entre sus brazos, me rozaba las sienes con los labios, murmurando que no podemos renunciar al amor, a la felicidad, que tenemos derecho.

—Pleno derecho —repetía.

Yo sentía que, con esas palabras, aludía a algo de su vida que yo no conocía. Pensaba: «Basta ya de Mirella, basta ya de Riccardo, oh, basta, basta ya». Cuando volvió el conserje nos sorprendió muy cerca uno de otro, en la penumbra, pero yo estaba tan absorta que su mirada de estupefacción ni siquiera me importó. Me imaginaba ya en el tren.

En casa, al verme pensativa, Mirella me llevó aparte y me preguntó:

—¿Es culpa mía, mamá?

Yo le dije que sí con la cabeza. Agitada, ella añadió:

—Fue Sandro quien insistió en hablar contigo. Yo sabía lo que eso iba a significar para ti.

Conversamos un poco pero, en el fondo, me traía sin cuidado. Corroboró lo que había dicho Cantoni, y me fijé en que empleaban las mismas palabras.

—Hablaré con tu padre —le dije—. Hoy no tengo fuerzas para hacerlo. La decisión será suya. Tal vez sea bueno que te vayas, más adelante. Nosotros estamos acostumbrados a vivir conforme a ciertos principios, quizá serán falsos y anticuados, como tú dices, pero no podemos cambiar.

Una vez más, me asombraba verla actuar con frialdad, sin pedir perdón y sin invocar en su disculpa la ceguera de la pasión. Cuando éramos novios, yo pecaba con Michele pero fingía hacerlo de mala gana, arrastrada por él, sin consentirlo. Así fue también en nuestra noche de bodas y, después, cada vez que Michele se me acercaba por la noche. Si fuera a Venecia, tal vez llegue fingiendo no saber por qué voy ni lo que fatalmente ocurrirá. Esta es la diferencia entre Mirella y yo. Pienso que, aceptando ciertas situaciones con pleno conocimiento, ella se ha liberado para siempre del pecado. Me hubiera gustado preguntarle si tiene la conciencia en paz, el ánimo tranquilo. Pero no pudimos seguir hablando porque volvió Michele y tuve que ponerme a preparar la cena, mientras él daba vueltas a mi alrededor, explicándome todo lo que tengo que decirle a Clara mañana, pues teme que me olvide. Yo le dije que estaba deseando saber algo del guion porque, si me dan permiso en la oficina, me gustaría irme unos días a Verona, a casa de la tía Matilde. Tenía la impresión de que él iba a entender enseguida de lo que se trataba, esperaba que me prohibiera marcharme. En lugar de eso dijo que me sentaría bien. Entonces añadí que desde Verona estaba pensando en acercarme a Venecia. Él asintió.

—Es una buena idea, hace mucho tiempo que le das vueltas, lo deseas mucho.

Comprendí que cualquier cosa que dijera ya no podría cambiar nada. Aunque le hubiera confesado que el director vendrá también a Venecia, lo habría encontrado natural. Me volvía a la memoria la noche en que comentó lo que sentía cuando el director me acompañaba a casa y él me veía bajar del coche desde la ventana. Ahora ya no ve nada, ya no me ve; entre nosotros están los hijos, y Marina, y Cantoni, y todas las montañas de platos que he lavado, y las horas que él ha pasado en la oficina y las que he pasado yo, y todas las sopas que he servido, como hacía anoche cuando el vapor me empañaba los ojos. Mientras, pensaba que hace tanto que no viajo que solo tengo una vieja maleta de tela: debería coger la grande de cuero, la de Michele.

18 de abril

Hoy he ido a comer a casa de Clara. Estábamos
solas, como cuando éramos muy jóvenes, me parecía estar de vacaciones. Se ha comprado un ático
en un edificio nuevo en el barrio de Parioli. Desde
la azotea se ve un panorama amplio y alegre: pra-
dos, pinos y casas blancas. La terraza ya está flori-
da, estuvimos un rato al aire libre, se estaba de
maravilla sentadas en la hamaca donde Clara se
tumba a tomar el sol. Dice que, para conservar un
aspecto joven, hay que estar siempre un poco morena, que lo hacen todas las actrices de cine. Un
poco antes, en el baño, me había fijado en los cos-
méticos que usa, pero son muchos, no sé cuál me
vendría bien comprar y no me he atrevido a preguntárselo. Y tanto que ha cambiado la vida de
Clara desde que ya no vive con su marido, tiene
razón Michele. La casa está decorada con un gusto
que no le conocía. Entonces no suponía siquiera
que fuera tan inteligente: era coqueta, siempre estaba hablando de hombres. Le he preguntado si,
como de costumbre, está enamorada de alguien, y
me ha mirado con recelo.

—No, no —se ha apresurado a responder.

Pero no me lo creo. Clara siempre ha sostenido
que no podría vivir sin amor. Quizá ya no confíe
en mí. Sin embargo, yo nunca había tenido tantas
ganas, como ahora, de oír hablar del amor.

—El amor exige demasiado tiempo —decía—,

porque no existe en realidad: hay que inventarlo cada día, cada momento, y estar siempre a la altura de lo que nos hemos inventado. Es difícil... —concluía con una sonrisa cínica, forzada.

Ha dicho que dispone de poco tiempo, y mientras trataba de saber por qué está tan ocupada, como me había sugerido Michele, ella misma me lo iba explicando:

—Guiones —decía evasivamente—, gente a la que debo ver, tengo muchos compromisos. Me hubiera gustado hacerle más caso a Michele. Él querría cambiar de vida, dejar el banco para dedicarse al cine. Pero tú también debes disuadirlo, Valeria. Igual no fue una buena idea que fuera a comer a vuestra casa ese domingo. Nunca es bueno que se encuentren dos mundos tan distantes el uno del otro. Cada cual debería quedarse siempre en el suyo. Pero no nos damos cuenta hasta después. El mundo en el que yo vivo es demasiado distinto del vuestro; no sé si mejor o peor, pero sí distinto. No confiarían en un hombre como Michele, que se ha pasado la vida en un banco. Siempre lo considerarían un diletante; y sería cierto, no podría ser de otra manera. En un primer momento, Michele me sorprendió: por lo que tú me contabas de él, me lo había imaginado diferente. Yo esperaba de verdad que el guion se pudiera vender, he hecho cuanto he podido, pero sin éxito hasta ahora.

Decía que había hablado largo y tendido con

él, y que si supiera plasmar por escrito todas las ideas que tiene, las cosas que dice, haría fortuna.

—A él le gustaría trabajar conmigo, pero no es posible, yo tengo que estar libre. Por otra parte, no le haría ningún bien, ya se lo he dicho. Una vez estuvimos hablando hasta el amanecer.

No me había dado cuenta de eso, tal vez cuando Michele volvió a casa yo dormía y a la mañana siguiente no me dijo nada. Recorría con la mirada el gran salón lleno de estanterías, miraba los bonitos y cómodos sofás, el vestido elegante de Clara. Desde luego que a Michele le gustaría estar rodeado de ese bienestar que en casa nunca hemos conocido.

—Parecía haberse convencido de retomar su camino —proseguía Clara—, cambiar ahora, le dije, sería un error. Es más, sería imposible.

Hablaba con dureza, y yo me sentía incómoda porque, mientras tanto, la doncella iba y venía, quitando la mesa. El almuerzo había sido ligero pero muy rico. Hacía mucho tiempo que yo no tomaba alimentos cocinados con tanto mimo, la prisa me obliga siempre a preparar pasta, huevos y ensalada, un asado los domingos. Clara fumaba cigarrillos americanos, me ofrecía bombones caros que seguramente le habrían regalado. Estaba irritada con ella porque quería empujar de vuelta a Michele a una vida que considera mediocre y sin esperanza. Le he dicho lo que él me había sugerido que le preguntara, como si fuera idea mía:

—¿No podrías intentar que trabajara contigo, al menos una vez, en algún guion?

—No es posible —ha replicado ella—, es por su bien, ¿entiendes? Tiene que dejar de pensar en ello, que siga con su vida como ha hecho hasta ahora.

Se había vuelto impaciente, repetía que no disponía de tiempo, que su vida es una lucha continua porque para una mujer es muy difícil abrirse camino: decía que había tenido que adquirir una especie de dureza. Había algo en su discurso que se me escapaba. De nuevo he tenido la sospecha de que Michele está enamorado de ella, pero el hecho de que me hubiera enviado a mí a hablar con ella y la humillación a la que se sometía pidiéndole con tanta insistencia que lo ayudara la han disipado enseguida.

—Una mujer que trabaja —proseguía Clara—, sobre todo si es de nuestra edad, lleva siempre consigo la lucha entre la mujer tradicional que le han enseñado a ser y la mujer independiente en la que ha decidido convertirse. Hay un conflicto continuo en ella. Resolverlo, superarlo, es difícil, sobre todo con respecto a los hombres. Igual no puedes entenderlo. Tú tienes otro carácter y, en el fondo, casándote has conseguido todo lo que te habías propuesto conseguir: eres afortunada.

Le he preguntado si lo pensaba de verdad.

—¡Desde luego! —ha exclamado—. Yo siempre me sentía débil frente a ti, precisamente porque nunca habías luchado. Tú llevabas la vida que habías elegido y yo te admiraba porque eras siempre coherente contigo misma, siempre te veía serena. Recuerdo cuando tejías, cuando hacías tartas para ganar algo de dinero. Y ahora cargas con todo, bien lo sé, la casa, el trabajo... No sé cómo lo haces. Yo no podría ser tan fuerte. O quizá nunca sabemos ser fuertes cuando estamos solos, es la certeza de ser necesarios para los demás lo que nos obliga a ser fuertes. Con todo, hay que tener tu salud para lograrlo.

Le he dicho que estaba de acuerdo en lo que respecta a la salud, pero cuando he tratado de aludir a otras muchas debilidades mías, Clara me ha interrumpido:

—No, no, crees haberlas tenido, pero te equivocas. Es inútil que trates de convencerme, siempre has sido muy fuerte.

Reía de forma inteligente y juvenil. Me habría gustado contárselo todo, hablarle de Guido y de Venecia; al llegar a su casa, me había propuesto incluso pedirle prestada una maleta, y también una de sus batas y unas zapatillas de hilo dorado, las mías son gruesas, de felpa roja. A menudo siento el deseo de sincerarme con una persona de carne y hueso, no solo con este cuaderno. Pero nunca he podido, más fuerte que el deseo de sincerarme era el temor de destruir algo que he ido construyendo día tras día, durante veinte años, y que es el único bien que poseo.

Clara me hablaba acaloradamente:

—Siempre hay que tener un fin en la vida. Tú tienes a tus hijos. Quien tiene un fin no necesita la pequeña felicidad cotidiana, persigue ese fin y posterga siempre la ocasión de ser feliz. Aunque no llegara a alcanzarlo, en el intento están ya el fin de su vida y su felicidad. En el fondo, por eso empecé a trabajar, más aún que por ganar dinero. Porque estaba cansada de esperar que un hombre u otro me hicieran feliz. Es esta esperanza de felicidad lo que agota a una mujer día tras día, la consume. Tú, al esperar que los chicos crecieran, podías olvidarte de ello: esperabas que aprendieran a andar, que fueran al colegio, que hicieran la primera comunión, ahora esperas que terminen los estudios, que se casen, ¿no?, y, mientras tanto, el tiempo pasa.

—Sí —repetí yo—, el tiempo pasa.

El tono de mi voz y la expresión de mi rostro no debían de ser los de siempre, porque Clara me ha preguntado qué me ocurría. Me habría gustado decirle que los chicos han crecido, que ya no tengo nada que esperar. Pero, levantándome para irme, le he dicho sonriendo:

—Nada. Estaba pensando justo en eso, que el tiempo pasa.

24 de abril

He estado varios días sin abrir el cuaderno. He notado que, después de escribir mucho, me encuentro más abatida, más débil. Igual necesito aire libre o distraerme un poco. No me sienta bien quedarme levantada hasta tarde, no duermo lo suficiente y, por la mañana, la falta de sueño me pone de muy malhumor. He pensado en llevarme el cuaderno a la oficina; allí, el poco tiempo del que dispongo me obligaría a anotar rápidamente mis impresiones sin entrar en tanto detalle que me entristece. Pero si en la oficina se enterasen de que tengo un diario, perdería todo mi prestigio, los compañeros se reirían de mí, estoy segura. Es extraño, nuestra vida íntima es lo que más nos importa a todos, pero debemos fingir siempre que la vivimos casi sin darnos cuenta, con una seguridad inhumana. Además, si me llevara el cuaderno, me parecería no encontrar ya nada mío en casa cuando regreso. Clara dice que se es fuerte solo para los demás, y quizá tenga razón, pero ¿cómo puedo creer ya que le soy necesaria a Mirella, que se defiende incluso de la flaqueza de quererme? Pero otras veces pienso que Riccardo aún me necesita. Ayer estábamos juntos en la cocina, yo estaba recogiendo y él me hacía compañía. Tenía la impresión de que quería hablar conmigo, pero estaba abatido por una de esas crisis de desánimo tan frecuentes en él desde hace algún tiempo. Siento lástima porque es un hombre. Nadie espera nunca nada de una chica de veinte años, pero un hombre, a esa misma edad, tiene ya que empezar a medirse con la vida. «¿Qué te pasa?», le pregunto, porque preferiría que su estado de ánimo tuviera un motivo concreto. «Nada», me contesta él siempre. Pero ayer, en cambio, me dijo:

—Tengo miedo.

No le pregunté de qué tenía miedo porque a lo mejor no lo sabe con exactitud y piensa que yo lo entiendo de todos modos. Si no hubiera tenido las manos metidas en el agua sucia, le habría acariciado la frente como cuando tenía fiebre de niño. Pero sé que ahora, si estuviera enfermo, llamaría a Marina, que no sabría aliviarlo. Es muy celoso de Marina; cuando se queda en casa estudiando, llama siempre para saber dónde está ella, si es verdad que ha ido a casa de una amiga. Pero la encuentra siempre cuando la llama; debe de ser una buena chica, dócil, no muy inteligente. Cuando viene a casa habla muy poco. Riccardo la trata mal, a veces le contesta con brusquedad, y yo no entiendo por qué, si la quiere, finge ser tan autoritario con ella, prepotente incluso. Marina nunca reacciona, y eso es bueno porque, en el matrimonio, tiene que haber siempre uno que manda y otro que obedece. Sin embargo, al ver a Riccardo comportarse así, suelo preguntarme si tiene razón el que manda. Se ha vuelto desconfiado de todo, siempre piensa que hablan de él a sus espaldas, unas veces acusa a su hermana de haberse llevado unos libros suyos, cuando se los ha prestado él mismo a un amigo, o una cajetilla de tabaco, que luego encuentra en un bolsillo. Es como si quisiera descubrir por todas partes algo malo que no existe, un engaño que depara la vida y que querría apartar a base de fuerza y de astucia. De mí no sospecha nunca, y por eso no puedo hacer nada por él. Solo las cosas y las personas que le dan miedo pueden confortarlo.

El único al que quizá aún podría ayudar es Michele, pero debería darse cuenta de que ya no soy la chica con la que se casó hace veintitrés años. Nos hemos alejado tanto el uno del otro que ya no somos capaces de vernos siquiera, y seguimos adelante, solos. He reflexionado mucho sobre las confidencias que le ha hecho a Clara y que nunca comparte conmigo. Con Mirella sí habla, pero cuando yo entro, cambian de tema. Hace unas noches, por ejemplo, al verme, Michele concluyó rápidamente: «Así es la vida», y me cogió la mano al pasar, casi para demostrarme que estaba diciendo cosas sin importancia. Pero la expresión atenta de Mirella reflejaba lo contrario.

Me pregunto si ahora ya sabría hablarle, decirle muchas cosas que pienso. Cosas que son mías y ya no nuestras como cuando éramos novios, como hemos fingido con nuestro silencio que seguían siendo. En resumen, últimamente me pregunto a menudo qué relación nos une a Michele y a mí desde hace unos años. Siento que debería interrogarme y escribir mucho al respecto, pero sería un esfuerzo demasiado grande y por eso renuncio. Pero la pregunta me vuelve una y otra vez a la mente desde que comprendí que, aunque piense a todas horas en otro hombre, aún puedo decir con sinceridad: «Quiero a mi marido». No me siento en absoluto incómoda al pronunciar esta frase. Hasta se lo he dicho a Guido repetidas veces. Cuando la digo me siento protegida, me parece incluso que me permite escuchar todo lo que dice de Venecia, no rebelarme a sus primeros y tímidos besos, y no reprenderlo cuando me tutea, como empezó a hacer dos días atrás. Yo le contesto siempre de manera indirecta porque no quiero ofenderlo, pero tampoco alentar esta nueva confianza nuestra. «Siempre he querido a tu padre, y lo sigo queriendo», le dije anoche a Mirella, y no tenía la impresión de estar mintiendo. Pero ahora empiezo a preguntarme qué significa para mí la palabra *amor*, referida a Michele, y a qué sentimientos me refiero cuando digo: «Quiero a mi marido».

Qué angustia. Sería bueno que dejara de escribir: temo que el cansancio me impida ser objetiva. A veces pienso que hace ya muchos años que no quiero a Michele y que sigo repitiendo esa frase por costumbre, sin darme cuenta de que los sentimientos amorosos ya no existen entre nosotros y que han sido sustituidos por otros, igualmente válidos quizá, pero del todo distintos. Recuerdo el ansia con la que esperaba a Michele, de novios, el deseo que teníamos de estar a solas para hablar, lo deprisa que pasaba el tiempo, al hilo de las miradas y las palabras; y pienso en el tedio que nos aplasta ahora cuando nos quedamos juntos a solas, sin que ninguna distracción externa, la radio o el cine, venga a socorrernos. Sin embargo, en tiempos deseé incluso que los chicos se casaran pronto para que pudiéramos volver a estar solos como entonces; creía que todo seguía intacto. Tal vez, si nuestros hijos hubieran seguido siendo niños nunca me habría dado cuenta de este cambio. O si Guido nunca me hubiera hablado, o si nunca hubiera conversado con Cantoni. Estaba de verdad convencida de que era amor todavía y, hasta que Mirella me confesó que temía que su vida se pareciera a la mía, estaba también convencida de haber sido feliz. Quizá lo sea aún, en realidad, pero lo que siento cuando estoy con Michele es una felicidad gélida, muy distinta a la que siento cuando Guido me habla o me toma la mano. Esos cándidos gestos son amor, y los gestos con Michele, en cambio, son solo afecto o solidaridad o costumbre, ni siquiera esos pocos gestos más íntimos son amor: piedad más bien, compasión de las debilidades humanas. Me parece haberlo entendido todo de repente. Puede que Michele ya lo haya comprendido hace tiempo, él es mucho más inteligente que yo, sobre todo para estas cosas. Después le oí decir a Clara que el amor hay que inventarlo día a día. No sé qué significa eso en la práctica, pero intuyo que yo nunca he sabido hacerlo.

26 de abril

Esta noche me siento bajo el peso de una gran humillación. Tal vez porque he hecho algo que hasta ahora nunca me había atrevido a llevar a cabo, es más, no había imaginado siquiera que pudiera hacerlo. Estábamos sentados en el comedor mientras Michele escuchaba la radio, una música que me emocionaba y me hacía sentir ligera y soñadora. No sé qué me ha empujado a hablar: estaba bajo el influjo de una fuerza más poderosa que yo a la que no podía, o quizá no quería, resistirme. Me he acercado a Michele y he bajado el volumen de la radio, la habitación estaba sumida en una media penumbra. Él ha abierto los ojos y me ha mirado como si saliera de un sueño.

—Michele... —le he dicho sentándome en el reposabrazos del sillón—. ¿Por qué ya no somos como éramos cuando nos casamos?

Él se ha mostrado sorprendido por mi pregunta y luego ha contestado que seguimos siendo los mismos. Le he tomado la mano, se la he besado, le he acariciado el brazo y lo he estrechado con fervor.

—Entiéndeme, Michele —he insistido, rehuyendo su mirada. Luego he reunido fuerzas para mirarlo, seria y cariñosa—. Me refiero... a por la noche. Ya no dormimos abrazados. ¿Te acuerdas? —he añadido sonrojándome—. Me decías: «Ven aquí a descansar». Me atraías hacia ti; luego me abrazabas y no descansábamos.

Él se ha echado a reír y ha hecho un gesto evasivo.

—¡Eran cosas de otra edad! Poco a poco se pierde la costumbre de ciertas cosas y, al final, ya no se piensa en ellas.

—Precisamente —insistí—, ¿de verdad crees que ya no se piensa en ellas? O ¿no será que ya no nos atrevemos a ser sinceros como antes?

—¿Cuántos años teníamos? —me ha contestado—. ¿Sabes que ahora tengo casi cincuenta? Ya no somos...

—No es verdad —lo he interrumpido—. Si vas a decirme que ya no somos jóvenes, te contesto que te equivocas. Yo lo sé, somos jóvenes, si no nos comparamos con nuestros hijos, somos jovencísimos.

—¿Y cómo podríamos no compararnos con ellos? —insistía él, con la misma sonrisa esquiva.

Se veía que estaba deseando recuperar su periódico, o mejor, dejar el tema. Yo me perdía en las mismas frases que repetía, me hubiera gustado hablar en general, no de mí, y la vergüenza de reducirme a hablar de mí me daba ganas de llorar.

—Ya no se piensa en ellas —ha continuado él, como buscando convencerme—, o, si se piensa...

Se ha quedado callado, sin saber qué decir. Yo quería sugerirle: «Quieres decir que se piensa en ellas con otra persona, ¿verdad?». Deseaba tener el valor de pronunciar esas palabras, deseaba tenerlo a toda costa, pero algo me lo impedía, una prudencia natural, extrema.

—Lee los periódicos —le he dicho—, mira a las actrices de cine, a la gente famosa. Siguen casándose, siguen volviéndose a casar a los cuarenta, a los cincuenta...

Él ha dicho que se trata de gente que está obligada a llevar una vida original o extravagante para no perder el interés del público.

—Además, casarse no tiene importancia —ha precisado—, sigue siendo una cuestión de edad. ¿Acaso no estamos casados nosotros? Y, sin embargo... Casarse no significa actuar como jovencitos de veinte años.

—Entiéndeme —insistía yo—, no puede haber terminado todo, no es verdad que haya terminado. Todo el mundo dice que estos últimos años son los más importantes, que no se deben perder ni malgastar. Que es como una segunda juventud, nueva y maravillosa... Michele... Después ya todo habrá terminado de verdad, será tarde... Hay mucha gente que se enamora por primera vez a los cincuenta, gente incluso que podría estar satisfecha por la posición a la que ha llegado. Pero dicen que no importan la posición ni el dinero.

Luego me ha dado miedo pensar que lo había confesado todo sobre mí con esas palabras, y he dicho de repente:

—Mira a Clara.

—¿Clara está enamorada? —me ha preguntado él enseguida—. ¿Te lo ha dicho?

—No lo sé, ahora no; pero siempre dice que lo está.

Me he dejado resbalar sobre su regazo, le acariciaba el cabello, buscaba sus ojos, que se ocultaban en una mirada huidiza. Entonces, inclinándome sobre él, lo he besado, he besado sus labios cerrados. En ese momento hemos oído un ruido en el cuarto de Riccardo. Michele se ha levantado de un salto, recomponiéndose el cabello y pasándose el dorso de la mano por los labios.

—Podrían entrar los chicos —ha dicho en voz baja con un tono irritado.

Miraba a la puerta, esperando ver aparecer a alguien. Yo también miraba, como esperando un castigo; pero no ha entrado nadie. Quizá Riccardo había corrido una silla en su cuarto. Entendía lo absurdo de lo que había hecho, pensaba que de verdad podría habernos sorprendido uno de los chicos, haber oído mis palabras, y al pensarlo me embargaba un profundo sentimiento de humillación.

—Perdóname —he murmurado.

—No, mujer, no digas eso —ha dicho él, acariciándome el hombro—. Me doy cuenta de que llevas un tiempo nerviosa. De verdad deberías pedir un mes de permiso e irte a Verona. Te explotan en esa oficina, te tienen todo el día molida.

Al oírle decir «Verona», me he echado a llorar. Michele me secaba las lágrimas con su pañuelo. Luego ha cogido el periódico y se ha puesto a leer. Yo me he ido al dormitorio.

Me he desnudado, mirándome en el espejo. Buscaba verme vieja, humillada también en el exterior, pero no era así. Es más, volvía a llorar porque me veía joven: mi piel era morena y suave en la curva bien dibujada de los hombros, tenía la cintura estrecha y el busto pleno. A duras penas conseguía contener los sollozos, Mirella dormía en la habitación contigua y temía que pudiera oírme. Quizá sea eso lo que nos impide desde hace tantos años seguir siendo como de recién casados, o como cuando los niños eran pequeños y no entendían nada: la presencia de los chicos al otro lado de la pared. Hay que esperar a que salgan, hay que tener la seguridad de que no vayan a sorprendernos; y los chicos están en todas partes en una casa. De noche hay que recurrir a la oscuridad y al silencio, contener cada palabra, cada gemido, y por la mañana no recordar nada de lo ocurrido ante el temor de que puedan leernos el recuerdo en los ojos. Cuando hay hijos en la casa, con treinta años hay que fingir que no se es joven más que para jugar y reír con ellos: fingir ser solo un padre o una madre y, a fuerza de fingir, a fuerza de esperar a que salgan, a que no oigan, a que no imaginen, se termina por no ser joven de verdad. Cuando se oyen al otro lado de la puerta las voces de los hijos, abrazarse entre marido y mujer en una habitación cerrada con llave donde se ha dicho que se entra a dormir es algo inconveniente, algo sucio, un pecado más grande que el que cometen aquellos que, sin estar casados o, más aún, casados con otras personas, se encuentran clandestinamente en cuartos de alquiler, en hoteles o en apartamentos de solteros. Si los chicos nos sorprendieran, torcerían la boca en una mueca de asco; y yo, solo de imaginarme esa mueca, siento un escalofrío. Ante los hijos, una madre debe siempre mostrar no haber conocido nunca esas cosas, no haberlas disfrutado nunca. Es esa falsedad lo que nos marchita. Son ellos los culpables, ellos. En presencia de los hijos, aunque te vea guapa tu marido, no puede mirarte con deseo, si un gesto o una actitud tuyos lo atraen, no puede abrazarte ni besarte; y así, poco a poco, va dejando de verte. Ni Michele ni los chicos me consideran joven: sin embargo, hace unos días Riccardo contaba de un amigo suyo que se ha enamorado locamente de una mujer de cuarenta años, una mujer guapísima. «Qué suerte si la consigue», decía.

Ahora, de repente, me parece haber comprendido qué es lo que nos hace temer que los hijos descubran nuestra vida secreta, lo que nos hace tan reacios a entregarnos a ella: sentimos que cuando marido y mujer se unen en un abrazo oscuro y silencioso, después de haber hablado todo el día de cuestiones domésticas o de dinero, después de haber frito los huevos y lavado los platos sucios, ya no obedecen a un deseo de amor alegre y feliz, sino solo a un instinto basto como el de la sed o el hambre, un instinto que se aplaca en la oscuridad, deprisa y con los ojos cerrados. Qué horror. Me avergüenzo incluso de este cuaderno, de mí misma, ya no me atrevo a escribir, como la otra noche no me atrevía a mirarme: me acerqué al espejo para ser una con la casta imagen que este reflejaba, murmurando: «Guido».

27 de abril

Tengo la impresión de que en la oficina alguien empieza a sospechar de la naturaleza de mi relación con Guido. Igual el conserje ha contado que nos ha visto juntos, a solas en la penumbra; o quizá todos notan en mí un aplomo poco habitual y se preguntan a qué se debe. He sido siempre muy puntual durante años, y ahora llego siempre tarde. Sé que no me expongo a ser reprendida ni a perder el puesto. Remolonear en la cama ya no me parece una culpa, sino una alegría que le debo a Guido y de la que es agradable disfrutar. Michele se ha fijado en que, de un tiempo a esta parte, tengo los rasgos menos cansados. Lo ha dicho en presencia de Mirella, y eso me ha gustado. Ella nunca se pregunta si yo estoy cansada. Creo que es egoísta y calculadora, aunque aún no sabe bien qué objetivos quiere alcanzar. Me indigna su comportamiento: los papeles parecen invertidos entre ella y yo, como si ella fuera la madre y yo la hija.

Lo he comentado con mi madre, y ella me ha dicho que, llegados a una edad, si los padres quieren vivir tranquilos tienen que fingir no ser inteligentes. Me ha dicho también que los hijos se enorgullecen del tiempo en el que viven como si fuera mérito suyo, sin entender que a sus padres no les importa nada ese nuevo tiempo, han tenido bastante con acomodarse al suyo propio. Le he hablado de Cantoni y no se ha mostrado sorprendida ni indignada; dice que la culpa es mía por mandar a Mirella a la escuela pública y luego a la universidad, y por no tener nunca la prudencia de acompañarla cuando sale. Le he contestado que no podría haberlo hecho, ocupada como estoy entre la oficina y la casa, y ella ha añadido que, si se quiere, se puede hacer mucho más de cuanto parece posible. Su falta de piedad me ha hecho daño; pero cuando mi madre habla así, yo trato siempre de convencerla, de hacerle comprender que, hoy en día, han cambiado algunas relaciones. Ella niega con la cabeza y dice que las relaciones entre padres e hijos y entre hombres y mujeres nunca cambian.

A veces me parece incluso que su comportamiento conmigo pone de manifiesto un propósito hostil. Hace unos días, por ejemplo, llamó a Michele para decirle que le iba a mandar pronto unos *tortellini* que le gustan mucho, que se los iba a preparar ella misma, con sus propias manos. Michele apreció mucho esta solicitud y dijo que las mujeres de la época de nuestras madres eran extraordinarias. Ofendida, dije que, aunque mi madre sabía preparar *tortellini*, nunca podría ganar un céntimo para ayudar a su marido. Michele replicó que eran sus virtudes como amas de casa lo que las hacía extraordinarias. No pude evitar irme a la habitación de Mirella a desahogarme con ella sobre esa historia de los *tortellini*. Como a mi madre, trataba de explicarle a ella también que no me daba tiempo a hacer más.

—Pero ¿a ti qué más te dan los *tortellini*? —me interrumpió ella.

Pero es así: me siento culpable para con Michele por no prepararle *tortellini*, pero de ir en coche con Guido no me siento culpable en absoluto. El único remordimiento que tengo, cuando estoy con él, es el de robarles tiempo a la familia y a la casa, el mismo que me acecha por escribir en este diario. Las mujeres ricas, las que tienen cocinera, igual no sienten nunca ningún remordimiento. Ayer Michele se dejó toda la carne en el plato diciendo que estaba dura; Riccardo hizo lo mismo, y los dos me preguntaron dónde la había comprado, acusándome casi de haberla elegido mal. Esa carne en el plato me encogía el corazón. Me parecía que Guido era culpable del hambre que Riccardo y Michele no habían podido saciar. Me imaginaba la nevera de su casa, llena hasta arriba de buenos alimentos, y sentía nacer en mí la conciencia del pecado. Quizá tenga razón Mirella cuando dice que el dinero lo corrompe todo. He empezado a entenderlo desde que voy en coche con Guido, siento que nuestra relación ha cambiado desde que ya no nos vemos solo en la oficina. Entonces su riqueza para mí era solo una cuestión de cifras abstractas cuya realidad no podía ni figurarme siquiera y que, por lo tanto, no me atraía ni me hacía daño. Ahora es distinto. Lo he sentido esta tarde, sobre todo. Hemos salido pronto de la oficina, nos hemos reunido en la esquina, en el coche, y Guido se ha dirigido deprisa a Monte Mario. Allí hemos ido a un local al aire libre muy concurrido por la noche, pero que a esa hora estaba desierto. Por todas partes había parterres de flores, la pista de baile era azul como un espejo de agua, y yo me sentía humillada por mi viejo traje de chaqueta, me imaginaba con un vaporoso vestido blanco de tul, Guido con frac, comíamos juntos y luego bailábamos un vals. Había bebido dos vermús y me sentía animada por una alegría efervescente, me reía. Me parecía entender por qué se ha enamorado Mirella de Cantoni: para vivir en un mundo rico y despreocupado como ese, y no por los motivos que cree él. Cerca de nosotros, en grandes mesas forradas de blanco, veía dulces, exquisiteces, platos con deliciosas gelatinas. Guido me hablaba, me tomaba la mano, y yo no podía prestarle atención como lo hago en la oficina. Tenía hambre, un hambre violenta que nunca había sufrido, sentía en los labios el sabor de esos manjares refinados. Me habría gustado que Riccardo los saborease, que saciara su hambre conmigo, y también Michele, que no lamentaran la carne que se había quedado en el plato. Miraba a Guido, que me hablaba, indiferente, jugueteando con el encendedor, y sentía por él una atracción apasionada mezclada con rencor. Sentía un malvado deseo de verlo gastar mucho en mí, lo imaginaba contando billetes y billetes de mil, y el temor de que pudiera leerme el pensamiento me daba ganas de dejar ese lugar y volver a mi casa. Me parecía que también el sueño de ir a Venecia, que tanto tiempo había acariciado, no era más que hambre en realidad.

Volvimos despacio a la ciudad; la veíamos extenderse por debajo de nosotros, con todas las farolas encendidas en las calles. Yo pensaba que hacía muchos años que no había ido a Monte Mario. La última vez había sido para visitar en el hospital a una vieja asistenta de mi madre, recordaba un largo y penoso trayecto en tranvía. Guido sostenía el volante con una mano y con la otra me rodeaba los hombros, y el placer de esa caricia me daba ganas de llorar. Era como si él quisiera saciar un hambre mala como la que había sentido yo un rato antes frente a los alimentos. Yo trataba de apartarme, de alejarme, quizá porque sentía que era la naturaleza distinta de nuestra hambre lo que nos atraía el uno al otro y lo que nos separaba.

—No —murmuraba.

Él, mientras, atrayéndome hacia sí, buscaba mi boca. Sus labios trataban de vencer los míos, la defensa de mis dientes cerrados. Si hubiera cedido, lo habría besado con violencia, mordiéndolo casi. Conseguí sustraerme a él, ávida y temblorosa.

—Te lo suplico, Guido, te lo suplico —repetía.

No insistió, me besó la mano y condujo deprisa hacia mi casa porque era tarde.

29 de abril

Puede ocurrir que me muera de repente, sin tiempo de destruir este cuaderno. Michele o mis hijos lo encontrarían al ordenar la casa como se hace siempre tras una desgracia. La idea de que den con él después de mi muerte me aterra. Anoche, mientras estábamos en la mesa todos juntos porque era mi santo, miraba a Mirella y pensaba que quizá, si lo encontrara ella, lo destruiría sin leerlo.

Mi madre no estaba porque nunca sale de noche, pero nos había mandado sus *tortellini*. Hoy la he llamado para darle las gracias. No he podido contenerme y le he dicho que era una pena, pero Michele no les había hecho mucho caso porque estaba distraído y de malhumor porque después de cenar tenía que ir a casa de Clara para que le dijera algo definitivo sobre el guion. Marina no probó bocado y, ante mi insistencia, respondía negando con la cabeza. Seguro que está alterada pensando que Riccardo se irá pronto. Él ya no menciona el tema, de hecho, quizá por consideración hacia ella. Anoche dijo incluso:

—Quién sabe si al final me iré a Argentina...

Marina lo miraba con esos ojos suyos, embobados y suplicantes.

—Tendríamos que esperar demasiado para casarnos —añadió él.

Me daba cuenta de que querían entablar conversación sobre el tema para tener mi aprobación. Yo fingí no entender y repuse que no veía otra solución más rápida. Marina no decía nada.

—Ya veremos, Dios proveerá —concluyó Riccardo.

Más tarde, cuando se fue Michele, nos sentamos a oír la radio. Yo tejía, pensando en lo que había dicho Riccardo hacía un momento. Levanté los ojos y lo miré. Estaba sentado junto a Marina, los vi a los dos muy flacos y pálidos. Riccardo ha perdido ese aplomo que le daba el amor al principio: ante las decisiones serias que debe tomar se siente inseguro, tiene miedo. Como el primer día que entró Marina en casa, me habría gustado decirle: «Echémosla de aquí». Luego calibré con la mirada sus delicados hombros y pensé: «Riccardo nunca podrá prescindir de mí». Volví a bajar la mirada hacia las agujas y seguí tejiendo.

30 de abril

Anoche era casi la una de la madrugada cuando dejé de escribir: hacía rato que Mirella dormía,

Riccardo había vuelto de acompañar a Marina y seguro que dormía él también. Guardé el cuaderno, recogí el comedor y me asomé a la ventana porque Michele no volvía y estaba preocupada.

La noche era fresca pero agradable. En lugar de estar atenta por si veía aparecer a Michele en la penumbra de la calle, contemplaba el cielo y las estrellas brillantes. «Cinco días en Venecia», pensaba, y me proponía escribir enseguida a la tía Matilde para anunciarle mi visita. Me imaginaba asomada a la ventana de su casa, que está en una de esas viejas calles de Verona, grises y estrechas. «Me llevaré el cuaderno», pensaba. Me veía guardarlo en el equipaje, entre la ropa interior, cerrar la maleta y coger el tren para no volver.

Me quedé largo rato en la ventana y, al entrar de nuevo en casa, tenía escalofríos. Era muy tarde, y Michele no había vuelto. Me fui a la cama y cuando desperté, sobresaltada por el ruido del picaporte, amanecía ya.

Michele se desvestía despacio; yo lo observaba entre los párpados semicerrados, fingiendo dormir. Espiaba sus gestos cautelosos y no lo reconocía; me latía deprisa el corazón. Cuando se metió en la cama y se tumbó, me parecía sentir su cansancio en mi cuerpo.

—Michele... —lo llamé bajito.

En la luz fría que entraba por la ventana veía, sobre la silla, el gran sobre blanco que se había traído consigo. En el respaldo estaba la chaqueta de su traje oscuro: los hombros caían vacíos, exhaustos.

—No es posible —dijo él—. Había un director francés que quería llevarlo al cine a toda costa. Pero los productores dicen que es un guion arriesgado, no quieren embarcarse. Les da miedo la guerra.

—¿No hay ninguna esperanza? —pregunté yo.

—No. Ninguna —murmuró él tras un silencio.

Yo comenté que es muy injusto que la vida y el porvenir de un hombre dependan siempre de causas externas, de personas más fuertes que él.

—También mi madre —añadí— dice siempre que, de no haber sido por la guerra, Bertolotti no podría haber hecho lo que hizo en el 17 y que ahora estaríamos bien.

—Sí, estaríamos bien —repitió él.

Me acerqué a él, volvía a entrarme sueño y apoyé la cabeza en su hombro.

—Oye, mamá —dijo él—, preferiría no decirles nada a los chicos.

—Claro —lo tranquilicé yo—. No les diremos nada. ¿Qué pintan aquí los chicos? Son cosas nuestras, Michele.

4 de mayo

Esta semana ha habido dos festivos, el martes y el jueves. El miércoles por la mañana, Michele llamó al banco para decir que no se encontraba bien y se quedó en la cama, a oscuras, hasta la hora de comer. Yo le di la razón, le dije que trabaja demasiado para lo que le pagan. Pero muchas veces, cuando hablo, obtengo el efecto contrario al que preveo. Michele está muy irritable desde que perdió toda esperanza de vender el guion. Se sobresalta cada vez que suena el teléfono, quizá espere aún una buena noticia, que alguien se decida a comprárselo. Pero el teléfono ya solo suena para los chicos, y eso le molesta. Se queja de que la línea está siempre ocupada, yo, en cambio, me alegro de que tengan amistades. Me acuerdo perfectamente de que, cuando aún eran pequeños y los amigos los llamaban por teléfono, al oír al otro lado del hilo una tímida voz pronunciar sus nombres casi me asombraba de que los conocieran otras personas aparte de mí. Ellos se acercaban al teléfono sonrojados, hablaban deprisa, con hosquedad, y su comportamiento me enternecía.

Pero Michele estos días no soporta a los chicos. Como cuando eran pequeños, he tenido que pedirles que no hagan ruido al andar, que no hablen en voz alta, porque, solo de oírlos en el pasillo, Michele salta:

—¿Qué pasa? ¿Qué hacen? ¿Qué quieren?

Debería pedir unos días de permiso y descansar. Se lo aconsejé y me contestó con brusquedad que se encuentra perfectamente. Se sienta junto a la ventana abierta y mira fuera, aunque el panorama no sea muy atractivo: casas, azoteas y ropa tendida. En el crepúsculo, las casas y las azoteas son aún más tristes y grises, se oye el grito desesperado de los vencejos. Creo que Michele hace mal en quedarse tanto tiempo ahí. Yo a esa hora siempre tengo ganas de coger el cuaderno y escribir.

En lugar de eso, de vez en cuando me siento a su lado. Ahora que comprendemos tantas cosas, tal vez podríamos empezar a vivir juntos de verdad, si no nos avergonzara confesar lo que sentimos. Me pregunto si la reserva que, a la larga, acaba por desunir a las parejas es algo malo o solo una defensa. Cuando estamos juntos a solas, en la ventana, y las horas se arrastran sobre nuestra breve pausa de empleados, yo siento que, en el fondo, podría hablarle incluso de Guido y del consuelo que me da ver que él me considere una mujer joven y atractiva. En efecto, es absurdo vivir juntos como buenos hermanos y estar obligados a esa fidelidad propia de enamorados. Cuando miro a Michele, lamento no desear ya irme a Venecia con él. Todo sería fácil, simple y claro, y no me debatiría entre tantos sentimientos contrarios. Pero, si fuéramos juntos, no sentiría esa felicidad de la que estoy sedienta. Nos sentaríamos en un café en la plaza de San Marcos, callados, escuchando la música, nos distraeríamos viendo pasar a la gente, como hacemos a veces, en agosto, cuando Roma está desierta y vamos a sentarnos en el café de la plazuela de aquí al lado, que tiene una pequeña orquesta que suele tocar «Il Sogno» de *Guglielmo Ratcliff*. Quizá recuperaríamos algo de entusiasmo en la mesa de un buen restaurante; pero no me gusta ir a comer fuera con Michele: al final, al ver los billetes que deja sobre la cuenta, después de comprobar varias veces la cifra, pienso siempre que no valía la pena.

Ayer por la tarde le propuse:

—¿Salimos?

Una vez en la calle, no sabíamos adónde ir. Michele no quería ir al café ni al cine; paseamos, y él elegía siempre calles poco concurridas porque no le gusta cómo anda la gente por la calle los domingos. Hay que tener mucha paciencia con él, y a mí no me cuesta hacerlo porque intuyo todo lo que pasa por la mente de un hombre que, a punto de cumplir los cincuenta, nunca ha salido de una vida difícil y oscura. Muchas veces pienso que, aunque yo trabaje mucho más, soy más afortunada porque una mujer, haga lo que haga, nunca puede apartarse de la vida de los hijos. Además, una mujer que no es rica tiene siempre poco tiempo para pensar. Con el paso de los años, me doy cuenta de que, cuando mi madre hablaba de la vida de las mujeres y decía cosas que me irritaban, en el fondo siempre tenía razón. Afirmaba que una mujer no debe tener tiempo libre, no debe estar nunca ociosa, porque, si no, enseguida empieza a pensar en el amor.

En efecto, yo siempre me muestro fuerte en

presencia de Guido, pero cuando estoy sola, y sobre todo con Michele y con los chicos, pensar en él se vuelve una obsesión de la que no trato de defenderme. Nuestras citas más íntimas son cuando abro este cuaderno por las noches. Cuando estamos juntos, lamento no poder integrarlo en mi vida como lo integro en mi pensamiento. Quizá también porque me parece una persona totalmente nueva a quien no puedo reconocer los derechos que nuestro largo hábito de trabajar juntos debería otorgarle. Recuerdo cuando me dijo el primer día que ya no sabía vivir fuera de la oficina. Desde entonces siento que espera de mí una seguridad que ni siquiera el dinero puede darle. Siento que ha cambiado algo entre nosotros: quizá nunca debería haber aceptado salir con él a escondidas, separarnos en la esquina, sobresaltarme cada vez que un desconocido entra en el café donde tenemos ahora la costumbre de vernos. Me parece que todo eso es menos bonito que lo que nos unía cuando solo teníamos en común el lenguaje de nuestro trabajo, el despacho en el que hemos pasado juntos tantos años y que es nuestro refugio los sábados. Pero diría que lo que nos atrae es precisamente esa posibilidad de ser distintos a como somos en la oficina; queremos vernos en una vida diferente de la que ambos llevamos.

Tengo que ser sincera, tengo que apuntar aquí un deseo que albergaba desde hace tiempo, antes de conocer a Guido. Escribo con gran temor, me sobresalta cualquier crujido; últimamente Michele tiene el sueño ligero. A veces, antes de dormirme, me entretenía imaginando que era una de esas mujeres jóvenes, guapas y elegantes que viajan sin parar, que van de un hotel a otro en temporada y de las que se dice que «son aventureras». Imaginaba serlo un solo día, una noche, y poder encontrarme con un hombre que no supiera de dónde vengo ni mi nombre, nada. Poco a poco, incitada por este juego, sentía en mí muchos deseos que de otro modo no me habría atrevido a reconocer. Me gustaba pensar que tenía mucho dinero, muchos vestidos, abrigos de pieles y joyas, que viajaba a países lejanos que no acertaba a imaginar siquiera; y, sobre todo, imaginaba que me amaba un hombre que no era Michele, de una manera distinta a la que me ha amado Michele, a cómo yo conozco el amor. Pensaba que, a la mañana siguiente, podría marcharme y volver aquí, a casa, donde nadie habría notado aún mi fuga: volver era un gran alivio.

Ahora imagino a veces las mismas cosas, pero con Guido; me veo muy elegante, alegre, graciosa, como lo es Clara y como yo no lo he sido nunca. Quizá también a él le gustaría que yo fuera así. Pero sería necesario que no supiera tantas cosas de mí, que no supiera que necesito para vivir las sesenta mil liras mensuales que ahora recibo con rubor de manos del contable. El viernes pasado, en Monte Mario, estaba nerviosa también porque tenía el sobre con el sueldo en el bolso y, cuando Guido quería besarme, me parecía que, a causa de ese dinero, no podía negarme. Además, me avergüenzo de mi ropa modesta. Hace unos días me vio apearme del tranvía delante de la oficina; él bajaba del automóvil y entró deprisa en el portal, fingiendo no verme. Siento que lo que me atrae de él no es su amor, sino su fuerza de hombre rico, de hombre que ha conseguido una vida mejor que la mía. Cuando pienso estas cosas me parece que de verdad estoy traicionando a Michele, aunque me tranquilice la idea de responder siempre «no, no» cuando hablamos de Venecia. Cada vez que Guido entra en la oficina por las mañanas, fresco, oliendo a lavanda, con su camisa de seda y sus trajes nuevos de solapas aún intactas, se me ocurre pensar en Michele. No sé explicarlo pero es como si, a través de mí, Guido le robara la posibilidad de vestir él también con elegancia, así como el éxito que tendría con esa ropa que no puede permitirse. En la oficina, veo en Guido a un hombre que trabaja como yo, como Michele, pero que es mejor que nosotros y por eso gana más. Fuera, sin embargo, es solo un hombre rico. Hace unos días, cuando estábamos en su coche, me di cuenta de que se fijaba en mis medias remendadas. Me parecía que, a través de esa debilidad mía, fuera a descubrir todas las demás. Estábamos hablando de Riccardo, lo recuerdo perfectamente: él dijo que, si al final no podía ir a Argentina, él se encargaría de buscarle un buen empleo.

—No tienes que preocuparte —me decía, atrayéndome hacia él.

Siempre he pensado que, si estuviera casada con Guido, aun así querría trabajar con él como lo hago ahora, ayudarlo, ser su más fiel colaboradora; pero desde hace algún tiempo, cuando estoy muy cansada, me pregunto si de verdad tendría la fuerza de hacerlo o si me quedaría en casa como su mujer, comprando abrigos de visón. No lo sé, no entiendo nada, ya no sé juzgar. Estoy cansada, llevo dos horas escribiendo. Sin embargo, pienso que quizá sea justo esta victoria de Guido, que para Michele es una derrota, lo que me aviva el deseo de irme de esta casa, de marcharme con él a Venecia, despreocupada y feliz.

5 de mayo

Quiero decir la verdad, confesar que, desde el primer momento en que Guido me propuso ir a Venecia, estaba decidida a aceptar. Nunca he tenido la franqueza de admitirlo, ni siquiera en este diario. Porque, si no, debería reconocer que el esfuerzo de olvidarme de mí misma estos veinte años ha sido inútil. Lo conseguí hasta el momento en que, escondido bajo el abrigo, traje a casa este cuaderno negro y brillante como una sanguijuela. Todo comenzó entonces; en el fondo, también el cambio en mi relación con Guido empezó el día en que reconocí poder ocultarle algo a mi marido, aunque solo fuera un cuaderno. Quería estar a solas para escribir; y quien quiere encerrarse en su soledad, viviendo en familia, alberga siempre la semilla del pecado. En efecto, en estas páginas todo parece distinto: también lo que siento por Guido. Culpo a su dinero de las debilidades que no sé vencer o aceptar. Quiero engañarme pensando que solo una fuerza ajena a mí me empuja a traicionar mis deberes, no me atrevo a confesar que lo amo. Creo de verdad que el sentimiento más fuerte en mí es la cobardía.

Estoy decidida a irme con Guido. Pero después, al regreso, no volveré a verlo. No podría llevar una vida de subterfugios y de mentiras. Él lo entenderá, me ayudará a encontrar otro empleo; en casa nadie se opondrá si el sueldo es mejor. Pero ahora quiero irme. Ya he escrito a la tía Matilde: en cuanto me conteste, tomaré el tren enseguida, ese mismo día. En Verona me compraré una bata nueva. No es posible que todo haya terminado ya, a mi edad: los días son muy tristes; las noches, solitarias. Hasta hace poco, Riccardo quería que me tendiera en la cama a su lado hasta quedarse dormido; yo le acariciaba el cabello y el rostro; ya tenía las mejillas ásperas y aún decía: «Quiero casarme con mamá». Ahora la casa está desierta, silenciosa, solo se oye cerrarse la puerta cuando Michele o los chicos se van.

Quizá hayan sido estos tres días que Michele

ha pasado en casa los que han disipado mis últimas dudas. No había paz, solo hastío. Él leía el periódico, compra muchos últimamente y parece ansioso por encontrar en ellos noticias que hagan temer que estallará la guerra. Nos las enseña casi con satisfacción, diciendo que los productores tienen razón en no querer comprometerse. Hoy hablaba con Riccardo y le decía:

—Espero que tu generación tenga más suerte. En cuanto a mí, cada vez que he estado a punto de conseguir algo que me importaba, he visto derrumbarse todo por culpa de una nueva guerra.

Yo lo miraba para ver si de verdad estaba convencido de sus palabras, con la esperanza de que así fuera. Recordaba lo que contaba mi padre sobre su carrera, o lo que decía mi madre siempre de Bertolotti, y me preguntaba si no era una suerte que cada generación tuviera una guerra a la que culpar de sus derrotas personales. Pensaba que a partir de ahora la vida de Michele proseguirá, monótona, como la de mi padre, que se pasa todo el día en el sillón, esperando; y, al pensar en esto, me entraba una gran prisa.

He llegado a la oficina más temprano que los otros sábados, aún no estaba Guido. Ha aparecido con media hora de retraso, cuando ya empezaba a temer que no fuera a venir. He ido a su encuentro con un ansia infantil. Él se ha disculpado, ha dicho que había tenido un día difícil en casa, y yo no le he preguntado el motivo.

—Oh, Valeria, tenemos que irnos —decía como si necesitara respirar aire puro.

Hemos entrado en su despacho, nos hemos sentado uno enfrente del otro, a cada lado del escritorio, como siempre.

—Sí, tenemos que irnos —he repetido yo—. Podría marcharme de Roma dentro de diez días, estoy esperando respuesta de mi tía.

Me sentía libre por fin de la duda en la que me he debatido tanto tiempo; me habría gustado marcharme enseguida, ir directamente de la oficina a la estación, para que ya no pudiera faltarme el valor. Se lo he confesado a Guido, y él ha añadido:

—Oh, ojalá pudiéramos. Me gustaría no volver nunca más a esa casa.

Parece que quiera marcharse para huir de algo que lo hace desgraciado en casa, más que para encontrar algo que lo haga feliz conmigo; pero yo también siento lo mismo. Hablaba del hotel en el que nos alojaremos, el más caro de Venecia, y yo, más que contenta, me sentía halagada. Sin embargo, quizá porque la decisión había sido tan repentina, ya no sabíamos cómo hablar; para reencontrarnos habríamos tenido que trabajar juntos, pero me he dado cuenta de que ahora, cuando estamos solos, ya no trabajamos. Me sentía perdida, he dicho «Guido», y él ha venido hacia mí y me ha besado. Hasta que nos hemos separado, no hemos hecho otra cosa más que besarnos, mirarnos y volver a besarnos.

De vuelta en casa, me parecía tener la ropa de cualquier manera y la expresión alterada. Temía que Michele se diera cuenta. Él había llegado en ese momento y tenía en la mano una nota de Mirella en la que nos avisaba de que no volvía a casa a cenar.

—Tienes que tomar medidas, Michele, debes impedirlo —le he dicho con tono angustiado y suplicante. Él me miraba estupefacto, mientras yo sentía que iba perdiendo el control—. Si no, será demasiado tarde. Haz algo, Michele...

Le he hablado del comportamiento intolerable de Mirella, omitiendo la visita de Cantoni porque temía que me reprochara el haberlo recibido. Nunca le había hablado con tanta resolución. Le he quitado la nota de las manos para leerla y releerla: «Querida mamá, perdóname, esta noche no vendré a cenar a casa, buenas noches». Mi irritación iba en aumento.

—¿Entiendes, Michele? Se acabó esto de no vuelvo a casa y buenas noches. La familia ya no cuenta para ella. Yo no puedo ocuparme de todo, estoy cansada, he decidido marcharme a Verona, hace años que no me tomo unos días de reposo. Tienes que hacer algo. A fin de cuentas, eres el cabeza de familia, debes hacerte obedecer tú, yo no soy capaz.

—Está bien, vete tranquila —me ha contestado él afectuosamente—, mamá, descansa. Esto no es ninguna novedad: Mirella ha vuelto tarde a casa otras muchas veces.

Yo le decía que tenía la impresión de que esta noche ocurría algo distinto. Temblaba casi mientras lo miraba desesperada, rogándole:

—Ayúdame, Michele; no sé por qué, pero desde hace algún tiempo tengo miedo.

Él ha dicho que todo se debe a nuestra diferencia de edad.

—La de nuestros hijos, al principio de la juventud, y la nuestra, que...

Ha vacilado un instante, y yo he continuado, con amargura:

—Que acaba, ¿eso quieres decir?

Él ha negado con la cabeza y ha dicho con una sonrisa que, si acabara, sería un alivio.

6 de mayo

Esta mañana he ido a la iglesia temprano y he tenido que quedarme mucho rato porque la misa era cantada. Me sentía bien, en paz. Recordaba los tiempos de guerra, cuando la gente estaba desesperada, no sabía lo que quería y se sentaba horas en las iglesias, rezando, cantando y esperando que, mientras tanto, cambiaran las cosas en el mundo. Anoche Michele habló con Mirella.

—Yo confío en ella —me ha dicho esta mañana—. Por lo demás, hay casos en los que no se puede hacer nada más que tener fe y esperar.

He vuelto de la iglesia a casa despacio, el sol ca-

325

lentaba ya. Me parece imposible que Mirella no mienta, quizá también lo hacía el propio Cantoni cuando daba la impresión de sincerarse conmigo sin doblez. «Son listos —pensaba yo—, son muy listos.» Pero no tenía ganas de pensar, y ahora no tengo ganas de escribir. Por la tarde he plantado los geranios en el balcón de la cocina, como todos los años. En casa solo estaba Michele, escuchando la radio. Yo estaba sola y me sentía a gusto. Quiero recordar este tranquilo domingo de primavera.

8 de mayo

Hoy, después de comer, Riccardo me ha dicho que fuera a su cuarto. Ha cerrado la puerta con cuidado, con llave, aunque estábamos solos en casa, y ese gesto me ha escamado.

—¿Qué pasa? —le he preguntado bruscamente.

—Quiero hablar contigo —ha dicho él—, hace días que quiero hacerlo, pero en esta casa no hay manera de estar solos y de hablar en paz. —Y ha añadido—: Siéntate.

—¿Qué pasa? —insistía yo.

Él, mientras, me ha obligado a sentarme en un sillón. Ha cogido una silla y se ha sentado frente a mí. Yo estaba cada vez más inquieta.

—Mira, Riccardo —le he avisado—: estoy muy cansada; si tienes que decirme algo que vaya a disgustarme, te ruego que lo hables con tu padre, porque...

—No debes marcharte a Verona, mamá, porque... —me ha interrumpido él.

Me he sobresaltado, mi temor iba cambiando de naturaleza.

—¿Por qué? —le he preguntado, palideciendo.

—Porque yo te necesito estos días.

He suspirado aliviada, mientras le preguntaba si no cree que tenga derecho a unas vacaciones. Él ha contestado que sentía estropearme los planes, pero que era algo muy importante para él. Entonces, tratando de defenderme de antemano, le he anunciado que todo lo que fuera a decirme sería inútil: pensaba marcharme de todos modos.

—Eres un hombre ya, tienes que aprender a apañártelas solo. Si quieres hablarme de algo, te escucho, pero date prisa porque tengo que volver a la oficina. ¿Qué pasa?

Tras un silencio, me ha dicho.

—He decidido casarme enseguida.

Me he levantado de un salto, preguntándole si me retenía en casa para anunciarme esas tonterías, si se daba cuenta de lo absurdo de sus intenciones; he mirado los libros cerrados sobre la mesa y le he dicho que en lugar de eso tenía que ponerse a estudiar.

—¿Has pensado alguna vez en lo que significa casarse? —le he dicho—. Temo que el matrimonio sea algo distinto de lo que tú te imaginas. ¿Quieres explicarme cómo pensáis vivir?

Él me ha mirado a los ojos, serio, y me ha reconocido:

—No lo sé.

Quería reírme, pero me preocupaba que su mirada siguiera tan seria mientras me daba esa respuesta tan tonta.

—¿Y bien? —le he preguntado—. ¿Qué quieres hacer si aún no sabes cómo vais a vivir? Casarse significa sobre todo eso: mantener a muchas personas.

Él callaba.

—¿Y bien? —insistía yo.

—No lo sé —ha repetido él—. Creo que no me iré a Argentina, por ahora buscaré un trabajo provisional aquí, para superar los primeros momentos. Me he enterado de que en Buenos Aires también me contratarían el año que viene, o dentro de dos.

Estaba pálido. Yo insistía:

—No es fácil encontrar trabajo. Pongamos con todo que lo encuentres enseguida. Veamos: ¿cómo viviréis con tu sueldo, con unas cuarenta mil liras al mes, quizá? ¿Lo has pensado?

—Sí —ha contestado él, mirándome a los ojos. Luego ha bajado la cabeza y ha añadido—: La única manera es mudarnos aquí con vosotros, te daré todo lo que gane, hasta el último céntimo, no queremos nada. Nos basta con esta habitación, tal cual está: solo haría falta comprar una cama grande.

He negado con la cabeza, pensando que, si era

eso lo que quería, no lo tendría. Le he recordado mis firmes principios:

—Cada cual ha de tener su propia casa, su propia vida.

Me he puesto a recorrer nerviosa el cuarto de un extremo a otro, diciéndole que se casaría cuando pudiera hacerlo; la nuera en casa no, de ninguna manera. Y, por lo demás, ¿por qué no se iban a vivir a casa de Marina? Él ha contestado que la mujer del padre no lo consentiría nunca y que, además, el padre de Marina gana muy poco, apenas les basta para vivir.

—¿Y nosotros? —le he replicado con dureza—. ¿Y tu padre? ¿Y mi cansancio? Siempre me habéis creído capaz de hacer milagros, sin daros cuenta de que no eran milagros, era esfuerzo, horas de trabajo. Y, ahora, en vez de desear que yo deje de trabajar, que descanse, piensas que puedo esforzarme para una boca más. Eres un ingrato, un ingrato y un inconsciente.

Mientras hablaba, me imaginaba mi partida con alegría, casi con despecho: me veía ya en el tren, entre las maletas, veía la laguna, los edificios, el gran cielo de Venecia, ligero como es el cielo los domingos. Me he dirigido a la puerta; Riccardo me ha alcanzado y ha puesto la mano en el picaporte para que no pudiera salir.

—No, mamá, no te vayas, por favor, escucha. He decidido casarme a cualquier precio, enseguida, lo antes posible. Dentro de quince días.

Me he vuelto de golpe.

—¿Estás loco? —le he dicho—. Riccardo, ¿estás loco?

Él me miraba fijamente sin contestar, pálido. Me he acercado a él, lo he cogido por las solapas de la chaqueta.

—Estás loco —repetía, entendiéndolo todo—. ¿Qué has hecho? —le he preguntado por fin a mi pesar, con repugnancia—. ¿Qué has hecho?

Entonces él ha abandonado la cabeza sobre mi hombro y se ha echado a llorar.

—¿Qué has hecho? ¿Qué has hecho? —repetía yo, llorando también, levantando los ojos al cielo para pedir no sé si ayuda o liberación. Encima del armario veía el triciclo rojo que está ahí, cubierto de polvo, desde que Riccardo era niño.

—Tenemos que casarnos enseguida —ha dicho—, antes de que la mujer de su padre se dé cuenta. Así nadie sabrá nada, nunca. La propia Marina nació de siete meses, pero no podemos esperar ni un día más. Todo irá bien, ya lo verás, yo trabajaré, Marina te ayudará con la casa. No puedes estar en contra nuestra, mamá, es por Marina, ¿entiendes?

—¡Ah! —he exclamado con violencia—. ¿Por ella me lo pides? ¿Tengo yo que ayudar y que acoger en mi casa a esa Marina, la misma que acusaba a tu hermana, que no se pinta siquiera los labios, que solo dice sí y no? Es una niña, decías. ¡Pues la niña ha sabido muy bien qué hacer para obligarte a que te cases con ella enseguida!

Riccardo se tapaba la cara angustiado.

—Lo sé, tienes razón en pensar así —decía—, pero Marina es de verdad como te he dicho, una niña, no entendía lo que hacía...

—Peor, entonces: debía saberlo —continuaba yo—. ¿Qué mujer tiene derecho aún a ser una niña, hoy en día? Por lo demás, ese es un derecho que algunas no han tenido nunca.

—Te lo aseguro —decía él—, la culpa es mía, yo soy el único responsable. ¿Sabes cuándo fue? Pocos días después de que Marina viniera a verte por primera vez. Estaba contento de verla aquí, a tu lado, en nuestra casa; había hablado con Bonfanti y me había asegurado que todo iba bien, que en octubre me iría a Argentina. Todo era tan fácil, esos días, me sentía fuerte; sin embargo, esa suerte inesperada me hacía temer que todo pudiera irse al traste otra vez, que Marina no supiera aguantar uno o dos años sin mí, que me olvidara. La acusaba siempre de eso, y ella me tranquilizaba, me juraba que no, pero yo la atormentaba con mis celos, la espiaba, ya no me bastaban sus promesas, instintivamente quería atarla de alguna manera, demostrarme a mí mismo que era capaz de retenerla, que era dueño de ella, de mi destino, de mi vida...

—Cuentos —he dicho yo—, excusas... Bien sabemos todos cómo ocurren ciertas cosas. Lo demás nos lo inventamos, después, para justificarnos.

Él negaba con la cabeza, diciendo:

—No, te lo aseguro, igual no puedes entenderlo, no sabes lo que significa tener mi edad en estos tiempos y encontrarte solo, sin un céntimo en el bolsillo, sin ninguna seguridad en el futuro, sin nada más que esta chica, y temer perderla y perderlo todo con ella.

Lo he visto flaco, estaba sin afeitar y despeinado. Lo recordaba tal y como estaba el sábado pasado, junto a Marina, flaca ella también y pálida; sé que les espera una vida difícil, una vida como la mía, y temo que no tengan la fuerza que nos fue necesaria a Michele y a mí.

—¿Y ahora? ¿No tienes miedo ahora? —le he preguntado.

Él se ha puesto a murmurar, como si hablara consigo mismo:

—Un poco menos. Los primeros días han sido terribles. Si supieras qué noches he pasado, en esta habitación, sin pegar ojo... Pensaba incluso en marcharme enseguida, en abandonarla, en huir como un cobarde. Ahora que tú lo sabes estoy mejor. Me parece no tener ya tanta incertidumbre por el futuro, ya está todo decidido, no me pregunto siquiera cómo será mi vida, ahora ya lo sé.

—Sí, ahora ya solo tienes que vivirla —he dicho en voz baja.

Él no me ha entendido, ha venido a abrazarme, apretando contra la mía su mejilla bañada en lágrimas.

He ido al teléfono, he marcado el número de la

oficina y he dicho que me retenían unos compromisos familiares urgentes. Luego me he ido a mi habitación, he cerrado la puerta y me he arrojado sobre la cama. Pensaba que podía resistirme, pese a todo: eso no me concernía tanto a mí como a los padres de la chica. «Son ellos los que tienen que venir a hablar conmigo: son ellos quienes, después de todo lo que ha pasado, tienen que venir a proponerme algo. Marina ha de hablar con su padre. Él tendrá que venir aquí, no debemos ser los únicos en asumir toda la responsabilidad.» Pero, mientras pensaba en estas cosas, veía a Michele sentado en la antecámara de Cantoni, entre otras personas que esperaban también: tenía el sombrero marrón en el regazo. Después lo veía hablar con Cantoni, que es joven y está seguro de sí mismo: Michele se sentaba frente a él y suplicaba. Cansada, me he dormido pensando: «No la quiero aquí en mi casa, de ninguna manera». Me he sumido en un sueño pesado, entre imágenes confusas. Estaba en una cama mullida, la habitación daba al Gran Canal; no veía a Guido pero sabía que estaba ahí, pronto se reuniría conmigo, esperaba oír sus pasos por el pasillo; pero, en lugar de eso, oía llegar hacia mí el paso decidido y arrogante de Marina. Me he incorporado, sobresaltada, y he visto entrar a Mirella.

—¿Duermes, mamá? —me ha preguntado.

Era ya por la tarde. Me he sentado en el borde de la cama y me he quedado mirándola, atontada.

Entonces he recordado de repente todo cuanto había ocurrido hacía un rato.

—Marina está embarazada —he dicho.

Ella se ha sobresaltado y se ha llevado la mano al rostro, consternada.

—¿Cómo lo sabes?

—Me lo ha dicho Riccardo. Dice que quieren casarse enseguida, dentro de quince días, que quieren mudarse aquí, a esta casa. ¿Cómo vamos a hacerlo, Mirella? Yo estoy cansada, no puedo más.

Se me ha acercado y he apoyado la cabeza en su hombro: sentía el frescor de su vestido de seda en el rostro.

—Vosotros, los hijos, nunca tenéis compasión —he murmurado.

Mirella me acariciaba la frente, el cabello; no sabía que pudiera ser tan tierna.

—No te preocupes, mamá —decía—, no será tan grave como ahora parece. Lo entiendo, es un golpe, una sorpresa, pero luego todo volverá a su cauce, y puede que hasta sea para bien. Yo siempre he pensado que Riccardo nunca tendría la fuerza de hacer nada serio en su vida. Quizá sea mejor así, algunas personas necesitan que fuerzas externas las obliguen a asumir sus propias responsabilidades, a tomar decisiones; a vivir, vamos. Quizá sea para bien. No te preocupes, mamá: yo hablaré con Riccardo, hay que ayudarlos, también hablaré con Marina, ya sabes que a mí Marina no me gusta, pero quizá esta vez, sin quererlo, haya hecho algo inteligente. Tú descansa, te veo agotada. Yo no tengo tiempo de ayudarte en casa, no puedo, pero justo estos días quería decirte que contrataras a una asistenta, como tú querías, a media jornada. La pagaremos con mi sueldo.

Tenía la cabeza apoyada en su pecho, le latía con fuerza el corazón, un poco acelerado. Mi madre dice siempre que Mirella se me parece: a lo mejor, si mi época hubiera sido distinta, también yo habría sido una chica como ella, así de segura. Temía que, precisamente por esa seguridad, pudiera caer en una trampa.

—No, no te preocupes por nada —le he dicho—, ya pensaré yo, mi cansancio es solo pasajero, ya verás, enseguida me repongo. Dentro de poco volverá tu padre, quiero que coma algo antes... antes de contarle todo esto. No te ocupes de estas cosas, Mirella —le he repetido—: tú tienes tu trabajo, tus estudios, tu camino... Y, más bajo, he añadido—: Vete. —Sentía que tenía que cortar, por segunda vez, el vínculo con el que, antes de nacer, la tenía unida a mí—. Vete —he repetido—: tengo miedo de que aquí haya muchas cosas feas, muchas mentiras. Puede que no te lo repita, pero recuerda que te lo he dicho esta noche: sálvate, tú que puedes hacerlo. Vete, date prisa.

Mirella me abrazaba con fuerza; no nos mirábamos.

—¿Cuándo nacerá este niño? —ha dicho por fin.

Me he apartado de ella, sorprendida, como si hubiera dicho algo que no me esperaba.

—¿Cuándo nacerá? —ha repetido.

Yo estaba pensativa, absorta.

—No lo sé —he murmurado—, aún no había pensado en que el niño nacerá.

10 de mayo

Esta noche he hablado con Michele. Temía que reaccionara con violencia, por eso le había aconsejado a Riccardo que esperase en su cuarto. Abrazándome, me ha dicho:

—Me encomiendo a ti, mamá, hazle entender que es por Marina.

Pero, al contrario de lo que suponía, nada más enterarse Michele se ha echado a reír, exclamando:

—¡Hay que ser idiota!

No me gustaba su risa, parecía expresar una malévola satisfacción. Me he levantado a cerrar la puerta para que no lo oyera Riccardo.

—¿Y ahora qué? —me ha preguntado mientras volvía hacia él. Tenía una expresión alegre, divertida—. ¿Y ahora qué, mamá? —repetía, arrellanándose en el sillón como para disfrutar mejor de un espectáculo.

Yo habría preferido que se indignara: en esa forma suya de reírse notaba algo que no me gustaba. Le he dicho que tienen intención de casarse enseguida, dentro de quince días. Él seguía sonriendo, sacudiendo la cabeza y repitiendo:

—¡Hay que ser idiota!

Le he preguntado si considera necesario que Riccardo se case con ella y él me ha contestado, serio:

—Naturalmente. ¿Qué otra cosa podría hacer?

Entonces me he puesto a hablar de Marina con palabras duras, airadas; he llegado a dudar incluso de que Riccardo sea el primer hombre que conoce. Pero Michele seguía diciendo, sin escucharme:

—Por supuesto que debe casarse con ella. —Y ha añadido enseguida—: Y ya no podrá ir a Argentina.

Yo he bajado la cabeza suspirando.

—Riccardo es joven —ha dicho él—, aún no sabe que el amor siempre tiene un precio, de alguna manera. Si no, hay que ser fuerte y renunciar.

Estas palabras me recordaban lo que había pasado esa mañana. «¿Qué tienes, Valeria?», me ha preguntado Guido al darse cuenta de que no acertaba a prestar atención a lo que ocurría en la oficina. Le he contado lo de Riccardo y me sentía humillada: él no puede entender el perjuicio que representa para nosotros lo que ha sucedido, porque somos pobres. Me sentía humillada de no poder alegrarme de que mi hijo se case y tenga un hijo; con mi relato, me parecía meter a Guido en mi casa, invitarlo a que se sentara en el sofá raído de muelles gastados. Sentía que ahora ya tengo que huir también de él si de verdad quiero unas vacaciones en las que pueda ser yo misma, solo yo, Valeria. Pensaba «Valeria» y veía a una chica de dieciocho años, guapa, alta, con un vestido largo de organza y un suave sombrero de paja de Florencia, una chica que yo no he sido nunca porque cumplí los dieciocho en el 25, cuando se llevaban las faldas cortas, el talle bajo y el cabello cortado a lo chico. Últimamente me ocurre a menudo que, al pensar en mí, me imagino con ese aspecto juvenil y romántico, aunque tenga una hija ya crecida y un hijo que... Sí, bueno, aunque dentro de poco vaya a ser abuela. Sabría ser esa muchacha como solo son capaces de serlo las abuelas en los retratos, como si interpretara el papel en el teatro, con la poética verdad de los personajes. Guido me ha acariciado la mano, diciéndome: «Ten paciencia, ya faltan pocos días para que nos marchemos». Esperaba que también él viera en mí a esa muchacha y no a una mujer de mediana edad, agobiada de disgustos; sentía que nuestra partida no debía justificarse por el deseo de resarcirse de injusticias sufridas, de días humillantes, sino solo por un impulso amoroso irrefrenable.

Pensaba en todo eso mientras Michele decía que siempre se paga un precio por el amor. Yo me preguntaba si he amado alguna vez y si sabría hacerlo. Mientras, Michele seguía hablando:

—Ahora Riccardo tendrá que trabajar toda la vida por esa chica y por el niño. Empezará a comprender muchas cosas que hasta ahora le parecían inexplicables. Siempre decía que, en mi lugar, habría dejado que su familia pasara hambre antes que ser empleado de banca toda la vida.

Le contesté que no veía relación ninguna entre la vida de Riccardo y la nuestra, que nosotros no nos habíamos visto en la necesidad de casarnos, e incluso, pese a sus protestas, insistía en que toda comparación entre esa chica y yo me ofendía porque ella no había sabido respetar ni la moral ni el amor. Michele se encogía de hombros, diciendo que hoy ya no son importantes tantos prejuicios.

—Vamos, que ya nada importa de todo lo que nosotros hemos respetado —he exclamado yo indignada.

Tras una pausa, Michele me ha preguntado:

—Pero ¿de verdad lo respetábamos, mamá? ¿O estábamos obligados a fingir que lo respetábamos? —Entonces se ha levantado, se me ha acercado y me ha dicho : ¿Estás segura, por ejemplo, de que, si nos hubieran dejado a solas largo rato, o si hubiéramos tenido, pongamos, la posibilidad de salir sin compañía, estás segura de que no habríamos cedido también nosotros, como ellos? —Me ha tomado por los hombros con un gesto cariñoso, mientras me hablaba en voz baja e intensa—: ¿Recuerdas? —decía—. En cuanto nos quedábamos solos, nos poníamos a besarnos, a abrazarnos... Si hubiéramos disfrutado de su libertad, ¿crees que habríamos resistido? Yo no, seguro. Y a lo mejor tú, reconócelo, habrías hecho como Marina, ¿no es verdad?

Por un momento hemos estado muy cerca de ser totalmente sinceros, su voz me lo pedía aún más que sus palabras. Pero yo no era capaz: tal vez por la comparación que había hecho entre Marina y yo, tal vez porque, si lo hubiera reconocido, me habría quedado ya sin nada; sin el pasado y sin lo poco que me queda aún de Michele.

—Yo no —he declarado resuelta—: antes del matrimonio, jamás.

Él seguía rodeándome los hombros, mirándome, y yo sentía que me iba volviendo malvada contra él; contra mis hijos, que no han seguido mi ejemplo; contra Marina, que es la culpable de todo; contra Guido, que quiere llevarme a Venecia; contra todos, y también contra mí misma. Después de esa larga mirada, Michele me ha abrazado en silencio y me ha besado en la frente. Luego se ha alejado de mí y ha encendido un cigarrillo. Con un tono distinto, ha dicho:

—Pero, bueno, no era esto lo que quería decir. Te estaba diciendo que... Ah, sí, ¿recuerdas el día en que le negué a Riccardo el dinero para comprarse la bicicleta? Sabes muy bien que no lo teníamos. Pero los hijos no lo creen nunca, y quizá nosotros nos alegremos de que no lo crean porque, así, nos atribuyen un poder del que carecemos. Riccardo dijo: «¿Por qué me habéis traído al mundo?», y desde entonces siempre recuerdo esa pregunta como una acusación. Hasta hoy. Ahora él también sabe por qué se traen hijos al mundo.

Recorría la habitación de un extremo a otro y yo lo miraba; me parecía que había algo incomprensible en él, como cuando, de novios, me leía unos poemas que escribía para mí y que yo no entendía bien pero que, en su misma incomprensibilidad, revelaban algo diabólico que me fascinaba. Entonces, de vez en cuando tenía la sospecha de que nuestro próximo matrimonio era un error; pero ese pensamiento me agobiaba y no me atrevía a detenerme en él. Aún hoy intuyo que ambos podríamos haber sido totalmente distintos de lo que hemos sido, y no quiero saber por qué. Me he aferrado a declarar que yo, sin embargo, sí había deseado a nuestros hijos.

Luego, para zanjar el tema, he ido a llamar a Riccardo. Este avanzaba tímido, casi reticente, y, al ver a su padre, se ha arrojado a su cuello en un arranque de emoción. Michele le ha indicado con un gesto que se sentara en el otro lado de la mesa; desde allí, Riccardo se inclinaba hacia él, esperanzado, y han empezado a hablar. Yo los he dejado solos un rato; cuando he vuelto, hablaban de que quizá podían contratar a Riccardo en el banco.

—¿De verdad lo crees posible, papá? —le preguntaba él, animándose.

Michele contestaba que sí, que esperaba conseguirlo.

—Llevo tantos años trabajando allí que ocupo

ya una posición privilegiada —decía—; si lo pido, tendrán que contentarme.

—Gracias, gracias —decía Riccardo, y añadía que sería conveniente precisar que era solo por poco tiempo.

Michele objetaba que, si decía eso, no lo contratarían.

—Entiendo —asentía Riccardo con una sonrisa astuta—, entonces no digamos nada. Cuando nazca el niño, cuando pueda afrontar el viaje, nos marcharemos enseguida. Yo creo que, una vez en Buenos Aires, podré tener un sueldo mejor que el que me han prometido. Porque, si no, siendo tres, no nos alcanzará. Pero cuando vean que tengo mujer e hijo, qué demonios, me ayudarán. En realidad, verás como ahora todo será más fácil. Marina no quiere que me vaya sin ella, no quiere quedarse aquí sola con el niño, y tiene razón: en estos tiempos, con una guerra que puede estallar de un momento a otro, no es prudente separarse. Ha visto los folletos de Argentina, dice que le gusta mucho, le he enseñado también el de las montañas.

—¿Y la universidad? —he objetado yo.

—Primero terminaré los estudios, claro, de otro modo no podría marcharme. Lo haré todo. Dices que podré dejar el banco cuando quiera, ¿verdad?

Miré a Michele, que contestaba tranquilo:

—Claro, cuando tú quieras.

12 de mayo

Estaba ya acostada pero me he levantado para escribir. No puedo dormir. He intentado hablar con Michele, pero a él le parece inútil volver sobre el que, desde hace unos días, es nuestro único tema de conversación. En el banco le han prometido que Riccardo será de los primeros en conseguir un puesto y ha citado al padre de Marina para hablar con él el lunes.

—Con esto ya he hecho todo lo que me correspondía hacer —ha dicho.

Luego se ha quedado dormido, dándome la espalda, inalcanzable. Como tantas veces durante el día, siento que saca esa fuerza suya que yo envidio y admiro de su decisión de no dejarse alcanzar. La necesidad de trabajar para ganar dinero y de leer el periódico para seguir los acontecimientos políticos le confiere el privilegio de aislarse, de protegerse, mi tarea, en cambio, es la de dejarme devastar. Tanto es así que, cuando escribo en este cuaderno, siento que cometo un grave pecado, un sacrilegio: es como si conversara con el diablo. Me tiemblan las manos al abrirlo, siento miedo. Veo las páginas en blanco, llenas de líneas paralelas, listas para recibir la crónica de mis días futuros, y desde antes de vivirlos ya me siento abrumada. Sé que mis reacciones a los hechos que anoto con detalle me llevan a conocerme más íntimamente cada día. Quizá haya personas que, al conocerse, consigan ser mejores; yo, en cambio, cuanto más lo hago, más perdida me siento. Además, no sé qué sentimientos podrían resistir a un análisis despiadado y continuo; ni qué persona, viéndose en el espejo de cada uno de sus actos, podría sentirse satisfecha de sí misma. Creo que en la vida es necesario elegir cada cual su propia línea de actuación, afirmarla ante uno mismo y ante los demás, y luego olvidar todo gesto y toda acción que vaya en contra de esta. Hay que olvidarlos. Mi madre siempre dice que es afortunado quien tiene poca memoria.

Hoy el día ha sido angustioso. Al volver a casa para almorzar me he encontrado la respuesta de la tía Matilde, dice que está esperando a saber cuándo llegaré a Verona para ir a recogerme a la estación. Por la tarde se la he enseñado a Guido. Estábamos en el coche; es el primer sábado que no vamos a la oficina. Él dice que hace demasiado calor. Le he contado que mañana escribiré a la tía Matilde para decirle que no tengo más remedio que aplazar el viaje. Guido callaba, mirándome con ojos llenos de angustia.

—No, por favor, no. —Y ha añadido—: No debemos aplazarlo bajo ningún concepto.

Yo sentía un dolor muy amargo porque solo he creído en mi resolución en el momento mismo de anunciársela. Hoy, en la mesa, cuando la he comentado, esperaba que alguien protestara y me obligase a marcharme, pero nadie ha reparado en esta decisión tan importante para mí. Riccardo había ido al Registro Civil, hablaba de las amonestaciones.

—Nos marcharemos justo después de esta triste boda —le he prometido a Guido—, dentro de veinte días, de un mes como máximo.

Me he propuesto comunicarle a la tía Matilde ya mismo el día y la hora de mi llegada, le escribiré que no espere más confirmación, está decidido. Él ha insistido un poco, ha dicho que en junio hay demasiada gente en Venecia. Conducía despacio, desanimado, por las avenidas desiertas de las afueras. Oscurecía, el aire era triste.

—Paremos aquí —ha propuesto, sacando los cigarrillos—, ya que ya no quieres ir a las calles del centro y que estamos exiliados.

Le he preguntado si pensaba que no tenía razón, después del encuentro de ayer por la tarde. Se ha quedado un momento callado, mirando por el parabrisas encenderse las primeras farolas, y ha murmurado: «Sí, quizá sí», y me ha estrechado la mano con desesperación. Ayer tarde, estábamos sentados en el bar de un hotel cuando vimos entrar a su cuñado con dos amigos. Me conoce perfectamente porque viene a menudo a la oficina, pero casi no me reconoció de lo sorprendido que estaba de verme allí con Guido. En cualquier caso, se recobró enseguida, nos saludó con cordialidad excesiva y se sentó en la barra. Nosotros no sabíamos cómo comportarnos: nos pusimos a hablar en voz alta con la esperanza de que él se diera cuenta de que tratábamos de cosas del trabajo, por lo demás no se nos ocurría de qué otro tema hablar. Cuando salimos, fingió no vernos, pero Guido le dio una palmada en el hombro para despedirse y que quedara patente nuestra inocencia. Nada más salir, yo le dije que no debemos exponernos más a encuentros similares. Quizá esperaba que Guido encontrara exagerados mis temores, pero en lugar de eso dijo muy serio: «Tienes razón». Luego añadió que su cuñado es un hombre de mundo y que no diría nada.

También hoy me ha dado la razón. Hacía una bonita tarde, el coche nos era cómplice y fiel; pero, obligados a no salir de él, nos sentíamos prisioneros. Las luces de las calles nos atraían como cometas que señalaran el camino a una fabulosa ciudad prohibida. Ha pasado un guardia en bicicleta y ha frenado un momento, observándonos por la ventanilla. Guido ha puesto el motor en marcha, diciendo: «No puede ser, ya no somos estudiantes, no podemos quedarnos siempre en el coche ni encontrarnos en cafés o en merenderos lejos del centro; por lo demás, eso sería aún más peligroso. Yo quiero ir a todas partes contigo: al teatro, al cine, a un restaurante, pasear del brazo por la calle». Le he hecho reflexionar; y, aunque pensaba en Cantoni, en Mirella y también en Clara, le he dicho que la gente que yo conozco rara vez va a esos sitios, si quiero ser prudente lo hago por él. Ha suspirado, diciendo: «Si tú supieras lo libre que estoy, ya no tengo ningún deber, nada». Intuyo muchas veces que querría hablarme de algo que yo no quiero saber. «Y los hijos —añadía—, ¿qué derecho tienen ellos sobre nuestra vida privada? —Insistía en fijar la fecha de nuestra partida, decía—: Necesito tener una certeza, no me siento seguro ni respecto a ti...» Al oírlo hablar de mí como Riccardo de Marina me he sentido muy avergonzada. Decía que en junio sería más prudente ir a Vicenza: «Allí no coincidiremos con nadie. ¿Conoces Vicenza? Es una ciudad preciosa». Yo asentía sonriendo y me decía que también en Vicenza estaríamos prisioneros, privados de las vistas al Gran Canal como ahora de las luces de la ciudad prohibida.

Al volver a casa, Riccardo ha ido a mi encuentro en la puerta.

—Mamá, está Marina —me ha dicho tímidamente.

Me he sobresaltado: estaba estudiando la manera de marcharme enseguida con Guido y me parecía que ellos, leyéndome el pensamiento, quisieran atraerme a una trampa. He entrado en el comedor, irritada. Todavía tenía puesto el sombrero y llevaba en la mano los guantes y el bolso. Marina se ha levantado de un salto, bajando los ojos, y su actitud ha terminado de irritarme del todo. Me he fijado en sus caderas estrechas bajo la falda plisada. He pensado que había engañado a

Riccardo y que se disponía a engañarme a mí también.

—Y bien, ¿cuándo va a nacer este niño? —le he preguntado.

Intimidada por mi brusca pregunta, se ha vuelto hacia Riccardo, y este ha contestado, tratando de sonreír:

—En diciembre, mamá, en Navidad.

Nos hemos sentado y nos hemos puesto a hablar. Cuando mencionábamos la fecha de la boda, ellos intercambiaban rápidas miradas en las que solo un grave sentimiento de culpa empañaba la felicidad. Pero es una culpa que me es familiar: lo sé todo de su pecado y también de su futuro, no me sentía perdida ni incómoda como en mi conversación con Cantoni. Tenía, sin embargo, una sensación molesta: quizá porque seguía con el sombrero puesto y porque el tono severo de mis palabras me mantenía erguida en el sillón, me parecía ser yo la visita y ellos los dueños de la casa. Me acordaba de las primeras veces que Mirella y Riccardo habían invitado a casa a sus amigos y yo, por discreción, me quedaba en mi cuarto. Me sentía apartada ya en un rincón, como una vieja, y oía sus voces altas y alegres invadir las habitaciones que habían sido mi dominio, mi reino. Esta tarde miraba a Marina pensando que dentro de poco será, como yo, la señora Cossati. Me he quitado el sombrero y le he clavado despacio los alfileres. Hablaban de su habitación, y le he preguntado a

Marina si tenía algo de ajuar, alguna sábana. Ella ha negado con la cabeza. Ha habido un silencio, y luego yo he contestado que no importa, que me queda aún alguna de mi propio ajuar y del de mi madre; y que, por lo demás, tienen que estar dispuestos a muchos sacrificios.

—Eres muy guapa —he continuado—, podrías haberte casado fácilmente con un hombre rico, aunque fuera quizá de una educación y un origen distintos a los de Riccardo. Y, en cuanto a mi hijo, mi madre tenía preparada una esposa para él. Ya sabes cómo son los viejos —he añadido con una sonrisita—, piensan que el dinero, el bienestar material, hace la felicidad, y, en ciertos aspectos, tienen razón. Mi madre y la abuela de esta chica hablaban desde hace años de esta boda. Es una muchacha joven, culta, hija única de una prima nuestra, la condesa Dalmò, dueña de las fincas más bonitas del Véneto. Riccardo podría haberse ocupado de las tierras, habría tenido la vida resuelta. Mi madre soñaba con que, algún día, pudiera recuperar la casa solariega que aún conserva nuestro escudo y que hoy, fíjate qué cosas, pertenece a un carpintero enriquecido. Pero prefiero que las cosas sean así. Yo también me casé por amor, aunque mis circunstancias fueran otras. ¿Eres religiosa?

Ella ha asentido con fervor.

—Pues entonces da gracias a Dios de haber conocido a Riccardo. Otro podría haberse desentendido de tu situación y haberse marchado a Argentina. Naturalmente, nosotros no lo habríamos permitido, lo habríamos obligado a cumplir con su deber. Pero ha renunciado él mismo, ¿sabes?, se ha sacrificado gustoso. Os instalaréis aquí, no somos ricos, bien lo sabes, pero compartiremos lo que tenemos, para mí serás como una hija.

Marina había inclinado la cabeza sobre el pecho y lloraba. Le he dicho que ya no había que pensar en el pasado y la he abrazado. Tiene un cuerpo flaco y dócil; me inspiraba ternura y desconfianza a la vez: sus secos sollozos silenciosos sacudían su cuerpo como el de un pajarillo.

—Cálmate —le decía—, ahora tienes que estar contenta. No llores, podría hacerte daño, Marina.

Me parece imposible que haya un niño en ese frágil cuerpo suyo, y no solo por su escasez de formas, por la delgadez de su osamenta, sino porque no quiero reconocer que el niño sea de ella también. Esta idea me suscita una rebeldía altiva. El niño es de Riccardo. De Riccardo y mío.

16 de mayo

No siempre consigo disimular el fastidio que me causa la presencia de Marina. Ahora ya viene todas las tardes, me he acostumbrado a poner la mesa para cinco. Después, Mirella sale, pero Michele y yo ya no tenemos ni un momento de tranquilidad. Yo cojo mi labor y dejo a Marina y a Riccardo que charlen. La conversación no es brillante, a Marina le falta cultura y no es muy observadora: cuando levanto los ojos de las agujas, me la encuentro mirándome, quizá se pregunte por qué Riccardo me admira tanto. Ayer, sin ir más lejos, este me abrazaba diciendo: «Tú eres una mujer excepcional, mamá». Siempre me pide consejo a mí, y también muchos pequeños favores, casi como si quisiera darme ocasión de mostrar lo hábil que soy para todo. Me parece que esta actitud suya suscita celos en Marina. Si fuera así, es señal de que tiene un talante mezquino, porque debería entender que ningún sentimiento, por hondo que sea, puede sustituir al de la madre.

Esta noche, Michele ha cogido la radio y el sillón y se los ha llevado a nuestro dormitorio. Se ha llevado también algunos libros, los periódicos y la lámpara de pie del comedor, y, soltando un suspiro de satisfacción, ha dicho:

—Aquí estaré muy bien.

He recorrido la casa con el pensamiento y he visto que ya no tengo un solo rincón para mí, excepto la cocina. Entonces le he preguntado, irritada:

—¿Y yo, Michele?

Él ya estaba acomodado, quería empezar a disfrutar de su tranquila velada. Me ha mirado con ojos asombrados y afectuosos, y ha dicho que rara vez me ve sentada. En lugar de pensar que nunca tengo tiempo para ello, igual se cree que no me apetece. Se ha levantado enseguida, ofreciéndome el sillón. Yo nunca me atrevería a quitarle ese sitio, y desde luego él, aunque es un hombre amable y muy cumplido, lo consideraría un abuso por mi parte. Al volver a sentarse ha dicho que pronto nos acostumbraríamos a Marina, que es una buena chica y que le gusta. Es cierto. Le gusta porque es guapa. Él también, como Riccardo, sonríe cuando la ve alrededor, porque posee esa mansedumbre animal que los hombres confunden con la dulzura. Ni siquiera lo que ha ocurrido entre Riccardo y ella sirve para suscitar su recelo: considera que ha sido una prueba de obediencia femenina amorosa, que él también encuentra halagadora, como hombre que es. Pero yo, en cambio, sé que tiene un concepto distinto de una mujer como Clara, por ejemplo, aunque no hable de ella ni se duela de que no lo haya vuelto a llamar por teléfono. Me he sentado a su lado y le he dicho:

—Michele, si tú te pasas todas las veladas encerrado en nuestro cuarto, yo me quedaré sola, y ya no puedo más.

Me habría gustado decirle que ahora comprendo las cartas que me escribía desde África y la peligrosa soledad en la que se encontró a su regreso, cuando yo me ocupaba solo de los niños. Sentía que nos hemos destruido por la familia y que la familia ahora debería socorrernos. Pero no me atrevía a comentar con él estas impresiones, yo misma solo pienso en ello cuando abro este cuaderno. Michele me ha acariciado el hombro con cariño, diciendo que dentro de unos meses ya no estaré sola, tendré al niño.

Lo hemos hablado esta noche en la mesa. Michele se quejaba de la pasta, decía que no estaba sabrosa. Yo he vuelto a casa tarde porque he tenido una larga conversación con Guido, que insiste en que me marche de todos modos, unos pocos días, antes de la boda de Riccardo. Estaba cansada y pensaba que mi agotamiento se debía al trabajo extra que tengo que hacer desde que Marina cena con nosotros. He dicho que estoy harta de trabajar para todos, que ya no soy una niña, que tengo derecho a descansar. Mirella me ha dado la razón y le ha preguntado a Marina cómo piensa trabajar, una vez casada. Riccardo la ha interrumpido enseguida, observando que, dentro de unos meses, Marina tendrá que ocuparse del niño. Se ha instalado un silencio. Mirella me miraba atenta y seria; luego ha dicho:

—Mamá podría quedarse en casa, con el niño.

Me habría gustado protestar, pero sentía que no debía hacerlo. Pensaba que, si dejo la oficina, ya no podré ver a Guido, que los niños lloran por la noche, y que ya no tendré el tiempo ni la tranquilidad necesarios para escribir mi diario. Pero estos son secretos míos y no podía oponerlos a la necesidad de ocuparme del niño. Riccardo ha dicho que es muy buena solución y que, así, Marina y él podrán marcharse solos a Argentina, instalarse, aclimatarse, y volver después a por el niño, más adelante; total, conmigo estará bien atendido.

—Mejor atendido que contigo —le decía, bromeando, a Marina.

Ella sonreía contenta. Entonces él ha añadido que, hasta entonces, Marina podría ocupar mi puesto en la oficina.

—¿Crees que es tan fácil? —le he preguntado con ironía—. ¿Qué sabe hacer Marina? A ver, dime: ¿taquigrafía, mecanografía, contabilidad, escribir correctamente en francés? —Marina negaba con la cabeza, mientras yo proseguía, conteniendo la rabia—: No habéis entendido nada de todas las dificultades que he tenido que superar estos años. No os dais cuenta de lo que hacéis vosotros. Yo en mi colegio tenía a las monjas de profesoras, estudiábamos casi por juego, como en los internados elegantes, donde las alumnas son todas ricas y no tienen que prepararse para trabajar. Tocaba el piano, pintaba con acuarela. Todo equivocado, como dice Mirella. —Esta me miraba sin añadir nada—. He tenido que aprenderlo todo. Me he ocupado de la casa y he trabajado como vuestro padre para que vosotros pudierais ir al instituto y a la universidad, para compraros ropa y zapatos. No es tan fácil ocupar mi puesto.

Riccardo se ha levantado a abrazarme, también Mirella se me ha acercado, seria, como bajo el peso de un íntimo reproche. Me decían que ya estaba bien, que tengo que dejar la oficina, que ahora ya son mayores.

—También Marina trabajará, en lo que sea —decía Riccardo con aspereza.

Decían que contrataríamos a una asistenta a media jornada para las tareas pesadas, para cocinar, y que yo me ocuparía del niño, lo llevaría al parque, a que le diera el sol.

—Se acabó la oficina —repetía Riccardo—, se acabó quedarte levantada hasta tarde para zurcir o planchar.

Marina me miraba con esos ojos suyos embobados. Quizá, viendo lo difícil que es ser mujer, esposa y madre, se sentía agobiada. Pero me parecía que, al mirarme, buscaba un punto vulnerable en el que herirme. He pensado enseguida en este cuaderno y me he propuesto ponerlo a buen recaudo mañana mismo a primera hora, guardarlo bajo llave en la caja fuerte de Guido. Pero me da miedo llevarlo encima por la calle, pienso que podría atropellarme un coche; imagino mi cuerpo inmóvil bajo una manta gris y veo a Marina agacharse a recoger mi bolso abandonado en el asfalto, abrirlo y coger el cuaderno. No puedo sacarlo de casa, no es prudente. Además, dentro de poco Marina se quedará a menudo sola aquí porque será la mujer de Riccardo, mi nuera, la señora Cossati; podrá abrir cajones y baúles, rebuscar en todas partes. Lo encontrará, se lo enseñará a Riccardo para revelarle lo que hago cuando me quedo levantada por la noche y por qué es imposible que ella ocupe mi puesto, con el director, en la oficina.

Igual ya ha empezado a buscar. Pero no descubrirá nada, soy más inteligente que ella: no logrará destruir la imagen que tiene Riccardo de mí. Cuando esté muerta, él recordará que yo acogí en casa a Marina enseguida, generosamente, que la protegí y la alimenté, aunque me la presentara pobre, descontenta con su familia oscura y rara, sin dote ni ajuar y embarazada de dos meses. Pero ella no parece darse cuenta de todo eso: no está mortificada, no teme que yo pueda pensar que, una vez casada, actúe con otros como ha actuado con mi hijo. Esta noche, cuando se iban, Riccardo la ha animado a abrazarme, diciéndole:

—Dile a mamá lo que hemos decidido.

Ella lo eludía, negaba una y otra vez con la cabeza. Entonces Riccardo me ha anunciado:

—Si es niña, la llamaremos Valeria.

19 de mayo

Cada vez me es más difícil escribir. Por las noches, Michele se queda levantado hasta tarde, escuchando música. Ha comprado dos discos, *La cabalgata de las valquirias* y *La muerte de Sigfrido*, y los pone tantas veces que ya no los soporto. Anoche, cuando entré en el dormitorio, ya estaba en la cama y, a su lado, el gramófono daba vueltas con un silbido angustioso. Tenía la cabeza apoyada en la almohada en una postura de descanso total que traducía en cambio un profundo cansancio. La expresión inmóvil de su rostro me asustó. Me acerqué a él y lo abracé: a esta edad, yo también me sentía atrapada en una soledad que no había sentido nunca. Michele no se sorprendió de mi arrebato de ternura: las personas que llevan mucho tiempo juntas aprenden a decírselo todo sin palabras, y quizá sea eso lo que hace insustituible su relación.

—Ven a la cama, apaga la luz —murmuró.

En la cama me abracé a él, sentía su cuerpo sano y fuerte, oía latir su corazón con fuerza y respiré aliviada. Un momento antes, al entrar en la habitación, el rostro de Michele me había recordado al de mi padre. Cuando voy a visitar a mi madre, él nunca participa en nuestra conversación: lee el periódico, sentado a nuestro lado en el sillón, y, poco a poco, se le va cayendo de las manos. Yo lo observo fríamente mientras duerme y, con un escalofrío, intuyo que lleva ya mucho tiempo muerto. Quizá desde el día en que decidió cerrar su bufete de abogado y cedérselo a quien fue durante tantos años su ayudante, viejo ya como él. Ese día celebramos una gran cena, y todos se alegraban de que mi padre pudiera por fin descansar y empezar a vivir. En ese momento, sin embargo, empezó a morir.

Pienso que las mujeres son unas privilegiadas porque no pueden dejar nunca de estar activas: la casa y los hijos no conceden descanso ni jubilación, por lo que siguen atadas, hasta el último día, a sus intereses principales. A veces, observando a mis padres, viéndolos pelearse por motivos irrelevantes, me pregunto cómo pueden olvidar que estamos bajo la constante amenaza de la muerte. Quizá solo porque cada día obtienen una victoria por el hecho mismo de seguir con vida. O porque, siendo la muerte un estado desconocido para nosotros, no pueden imaginarlo ni temerlo. Si es así, quizá no deberíamos tratar de conocer bien la vida porque, en el esfuerzo de comprenderla y vivirla adecuadamente, acabamos por no vivirla en absoluto.

Cuando Michele quita los discos y en la casa ya no resuenan esos motivos enfáticos y ominosos, me gustaría coger el cuaderno y escribir. Pero ya es tarde, temo que vuelva Mirella y me sobresalto con cada coche que se detiene ante el portal. Decido entonces escribir cuando ya haya vuelto, sigo cosiendo, y esta noche me he dormido sobre la labor. Me he despertado al preguntarme Mirella con severidad:

—Pero ¿qué has hecho hasta tan tarde, mamá?

Habrá pensado que la determinación con la que me niego a descansar se asemeja a la terquedad de los viejos. No quiero que se repita lo de esta noche, no quiero que mi hija me considere vieja: tengo solo cuarenta y tres años.

Hoy ha venido el padre de Marina. Yo insistí en aplazar esta visita porque quería ir a mi cita de todos los sábados en la oficina. Últimamente, Guido siempre teme que yo ponga alguna excusa para no verlo, para no hablar del viaje ni fijar una fecha. Esta mañana, por primera vez, ha sido casi brusco conmigo cuando se ha enterado de que no podía pasar el sábado con él.

—Tienes que elegir —me ha dicho—. Al menos tienes que intentar defenderte. ¿Es que no puedo darte ni esa fuerza siquiera? Parece que estuvieras contenta de dejarte atropellar y aplastar.

Era la hora del cierre, oíamos a las empleadas más jóvenes apresurarse hacia la salida, saludando alegremente a los conserjes y, como cada semana, encaminarse hacia el domingo como hacia un feliz e interminable viaje de vacaciones.

Guido continuaba:

—Desde que me he acostumbrado a verte los sábados, ya no puedo estar aquí solo como he hecho tantos años. Entonces quizá sentía que estaba esperando algo que rompería, como por milagro, mi soledad. Aún recuerdo la sorpresa que sentí aquel primer sábado cuando, girando la llave en la cerradura, me di cuenta de que alguien me había precedido, alguien que, igual que yo, necesitaba volver a la oficina como a un refugio. Pero ahora, si tú no estás, tampoco aquí encuentro paz. Acabo por quedarme en casa, encerrado en mi despacho, sin poder trabajar ni pensar porque al otro lado de la puerta los chicos ponen discos de baile. —Me tomaba de las manos, diciéndome—: Ven hoy, te lo suplico, aunque solo sea media hora: tenemos que hablar de nuestra partida.

Yo sentía una desesperación terrible, sentía que no había amado nunca a nadie como a él en ese momento.

—Si pudiera, ojalá pudiera... —he dicho, y el tono de mi voz parecía consolarlo.

El padre de Marina es un hombrecillo sonriente y vivaracho. Se alegraba de la boda, fijada para el 13 de junio. Marina es devota de san Antonio y siempre dice que a él le debe que Riccardo no se marchara y la dejara sola. El padre de Marina no parece haber comprendido en absoluto el motivo que hace necesario adelantar la boda. Yo misma he querido que Michele se lo ocultara y le hablara de una probable partida inesperada de Riccardo a Argentina, de una mayor facilidad para conseguir los visados y los pasaportes. Sin embargo, hoy estaba casi indignada de que él crea de verdad lo que le han contado, y me pregunto si no finge creerlo para ahorrarse la humillación que, de otro modo, le supondría la conducta de su hija.

Pero se lo ve satisfecho: cuando Riccardo le ha enseñado su cuarto, aunque no resulte nada acogedor para unos recién casados, ha exclamado:

—¡Estupendo, estupendo!

Se había extendido una atmósfera de euforia a la que yo me negaba a participar íntimamente: recordaba los sollozos de Riccardo hacía unos días, el tono con el que Michele lo había llamado idiota. Quisiera olvidarlos, pero no puedo. Todos duermen ya: el sueño borra el día que han vivido, y el nuevo día se les presenta libre del peso de los anteriores, que yo, en cambio, conservo en estas páginas como en un gravoso libro de cuentas del que ninguna deuda se salda jamás. Hacia el final de la tarde, el padre de Marina se ha despedido; aunque Riccardo quería que se quedase a cenar, él ha insistido en marcharse, diciéndonos afectuosamente: «Adiós, adiós», y, tras abrazar a su hija, nos ha dirigido otros gestos muy cordiales antes de desaparecer. Cerrando la puerta, Riccardo ha comentado que todo había salido bien, muy bien, y ha besado a Marina en las mejillas. Yo los miraba: henchida de satisfacción, ella parecía más gorda. «No es posible que el padre no se dé cuenta de que está embarazada», pensaba yo. Lo recordaba alejarse deprisa, dirigiéndonos un alegre gesto de despedida: sospechaba que el padre y la hija estaban conchabados, y pensaba que nunca se puede estar seguro de esta gente sin pasado ni tradiciones. Por Marina, yo hoy he tenido que renunciar a un encuentro con Guido, la única cosa que me pertenece y que me da alegría: por ella hemos tenido que aplazar el viaje a Venecia. Me parece que ella tiene el propósito intencionado de impedirme seguir siendo joven y feliz. Por ello, a ratos me propongo no renunciar en absoluto a ello, para fastidiarla. Pero las más de las veces me parece que renunciar es la única manera de ser más fuerte que ella, para derrotarla, no solo hoy, sino siempre, condenándola a admirar una vida sin escapatoria como la mía.

22 de mayo

Me ha dicho Riccardo que una amiga de Marina, que tiene una tienda de medias, está dispuesta a contratarla de cajera justo después de la boda. Estaba contento porque es un empleo en el que puede pasar mucho rato sentada, y por ello solo tendrá que interrumpirlo un breve periodo, cuando nazca el niño. Al enterarse de la noticia, mi madre dejó caer la labor, como fulminada, y me preguntó:

—¿Y tú permites que la mujer de tu hijo trabaje de cajera?

Le contesté que no es un trabajo cansado, y ella observó con amargura:

—No lo entiendes. Ya no entiendes nada. Tú eres la primera mujer de nuestra familia que se ve obligada a trabajar; pero al menos se trata de una oficina, no tienes que servir al público. Cajera... —repetía, negando con la cabeza.

Me preguntó dónde estaba la tienda, yo mencioné una calle elegante del centro, y ella, tras un silencio, añadió que se alegra de no ver más a sus viejas amistades, de no salir ya casi. Yo le dije que, si lo hiciera, se daría cuenta de que el mundo ha cambiado.

—No quiero saberlo —replicó con dureza.

Mi madre se pasa el día en un saloncito donde ha reunido muchos recuerdos, casi el resumen de su vida: acuarelas de nuestra campiña veneciana, una fotografía descolorida de la villa, bomboneras de boda y algún objeto de plata que ha escapado a las ventas por ser de escaso valor. En las paredes cuelgan grandes retratos de antepasadas. Yo miraba a mi madre, sentada erguida, vestida de negro, con su cabello blanco abultado. Yo no sé estar erguida como ella, quizá porque nunca he llevado corsé; no sé decir: «No quiero saberlo». Quizá las antepasadas de los retratos nunca han escrito un diario o, al menos, no ha llegado hasta nosotras. Cuando muera mi madre, no sé dónde colgaré esos cuadros, son demasiado grandes para nuestras habitaciones, llegarían hasta el techo. Además, nosotros hemos abolido el salón, y esas mujeres importantes de carnes mantecosas que rebosan de los vestidos de raso no podrían comprimirse entre el armario y la cómoda. Los venderemos, Riccardo tiene un amigo anticuario. Pienso en todo eso mientras mi madre me recuerda que hay que retocar con frecuencia la purpurina de los marcos. Yo la tranquilizo y me parece estar tramando un delito. «No es culpa mía —me digo—, no tenemos sitio.» Esto empezó cuando la guerra, por la crisis de las viviendas. O quizá porque uno se podía morir de un momento a otro y las cosas no tenían importancia comparadas con la vida de las personas, iguales todas, amenazadas todas: el pasado ya no servía para defendernos y no teníamos ninguna certeza del futuro. Lo percibo todo de manera confusa y no puedo hablarles a mi madre ni a mi hija de ello porque ninguna de las dos lo entendería. Pertenecen a mundos distintos: uno que terminó con ese tiempo, otro que surgió de él. Y estos dos mundos chocan dentro de mí, haciéndome daño. Tal vez por eso muchas veces siento que carezco de toda consistencia. Tal vez yo sea solo ese paso de un mundo a otro, ese choque.

Todavía recuerdo el día en que le anuncié a mi madre que iba a empezar a trabajar: ella me observó largamente, en silencio, antes de bajar los ojos. Por esa mirada suya siempre he sentido pesar mi trabajo en mí como una culpa. Mirella no aprueba este sentimiento mío, lo sé muy bien: quizá hasta lo desprecie, y su forma de ser suponga la manera de rebelarse contra mí. No entiende que, si es libre, es precisamente gracias a mí, gracias a mi vida desgarrada entre viejas tradiciones tranquilizadoras y el reclamo de nuevas exigencias. Me ha tocado a mí. Soy el puente que ella ha aprovechado, como se aprovechan de todo los jóvenes: cruelmente, sin darse cuenta siquiera de lo que toman, sin ser conscientes. Ahora ya puedo derrumbarme.

Sin embargo, esta noche me parece verlo todo con claridad; cuando empecé a escribir, creía haber llegado al punto en que se extraen las conclusiones de la vida. Pero cada experiencia mía

—también la que me proporciona este largo interrogarme en el cuaderno— me enseña que la vida entera transcurre en el angustioso intento de sacar conclusiones y no conseguirlo. Al menos así me pasa a mí: todo me parece bueno y malo a la vez, justo e injusto: caduco y eterno, incluso. Los jóvenes no lo saben y, por eso, cuando no son como Riccardo, son como Mirella.

24 de mayo

Anoche, al volver a casa, encontré a Riccardo y a Marina atareados con la maletita en la que guardo este cuaderno. Palidecí.

—¿Qué estáis haciendo? —exclamé con dureza.

—Dice papá que mi certificado de bautismo debe de estar aquí dentro —se disculpó Riccardo—. No consigo abrirla. ¿Dónde está la llave?

Le dije que no les consiento que rebusquen por todas partes, que fuercen lo que está cerrado bajo llave, que la maleta es mía y que yo soy la dueña de la casa. A Riccardo le sentaron mal mis palabras; mientras me alejaba con la maletita en la mano, le oí decirle a Marina en tono de broma: «¿Has oído a la suegra?». Se reían, pero esa risa y esa manera de llamarme me irritaban. Me fui a la cocina y abrí la maleta: cuando saqué el cuaderno, estaba deseando dejarlo en algún sitio, como si quemara.

Me movía por superficies lisas que no ofrecían ningún escondite, oía pasos que se acercaban y temblaba. Desesperada, lo tiré a la bolsa de la basura como el primer día. Más tarde, mientras preparaba la cena, oí a Riccardo hablar con Michele:

—Es muy necesario que mamá descanse, está agotada, nerviosa. Después de mi boda, debería irse a casa de la tía Matilde y quedarse allí un par de meses por lo menos. No puede seguir viviendo así: de la casa se ocupará Marina con una asistenta.

Michele lo aprobaba con vehemencia. Por un instante, saboreé la libertad de marcharme con Guido, obligada por ellos; pero luego me escamó oírlos disponer de mí como si yo fuera incapaz de razonar. Me pareció evidente que Marina quiere suplantarme: quizá piense que trabajar es demasiado cansado y prefiera que siga haciéndolo yo, ella se quedará en casa con la asistenta, dará órdenes, lo dispondrá todo, pronto la casa terminará por ser suya por completo. Entré en el comedor con la sopera en las manos, sonriendo tranquila.

—No os preocupéis por mí —dije—, estoy perfectamente. No tengo ningunas ganas de marcharme ahora. De aquí no me muevo. —Y, volviéndome hacia Riccardo, añadí con indiferencia—: Si quieres buscar ese certificado, aquí tienes la llave de la maleta.

Miré a Marina para hacerle entender que tampoco esta vez encontraría nada. Sentía que un frío rencor se apoderaba de mí, corroyéndome: hasta ahora, nadie se ha ocupado nunca de mí, y estas atenciones inhabituales me suscitan recelo. «Temo volverme mala», pensaba más tarde. Estaba en la habitación de Mirella: yo tejía y ella estudiaba, como suele hacer últimamente, hasta altas horas de la noche, porque ha decidido examinarse de muchas asignaturas. «¡Qué suerte la tuya! —le dijo ayer Riccardo—. Yo tengo otras ocupaciones ahora, no puedo preparar la tesis de fin de carrera. Y en septiembre, cuando empiece en el banco, tendré menos tiempo todavía.» De vez en cuando, yo levantaba los ojos de la labor y miraba a Mirella. Tenía los rasgos tensos por el empeño que pone en todo lo que hace; siempre ha sido así, hasta en sus rabietas de niña pequeña. Sé que mi presencia la molesta, pero ya no tengo donde refugiarme: Michele estaba en nuestro dormitorio, la voz del gramófono cubría la de Riccardo y Marina, que jugaban a las cartas en el comedor, riéndose.

—Ya no hay sitio —murmuré casi sin querer—: hay momentos en los que yo también quisiera cerrar una puerta y estar sola.

Mirella se volvió hacia mí, frotándose los ojos, cansados de tanto leer.

—Oye, mamá... —empezó diciendo.

Ahora siempre tengo miedo cuando mis hijos empiezan a hablarme.

—Yo me iré dentro de dos o tres meses —continuó—. Esta es una habitación bonita, la mejor de la casa. Por fin podrás tener un poco de tranquilidad. Aquí se está bien —dijo, mirando alrededor con afecto.

Hubo un silencio mientras yo observaba su mirada inocente.

—¿Te casas? —le pregunté con una sonrisa.

Ella negó con la cabeza, explicando:

—Barilesi va a abrir un bufete en Milán y se lo va a confiar a Sandro. Me voy con él. —Y añadió sin bajar la mirada—: Bueno, me voy a Milán, viviré en una pensión, por ahora me encargaré de las mismas tareas que aquí; pero el año que viene tendré mi título universitario, y todo será distinto. Entonces podremos trabajar juntos de verdad, ¿entiendes?

No contesté. Era inútil hablarle de nuestro consentimiento, dentro de pocos meses ya no podremos retenerla.

—¿Está decidido? —le pregunté.

Ella me miró un momento con intensidad, antes de decir:

—Sí.

Yo miraba una fotografía de Cantoni que tiene en su escritorio desde hace un tiempo y en la que siempre he fingido no reparar. Recordaba su voz, la manera en que hablaba de Mirella, la firmeza que expresaba su lenguaje preciso. Le pregunté en qué punto estaban los trámites de divorcio y si al menos pensaban intentar que reconocieran aquí la sentencia, y ella contestó que no había ninguna novedad. Hablaba con brevedad, como para terminar lo antes posible con la necesidad de hacerse daño y de hacérselo a otros. Me pregunto si no hay más bondad en la frialdad con la que ella defiende su vida que en la debilidad con la que yo permito que devoren la mía. Desde que ya no puede permitirse criticar a su hermana, Riccardo dice que hoy en día hay muchas chicas como ella y que, poco a poco, se olvidan de ser mujeres. Cuando habla así, mira a Marina: esta sonríe y se enorgullece de esperar un hijo. Pero yo sé que no lo ha deseado como he deseado yo a los míos: Riccardo me ha dicho que amenazaba con envenenarse con sublimado. Recuerdo su angustia la noche en que me confesó que quería huir y abandonarla. Están felices desde que supieron que acepto ocuparme del niño, anhelan marcharse juntos, libres, dicen que más adelante volverán para llevárselo, pero no han dicho cuándo. Siento que soy la única que quiere a este niño, la única para quien no supone una molestia, un incordio; lo espero como esperaba a los míos, ansiosamente, para conocerlos, saber cómo eran, qué ojos tendrían, quiénes serían. El momento en que tuve a mis hijos es el único que he vivido con la conciencia que Mirella pone en todo lo que hace. Es esta conciencia lo que la libera del sentimiento de culpa femenino que pesa siempre sobre mí, oprimiéndome; a esta conciencia apela Mirella para afirmar sus derechos, como Riccardo a su debilidad para suscitar compasión.

—Te vas —le dije—. Pronto se irá también Riccardo, me quedaré sola.

Sin embargo, aunque me dolía, saboreaba de antemano la soledad como una compensación largo tiempo esperada; pues ahora que todos se van hacia su vida, me parece natural empezar a vivir yo la mía. Pensaba en Guido y me sentía muy joven aún.

—Ahora estaré sola —repetía.

—No, mamá —dijo Mirella—, sabes bien que Riccardo no se irá nunca.

La miré, interrogándola. Temía que quisiera quitarme hasta el derecho de consolarme de su abandono; sentía un frío repentino en los huesos.

—Tú también lo sabes, mamá —continuaba ella—, esgrimirá un pretexto, no logrará sacar tiempo para el trabajo, para el estudio, la familia: de hecho, es difícil, yo misma lo sé. Después nacerá otro niño... Se quedará aquí, ya lo verás. Y tú necesitas a Riccardo. Yo sentía celos de él cuando era niña: tú lo perdonabas siempre cuando hacía algo mal, parecía incluso que fueran sus errores lo que suscitaba tu ternura. Conmigo eras inflexible. Quizá porque soy mujer.

Yo asentía con la cabeza. Era por eso, quizá, pero sobre todo porque ella, aun cuando se equivocaba, nunca parecía culpable. Riccardo, en cambio, es como yo: se siente siempre culpable, sobre todo de aquello que no tiene el valor de hacer.

—Ya —dije yo, sin querer ahondar en ello—. Quizá tengas razón. De todos modos, si tú te vas, podré quedarme en esta habitación, con el niño.

Ella contestó que yo necesitaba soledad, tranquilidad.

—Un niño nunca es una molestia —repliqué yo—. Ellos son jóvenes, tienen que trabajar, necesitan dormir por las noches. Yo estoy acostumbrada a estar levantada hasta tarde, ya lo sabes...

Como ahora: son casi las cuatro. No debería seguir así, el cansancio me debilita, me hace vulnerable a la maldad. Pero, aunque yo siempre me haya dado a los demás por completo, siento que aún tengo todo para dar. Por eso espero ansiosa esta hora para escribir, para dar rienda suelta a un río caudaloso que fluye dentro de mí y que me duele como cuando tenía demasiada leche. Por eso compré este cuaderno, seguro. Recuerdo ese día perfectamente: aunque ya estábamos en pleno otoño, el cielo era muy azul y el sol calentaba como en primavera. Estaba sola y sentía que no era justo estar sola en un día como ese, por eso volví a casa del brazo del cuaderno. Si hubiera sabido ya entonces que Guido me quería, no lo habría comprado; pero, quizá, si no lo hubiera comprado, nunca habría prestado atención a Guido como no me prestaba atención a mí misma tampoco. Era ya «mamá» para todos, al cabo de unos meses oiría a Marina decir «mi suegra» y poco después a alguien llamarme «abuela». Era domingo y recuerdo que el estanquero no quería venderme el cuaderno. Me dijo: «Está prohibido». Entonces me embargó una ansia irrefrenable de poseerlo, esperaba que con él pudiese cumplir sin culpa mi deseo secreto de seguir siendo Valeria. Sin embargo, desde ese mismo momento empezó mi inquietud. Mi memoria fue débil hasta ese día, quizá por instinto de protección: conviene ignorar que la vida no es sino un largo camino difícil en el que hora tras hora nos acompaña una esperanza que nunca logramos transformar en realidad.

Necesitaría calor, estoy helada. Amanece ya, por la ventana entran las primeras luces. Siento como una repulsión de empezar a vivir de nuevo; sin embargo, la soledad gris de este momento me comunica una sensación de apremio. Los años se componen de muchos días que se suceden deprisa como parpadeos, y yo quisiera tener tiempo aún de ser feliz. En este cuaderno, el volumen de mi vida gastada en los demás se me presenta casi materialmente, con el peso de las páginas, con los signos de mi escritura apretada. Guido tiene razón cuando dice que disfruto sintiéndome atropellada, aplastada; y quizá, si renunciara, no sería por un principio moral, como afirmo. En verdad, yo no me siento atada a mis deberes de esposa y madre ni considero ridículo enamorarme cuando estoy a punto de ser abuela. Temo solo destruir un capital acumulado con paciencia pero sin bondad, un crédito malvado que las personas por las que me sacrifico deberán pagar poco a poco. Por suerte ahora lo entiendo. He de defenderme: no quiero, renunciando al amor, convertirme en una vieja avara y despiadada. Ya es de día; los gorriones saludan la mañana y el sol enciende alegres llamas en los cristales de la casa de enfrente. Llegaré a la oficina, abriré la puerta alegremente, Guido dirá: «Valeria...». Le anunciaré que he decidido marcharme con él, nada más casarse Riccardo. Iremos a Vicenza, luego volveremos a encontrarnos, estaré fuera dos meses. Aquí se quedará Marina. Ahora le toca a ella, yo he estado aquí veinticuatro años.

27 de mayo

Ayer por la tarde, nada más abrir la puerta de la oficina, sentí frío: los despachos estaban vacíos en la fresca penumbra. Guido no llevaba chaqueta y se había remangado la camisa, que olía a seda recién planchada. Nunca lo había visto tan atractivo, tan joven; y, en la tibia dulzura que me embargaba, me parecía reconocer por primera vez el amor. Me senté enfrente de él, como siempre. Yo también vestía de seda y, levantando los brazos para ajustarme el moño, me reflejaba en la expresión de su rostro y me veía hermosa. Le dije que no podía quedarme mucho tiempo. Él contestó que no importaba, desde que habíamos decidido marcharnos juntos estaba siempre contento, y el tiempo parecía haber adquirido una medida distinta, como de fantasía. Me sonreía diciendo:

—Te quiero.

Mirándolo fijamente, yo murmuraba:

—Te quiero.

Era la primera vez que se lo decía, y él, iluminándose, me ofreció su mano grande y abierta a través del escritorio, entre los papeles. Yo apoyé en ella la mía. Nos quedamos así largo rato. No podía apartar los ojos de su rostro, y sentía en mí un bienestar que me hacía daño.

—Sabes que nunca nos iremos, ¿verdad, Guido? —le pregunté.

Él se quedó quieto, interrogándome con una mirada desesperada, luego dijo muchas palabras que no recuerdo, quizá porque me aturdía, negando sin cesar con la cabeza.

—Allí también estaríamos prisioneros —repliqué—, como lo estamos aquí, o en tu coche, o en el café cuando miramos a nuestro alrededor. Detrás de barrotes que no podemos derribar porque no están fuera de nosotros, sino dentro. Yo no podría resignarme a las pequeñas mentiras, a los subterfugios. Y no por actuar con falsedad. No: yo soy una pequeñoburguesa y me es más familiar el pecado que la valentía y la libertad. Sino porque no tendremos nada que compartir más que el pecado. Tú tendrías tu vida y yo la mía. Tú mismo lo dijiste: somos demasiado viejos para cambiar. La adaptación es solo momentánea y presupone una esperanza que nosotros, a nuestra edad, no podemos tener.

Guido se me acercó y me abrazó. El fresco aroma de su camisa y el tacto de sus brazos desnudos me extraviaban. «Dios, Dios mío», invocaba yo en mi corazón.

—¿Quieres que nos marchemos para siempre? ¿Que no volvamos más? —murmuró mientras me abrazaba.

Yo negaba con la cabeza contra su hombro.

—No —contesté—, también para eso sería demasiado tarde. Y quizá, para los que nos rodean, sería más injusto que acomodarnos a un arreglo.

Él se apresuró a replicar que no tiene ningún deber, que está libre, pero yo no lo dejé seguir diciendo cosas que después lamentaría haber dicho.

—Lo sé —reconocí—, tendríamos el derecho. Por lo demás, bastaría el derecho a estar enamorados.

—¿Entonces? —insistía él ansiosamente.

—Entonces no sé, no sé explicarme, pero pienso que para disfrutar de un derecho es necesario no sentirse culpable de gozar de él. Para mí el amor, si no está justificado por la familia, es una culpa. Mirella, en cambio, siempre dice que la culpa está en sentir el amor como un pecado. Creo que tiene razón, pero yo soy como tú, que, para aliviar la tuya, querrías apelar a otras culpas que quizá hayan cometido los que te rodean. Pero Mirella dice también que el amor no es tal cuando es injustificado, cuando es solo pasión, instinto...

Estaba a punto de añadir: «O cuando, como el nuestro, igual es solo el deseo de remediar deprisa el fracaso de nuestra vida». Si Guido y yo nos hubiéramos conocido muy jóvenes sería distinto; si hubiéramos sido jóvenes en los tiempos actuales, sobre todo. Quizá entonces yo no habría dado importancia a la opinión de la portera.

—¿Y el trabajo no es una justificación? —preguntó él—. Llevamos ocho años trabajando juntos...

Me miraba, esperando que ahí estuviera la salvación. Yo también lo esperé, por un momento. Nos besamos y nos abrazamos.

—No —dije yo—. Es difícil explicarme. Mira, yo empecé a trabajar porque necesitaba un sueldo, tú me has dicho que trabajaste noche y día durante treinta años porque habías decidido hacerte rico. Creo que el dinero no es una justificación. Trabajar juntos para ser ricos no me parece que pueda ser un objetivo.

Siento incluso que el dinero nos separa, suscitando en mí otro deseo, bajo y culpable: el de poseer lo que posee él, lo que lo hace sentirse seguro cuando yo soy insegura y estoy indefensa. Hace unos días, Guido estaba sin coche y quiso acompañarme a casa en tranvía. Fue una aventura para él, no sabía el precio del billete; el revisor lo miraba, desconfiado, y yo me reía, aunque entendía la extrañeza del revisor. A veces caminamos juntos un trecho; Guido no está acostumbrado y, cuando cruza la calle, tiene siempre miedo de que lo atropelle un coche. Una noche yo lo llevaba de la mano, bromeando, pero mientras tanto pensaba: «Los ricos tienen miedo...», casi disfrutando de saberlo presa de un temor para mí desconocido, precisamente él, que está a salvo de tantos temores que yo, en cambio, bien conozco. Y no me gusta cuando lo veo sacarse del bolsillo un mazo de billetes grandes buscando uno de cien liras para pagar el café, porque siento que, si me los ofreciera, quizá los aceptase. Solo tendría en común con él el pecado y el dinero.

—No es posible, créeme —concluí.

Fui yo quien dijo que era hora de irse, quien apagó la lámpara de la mesa y cerró la puerta. Guido me miraba, mudo, y yo hacía esos gestos sin sufrir, como si, desde ese momento, ya nada pudiera causarme dolor ni alegría. En la calle caminábamos uno al lado del otro, pero la gente, al pasar, nos separaba. Así llegamos hasta el río y nos cogimos del brazo. Yo hablaba tranquila, decía que el lunes no podré ir a la oficina, ocupada como voy a estar con los preparativos de la boda de Riccardo, que necesitaré un largo permiso, y que Michele y los chicos han decidido que deje de trabajar, que me quede en casa con el niño.

—Nadie puede ocuparse mejor de un niño que su abuela —añadí.

Pronuncié esa palabra con toda la intención. Estaba segura de que todo cuanto antes me parecía doloroso después de pronunciarla me parecería natural. Pero nada cambiaba: éramos dos personas jóvenes que andaban cogidas del brazo en la dulzura de la tarde primaveral. Cuando nos separamos, me habría gustado llamarlo: sentí que se alejaba mi última posibilidad de ser joven. Y seguro que él pensaba lo mismo mientras lo veía andar, encorvado.

Anoche no pude escribir. El esfuerzo de hablar con Guido me había dejado aturdida, como si hubiera recibido un gran golpe en el pecho. Me retiré pronto a la habitación: Michele ya estaba en la cama, leyendo. Me abracé a él, que seguía leyendo, y fingí dormir como si fuera una noche cualquiera. Pensaba que, quizá, también Michele habrá fingido dormir alguna vez. Y que de este continuo fingirse dormidos y seguir despiertos, a vueltas con la propia angustia, sin que el compañero se dé cuenta, está hecha la historia de un matrimonio ejemplar. En efecto, poco a poco me fui quedando dormida de verdad.

Hoy es domingo. Mirella ha ido a almorzar al Lido. Mientras yo volvía de misa, el coche de Cantoni se alejaba del portal. Mirella se ha asomado para hacerme un saludo alegre, y él ha hecho lo mismo, inclinándose sobre el volante. Sonreían y eran tan jóvenes y alegres que me ha salido natural devolverles el saludo, con cariño. Luego he pensado que no estaba bien, pero me alegraba de haberlo hecho. La portera me ha preguntado cuándo se casaban, y le he contestado:

—En otoño, en Milán.

Hoy quería estar sola: como en los tiempos en que empecé este diario, he comprado tres entradas para el partido de fútbol y he dicho que me las había regalado una compañera. Michele estaba contento de acompañar a los chicos, bromeaba galantemente con Marina.

Hasta que los he visto salir y he sacado el cuaderno de la bolsa de la basura, no me he sentido fuerte, segura. En la mesa, con Marina delante, volvía a mencionar —quizá no sería la última vez— a la hija de la condesa Dalmò, con la que podría haberse casado Riccardo. Había preparado una comida muy buena, *tortellini* incluso, y a Michele le han parecido mejores que los de mi madre. Riccardo le ha preguntado a Marina si sabía hacerlos y, mientras ella negaba con la cabeza, yo le he asegurado que es muy fácil y que le enseñaré. Pero, en cuanto he cogido este cuaderno, he perdido la serenidad. En él la imagen de Guido aflora por todas partes, entre las líneas: una vez escritas, sus palabras adquieren resonancias nuevas, que me confunden. Debería haber dicho que sí desde el primer día en que él me propuso irnos, pues, en realidad, no deseo otra cosa; mi renuncia es solo una prueba más de esa falta de valentía que Mirella llama hipocresía. Ante estas páginas, siento miedo: todos mis sentimientos, destripados así, se marchitan, se vuelven veneno, y cuanto más trato de ser juez, más rea me siento. Tengo que destruir el cuaderno, destruir el demonio que se oculta en él entre una página y otra, como entre las horas de la vida. Por la noche, cuando nos sentamos juntos a la mesa, parecemos claros y leales, sin insidias; pero yo ahora sé que ninguno de nosotros se muestra como verdaderamente es, nos escondemos, nos camuflamos todos, por pudor o por resentimiento. Marina me mira largo rato, cada noche, y yo temo que, al hacerlo, vea en mí este cuaderno, sepa las artimañas a las que recurro para escribir en él, la astucia con la que lo oculto. Está segura de encontrarlo, algún día, y de hallar en él un motivo para dominarme como yo la domino a ella por lo que ha hecho con Riccardo. Sentada frente a mí, espera con la inexorable paciencia de las personas poco inteligentes.

Pero no lo encontrará, no encontrará nada: he querido quedarme sola a propósito para hacer desaparecer el cuaderno. Lo quemaré. Cuando Marina vuelva a casa, notará el aire algo más caliente, pondrá la mano sobre la terracota de la estufa, como por casualidad, y lo entenderá todo. Lo comprenderá, estoy segura, porque todas las mujeres ocultan un cuaderno negro, un diario prohibido. Y todas deben destruirlo. Ahora yo me pregunto cuándo he sido más sincera, si en estas páginas o en mis actos, los que dejarán una imagen de mí, como un hermoso retrato. No lo sé, nadie lo sabrá nunca. Siento que me reseco, mis brazos son ramas de un árbol seco. He intentado hacerme vieja y quizá solo me he vuelto malvada. Tengo miedo. Marina podría animar a los demás a volver a casa antes de tiempo, para sorprenderme. Tengo que quemar el cuaderno cuanto antes, ya mismo, sin releerlo siquiera por si me enternezco, sin decir adiós. Esta será la última página: no escribiré en las siguientes, y mis días futuros serán, como esas páginas, blancos, lisos y fríos. Lisa será la gran piedra blanca sobre la que, al fin, volveré a llamarme Valeria. «Era una santa», dirá Riccardo a Marina sollozando, como Michele me dijo a mí. Y ella no podrá desmentirlo, no sabrá nada. Dentro de pocos minutos ya no habrá rastro de todo cuanto he sentido y vivido en estos meses. En el aire solo quedará un ligero olor a quemado.